消失在时光深处

榆林市作家协会推荐项目

岳静 著

时代出版传媒股份有限公司
北京时代华文书局

图书在版编目（CIP）数据

消失在时光深处 / 岳静著 . -- 北京 : 北京时代华文书局 , 2016.7
ISBN 978-7-5699-0958-6

Ⅰ . ①消… Ⅱ . ①岳… Ⅲ . ①散文集－中国－当代Ⅳ . ① I267

中国版本图书馆 CIP 数据核字 (2016) 第 118042 号

消失在时光深处

著　　者 | 岳　静

出 版 人 | 杨红卫
选题策划 | 王　刚
责任编辑 | 孟繁强
装帧设计 | 程　慧　段文辉
责任印制 | 刘　银

出版发行 | 时代出版传媒股份有限公司 http: //www.press-mart.com
北京时代华文书局 http: //www.bjsdsj.com.cn
北京市东城区安定门外大街 136 号皇城国际大厦 A 座 8 楼
邮编：100011　电话：010 - 64267955　64267677
印　　刷 | 北京京都六环印刷厂　（010）89591957
（如发现印装质量问题，请与印刷厂联系调换）
开　　本 | 700mm×1000mm　1/16
印　　张 | 20
字　　数 | 230 千字
版　　次 | 2016 年 9 月第 1 版　　2016 年 9 月第 1 次印刷
书　　号 | ISBN 978-7-5699-0958-6

定　　价 | 68. 00 元

《榆林丛书》序

龙云

早就酝酿要出一套丛书。丛书，显示一种阵容，她是一个个的个体凝聚，聚集起来就是一种群体的力量。

这个群体是榆林市作家协会。

毫不夸张地说，榆林的文学高原已经在沙漠上高高隆起。早多少年前，就有同志提出，沙漠文化绝不是文化沙漠。文学这种非机器化生产、非复制性操作的先天禀赋，更多的时候却独钟于那些被遗忘的角落和被另类的群体。这套丛书就是这种不等式的一次精准实力展示的盛装出演。榆林作家群已经是一支不可小觑的力量。每年光在国家级刊物上发表的作品就在百篇（首）以上，有的还开了专门的研讨会，一些全国的评论家甚至认为这是一种现象——榆林或陕北现象，也曾试着将此现象和陕西文学合谋计划着第二次“陕军东征”。是的，榆林文学是该到了更进一步展示实力的时候了。这次结集出版，就是以集体形式的定格亮相，她不是一个人，也不是单一的某一种文学样式，她就是一个群体，一种集体的合力，一种团队的呈现。

综观他们的题材范围，除了一部分游记，视野都没走出陕北。不是他们不愿走出，是这块土地已经足够让他们纵横驰骋左冲右突了……一个伟大的作家，一部伟大的作品之所以伟大，不在于它书写的界面有多大，而在于它潜藏的思想厚度和开发的技术含量。从文学的角度看，陕北够博大了，这里的沙粒是毛乌素沙漠腹地孕育出的嫡生长子，这里的黄河是最具母亲河浑黄奔突咆哮的晋陕峡谷，这里的长城是最具黄土沙漠平常状态的有明一代的典型地段，这里的信天游是陕北核心腹地一嗓子能穿透几座山梁的真正拦羊嗓子回牛声，这里的黄土高坡是种植小米南瓜养育了十三年窑洞战士走向全国胜利的昊天福地，这里的人种是塞上边关长期拉锯逐渐固定下来的吕布后裔绥德汉子和多民族杂交孕育的貂蝉衣袂米脂婆姨……这些已经足够了，这些虬状的老根足以养育一代数代几十代作家，这些充足的乳汁，足以孕育先前现在未来的文学巨匠和新秀……当然，这仅指是一种物理上的时空界域，真正写作的精神指向是榆林陕北西北以至……也可以这样说，是榆林土地生长了榆林文学，是榆林文学选择了榆林作家，是榆林作家书写成就了榆林文学。

这些集子中，既有雄浑朴拙信天游传统基因承继下的“大漠孤烟直”的凝重苍凉，也有圆润细密肇源于吴越之地“榆林小曲”历史朗照下“小桥流水”的清冽潺湲，既有对这块土地秦直道汉匈奴杨家将李自成等过往历史的“反刍”，也有神府煤田佳子盐田三边油气田资源开发暴富后人与土地纠缠一起的裂变和创痛，更有对这块土地未来的文化增量和资源枯竭后的反思与叩问。写这些的时候，他们都把自己“括”了进去，跳站在历史和现代的脉搏上载浮载沉。

这些作者中，既有出生于上世纪五十年代合作化时期的鼎宿擘将，生活的丰富和阅历的积累使他们的作品沉淀着气定神闲的臻达实崎；也有六零七零后的盛年健将，他们精神饱满志气昂扬，呈现出的是金声玉振磅礴豪迈的雄浑鼎运；更有八零甚至九零后的新锐先锋，他们亦如春初新韭，绽放出的是激情射远葱茏向上的气象峥嵘。他们多半是男性，自然赤诚锐利，汪洋恣肆，洋溢着陕北汉子有如白于山般的铮铮撼动力；她们少一半是女性，自然明心见性，飘逸涵泳，昂奋着塞外女子亦如无定河般的勃勃生命力。

每个作家都是个体，都溢散着自己的风格个性，但我们不妨宏观地扫描，就会发现这套丛书的整体质格，他们没有“屌丝”般追踪当下文坛眼花缭乱的技术呈现，而是沉静从容地在做深层次勘探思考。他们看到了柳青在各种外界诱惑各种头衔叠加时却从北京回到了黄甫村定心专意地和“梁生宝”一起相跟着去买稻种，他们记住了路遥在现代主义以及各种新潮纷至时依然对现实主义的一如既往。他们的坚守是对这块土地深思熟虑后的清醒执著，他们的放弃是对历史当代未来文学扫视后的理性选择。

这套丛书里的作品，不敢说篇篇或部部都是精品，但挑出任何一部，总有那么一篇或几篇毫不逊色于我们现在被评奖或被鼎举的作品。就是这套丛书里的一些篇什当初被大刊物推出时，很多编辑甚至误读了他们的籍贯，一些评论家不得不遗憾地错位“回头率”，不相信陕北这块土硗地瘠的偏僻地域会生长出如此豪迈纯粹而又不乏敦厚写实的时代性作品来。但事实是，他们就是陕北的，还是榆林的。他们还曾坚定地下判断：这块土地还将走出像柳青路遥那样的卓然大家。当然，也有一些说法和担心，说这里的沙尘暴或多或少地会给这些作品涂上拂不去的尘埃，说这里的经济过度膨胀或多或少地会让金钱俘虏强暴了文学……时间，会让一切遮蔽的误读回归本真，会让一切偏离的目光在位移的途程中矫正焦距。

未见书稿之前，我们曾策划议定这套丛书不超十本。书稿收讫，左挑右剔，她们总会以不同的角度闪耀不同的光芒拨动着评委的某根艺术神经。结果，就成了现在翻了一倍还挂一丁的数量。多就多吧，多了更显阵容的气势和宏壮。就这，还有许多集子被搁置而未能收纂，更有一些或因未能赶及或因刚出过集子或因未有时间收汇成册，而谦让地将这权利让位给那些更年青更需要资助的作者。

陕北是一块艺术的土地，这块土地曾让多少艺术家淹没其中，然后浮出水面。就连一代伟人毛泽东也被这块土地艺术地浸湮，发出“北国风光，千里冰封……”的艺术化声音。之后，还有丁玲、贺敬之等等一批准陕北作家。真正从这块土地中心泛出泉水的是柳青、路遥，他们操着这块土地的语言，复述着这块土地的故事，他们自始至终没有从精神上脱离这块土地……这套丛书是这种文学的承继也是这种声音的广延，他们中的一些人若干年后很有可能就是第二个柳青第三个路遥。惟如此，才是我们的切望和期许。

2016年3月5日

于九一斋

吹面不寒杨柳风

——岳静散文印象（代序）

惠雁冰

岳静是我的老同学，这个“老”字分量很重，像记忆幅面上的深刻褶痕一样醒目，它连接着清涧城关小学那个没有一点绿荫的小小操场，连接着清涧中学那几排如兄弟般整齐亲切的青砖教室，更连接着70年代后期到80年代中期那个艰难苦涩又时时蛰伏着变迁声讯的早春年代。

岳静是我的老同学，这个“同学”也有其特殊之处。她是北京人，父母60年代支边清涧，一呆就是30多年，岳静由此和我成为“反认他乡作故乡”的同学。幼时，我记忆中的岳静便与常人不同，在遍地蓝色条绒衣和一片陕北方言萦绕的环境中，她的穿衣说话与他人迥然有异，尤其是课堂上语文老师常常让她朗读课文的场景，不知点亮了多少少年眼中憧憬的烛火。高中毕业后，她成为清涧电视台的第一位播音员，见证了清涧这个山区小城在现代化潮流中艰难跋涉的每一道履痕。随后，她甘为人梯，退至幕后，以电视台副台长的身份扶持培养了一批批广电人才，其专业素质与敬业精神至今为人称道。总以为岳静会一如既往地编织她的电视情结，谁料她又转行至县政协，直至榆林市政协，由万人瞩目的公众人物变成为时代舞、为民众呼的政协委员、政协工作者，着实有点出乎人的意料。但细想之下，又不禁释然，其实，这样的身份转变并不突兀，荧屏与政协之间本无隔膜，内里接续的是岳静承自父亲、传至职业的执著的民生意识与底层情怀。

前些日子，岳静来电说起出书一事，并有让我作序的想法，我欣然答应。她的散文我早有拜读，其清新雅致的文风，皴笔点染的技巧，随和率性的表达，以及深沉独特的感悟，常常引发我的诸多思考。更重要的是，在散文中她所打开的一扇扇小巧而别有洞天的视窗，如一把开启了尘封岁月的起子一样，又如一声声带着风声的清脆哨音一般，询唤起我对少年时代的无限追忆。因此，如果让我说对岳静散文的总体印象的话，我会以南宋诗僧志南的诗句来形容：“沾衣欲湿杏花雨，吹面不寒杨柳风。”

岳静的散文集共分为五个篇章，分别是“食之不语”、“今夕何年”、“凭栏听风”、“黑白之间”与“乡关何处”，细腻地追述了自己40多年来的心路历程。如果单从结构上来分解，我想把它划分为三个层面，一是对物质匮乏年代童年生活的踮足回望，二是对部分激起作者内心感触的社会光影的细心捕捉，三是对自我喜忧与人生冷暖的悠长抚摸。不管是述及自己寄养外祖父家的孤独，还是流连于自己日常生活的愉悦，不管是对奶爸奶妈的惦念与感怀，还是对公义良俗的由衷期盼，她的散文总是流淌着一种感恩的情绪，闪烁着一种温暖的底色，奏响着一种激越的旋律，从而在她的审美版图上展现出一系列虽有对立却能内在融合的多元色彩，贫瘠而不单调，命运多舛而不放弃尊严责任，心路崎岖却坦然面对，身份卑微却才情绝伦、义薄云天。这些缤纷参差的色块在岳静轻挑慢拢的叙事节奏中，恍若一颗颗被随意设置却彼此呼应的棋子一样，灵动地折射出一个知性女性的人生情怀与生活体验；又仿佛是一角小小的天宇，在风云纤巧的流动中让我们近距离地触摸到岁月划过的清越声响。

散文贵“真”。曾几何时，由于特定的时代要求赋予文学的叙事规范，轻灵活泼的散文文体被高度约束在主流意识形态的话语空间中，散文的美学品格由此发生畸变，其所展开的美学表现空间也自然缩微，更为重要的是散文求真、求自然的美学精神也渐次消解。直到80年代中期，巴金先生饱含个体悼怀意识的《随想录》的出版，才重新唤醒了散文文体意识的回归，并引发了当代散文创作思潮的涌动。自此，抒发自我意识，浓写真情实感，表现独特思考，成为新时期以来散文创作的主要精神指向。如果把岳静的散文放在这样的大背景下予以考量，那么，她的散文其实就是一朵契合着当代散文历史性嬗变轨迹的浪花。她对童年时代过年、过端午节、吃饺子及家乡煎饼的记述，行文绝不讲究，风行水上一般，真切如在目前。如过年前最后一次遇集的时候，父亲大包小包地采办年货；包粽子时屋灶烟气不畅，母亲在外用力拿盖子扇风；卖煎饼老妇摊制煎饼时的利落手法，以及过节时小孩子想多吃饺子又怕自己吃不完的矛盾心理等，倘没有真切的生活体验，倘没有经历过那个多难而贫瘠的年代，倘没有对生活细节有如此深刻的感受与精妙的传达，绝不可能像她的笔触一样处处抓挠到读者最敏感的心弦。尤其是作为同乡和同学的我，更能从岳静温润如玉的书写中感受到那个时代脉搏的每一刻颤动。就拿煎饼而言，在我小时候那可是可望不可即的。每当下晚自习时走过红巷口的狭窄街道，不管是严冬还是酷暑，昏黄的路灯下，总有一两个蹲在地上，双手袖在怀里的老头。就那么简单的一个箩筐，就那么几个再平常不过的青色的小洋瓷碗，内里传达出的特有的诱人气息足以让行走的少年顾盼连连，几不能行。甚至会生出这样的念头，如果卖煎饼的是我家的人，那该多好呀。还有一件趣事与我的几个住校同学有关。晚间，学校宿舍里的男生饥饿难忍，青水煮菜的伙食让这些正在长身体的后生们时刻处于亢奋状态。恰有卖煎饼老头寻摸生意，男生们邀他进来后，转手就将灯火熄灭，接着便是一阵窸窸窣窣的声响。等到老头终于回到光明中时，篮内的煎饼已空空如也，只能一路骂声，负气而走。如今想起这一幕，依然让人既忍俊不禁，又心游万仞。

90年代初期，散文写作出现了一种向生活回归的迹象，创作者多为女性，又多谈家长里短及个人的情感经历，因与我们以前习见的宏大叙事无关，时人将其称作“小女子散文”，语气多有揶揄。岳静的散文也谈内心的悲苦与畅快，也谈自己的父母辗转陕北的苦涩经历，也谈自己入职过程中的种种艰辛与不快，但其中一直有一种宽厚的隐忍与同情的理解。也许是受职业的影响，她的写作视角常常能从既在的事件或人物中超越出来，并赋予童年、母爱，或悲剧命运的人物、不公正的事件以积极、乐观、豁达的阐释，同时还给予理性的思考，读后令人油然感动，心悦气畅。如《母爱是心中升腾炊烟》一篇，由童年时对母亲所做饭食美味的回想，再写到工作后母亲对自己的深深牵挂，以及到榆林来探望自己的场景，让人眼热。在此，岳静很少直接表达对母亲反哺的感恩，也并没有用细节来强化这种爱的浓度，相反只是悠然的叙述，但每一行字都能让人体味到成年后的女儿对亲情二字的深切感怀。读到这里的时候，我不由得想起甘肃诗人娜夜的《母亲》中“一条大路”与“一条小路”的譬喻，以及福建诗人舒婷面对母亲遗像时“头戴荆冠，却难以开口”的痛切诉说。再如这篇《山谷的啼鸣》，写出了具有相当情感浓度的非血缘之爱，使奶妈这个形象呼之欲出。岳静剥茧抽丝一般记述了奶妈对他们一家的关爱，分户时送碗、送鞋垫，对奶孙女的疼爱，买来煎饼自己舍不得吃半口，追着喊着给孩子压岁钱等。尽管遭逢了如此之大的家庭变故，奶妈却是那样的坚强果敢，死活守着自己的房子，寸步不离。尤其是“不能让债务黄了，不能让他们爷俩回家时看到家里没人没灯”一句，令人心碎，让人感佩。再如《真心还能坚持多久》这篇，详尽地书写了自己提干时组织关系找不见，身份证丢失不能参加职称外语考试，就连头发乌黑也被别人怀疑作假等生活经历。作者通过自己的亲身体验，吐露出对社会上真假不辨致使诚信旁落的困惑。但作者并没有就此搁笔，而是笔锋一斜，与自己的内心开始了一场颇具意味的对话，在坚守的善念与连续不断的诘问中，将散文所提及的社会现象推向一个更深入的表现空间。

90年代中后期，“文化热”开始影响散文创作，面对现代化进程的不断加快，以余秋雨、夏坚勇、张承志等为代表的作家们突破了散文的既在审美范式，开始以深沉的历史意识、纵横捭阖的写作视角与勇于担当的创作心理，来重新面对与叩访那些影响了中国历史进程的人文现象，极大突破了传统散文的艺术格局与美学范式，使散文创作呈现出一种大篇幅、大气魄、大笔墨的特征，文学史上称其为“文化大散文”。联系20年前的这场创作思潮，岳静的部分散文也可以归入“文化散文”的范畴。不管是《绵山随想》《美丽而凝重的刘公岛》，还是《秦淮河畔曲声哀》《唐寅园里听秋风》，抑或《闽行散记》《留香萦绕》《何事长戚戚》等，岳静利用自己出去游访的机会，对包蕴着丰厚历史文化信息的山西介休的绵山、山东威海的刘公岛、金陵八艳、才情卓然的唐寅等人文现象进行了细致入微的剖析。行文之中，她既为介之推等历史人物的刚烈大义而击节，也为秦淮女子所遭逢的凄惨命运而叹惋，文势纵横，意随笔至，引起读者的强烈共鸣。需要提及的是，岳静书写这类文化散文时的结构模式。她一般是以一个与文章的内容或主题相关的事件入手，就像话本小说中的书帽一般，然后循序引出话题，接着笔势辗转，上下腾挪，将众多同质性的历史文化现象串为一体，最后引发感慨，沉重不失温暖。我读这类散文时，每每觉得岳静散文之风大有杨朔“卒章显志”的韵致。但问题可能也就来了，这种写法使岳静的散文在保有了温暖情怀的同时，或许也在一定程度上影响了她对历史文化现象进行更为冷峻的观察。当然，这也是一种略带苛刻的说法。

读完她的散文集，作为岳静的老同学，我为她对社会生活肌理的敏感觉察而欣悦，也为她勤奋不懈的写作态度与深沉的底层姿态而感佩，衷心祝愿她的写作之旅面朝大海，春暖花开！

2016年3月26日

于延安大学图书馆

// 目录 //

第一辑

>>>

食之不语

·年的滋味·

年，有很多不同的滋味。

最甜蜜的年，在童年。儿时总是企盼过年，穿新衣，堆雪人，打雪仗，把作业扔到九霄云外，最要紧的是可以敞开肚皮吃大餐。

父亲的厨艺在街坊间小有名气。每做年饭，他都是很正式地写出菜单，权衡每道菜的取舍，然后按照菜单在腊月二十六带着我们进城备料。这是一年中最热闹的集日，未来得及购置年货的人，大都要赶在这一天进城，要不，到月尽二十九就物价飞涨了。人山人海中，父亲顾不得被挤得浑身生疼、谁也找不着谁的我们，艰难地推着渐渐载满货物的自行车，行进在集市。他不时地伸出手，护一下自行车双把上倒挂着的被紧拴双翅却仍不老实的大公鸡，免得它们被挤掉，扑飞向拥挤的人群。为了等一年才有的年饭和一个正月“足鸡豚”的饔飧之乐，一切都是值得的。

父亲张罗好十道八道的大菜码了满满一桌，香气交织却清晰可辨。我们先忍了欲滴的涎水，换上母亲缝制的新袄，贴妥父亲书写的楹联，两个弟弟抢着点燃挂在晾衣绳上的炮仗，在“噼噼啪啪”的驱邪声里，摇曳在铁丝上的炮仗像旧年的尾巴，越来越短，直到消失殆尽，化为一地的碎屑，我们便迫不及待地围坐在椭圆形的棕色餐桌旁，争先伸着胳膊夹自己喜欢的佳肴，一家人道祝福，打杠子，猜灯谜，成语接龙，好不热闹。

父亲做的“京味儿”很诱人，并且擅长自创。有一次，父亲用猪肠衣自制香肠，卤了满满一大锅，香远益醇，还没熟透，我就开始蹲在灶台上捞着吃，给夜游打好了坚实的基础。

除夕的夜，我们提着父亲做的别样冰灯，如同精灵一般，穿梭在此起彼伏的焰火璀璨里，跳跃于黑暗苍茫的冰雪严寒中，优越、自豪感油然而生。狂闹回来，打牌守岁，通宵达旦，仿佛要把一生的快乐在这一夜统统挥霍掉。

也有不和谐的年。父母争高论低，无非是生活重压下的琐事，大都与经济有关，吵着吵着，就把十足的火药味带到了年关。在火辣辣的年夜，我们姐弟仨不敢大声说话，看着父母脸色行事，趁他们不注意了，就偷偷地闹。

生活越来越好了，父母却年迈了起来，我们也如劳燕，分飞千里，无暇时时回家在他们的身旁尽孝。因工作的特殊性，在很多节假日，往往是我最繁忙之时，加之一票难求的旅途劳顿之苦，年关回京探亲，真是令人生畏。然而呆在自己的家里，又饱尝思想、惦念之苦。母亲常在电话中假装轻言淡语地问：“今年怎么着啊，过来吗？”母亲唇齿间温柔、满含期盼的语气，便在那一刻蜇痛我的心。“每逢佳节倍思亲”，没有亲人团聚的年，总是心底的憾。

2009年工作变动，终于有空踏踏实实地守着父母过了一个春节。大年初一，一家人一起包饺子，闲散地聊着。父亲突然说：“丫头啊，都全了，就把你一个扔在了那么远的穷山沟。”

众人一时语噎，没人接这个话茬儿，热乎乎的气氛顿时凝结了一般。父母在陕北榆林支边40年，退休返京已10余年，独把我落下了，这是父母长久以来的心病。我笑着说，你们在穷山沟植了一辈子树，开花结果，总得留下种子吧。母亲开始哽咽，唇颊蠕动。我转过头去看窗外，不让眼眶里的泪水掉下来。冷风挟裹雪屑，像更夫，不识相地敲叩着高层建筑的玻璃，瑟瑟萧飒。原本其乐融融的年，突兀地生出了伤感的酸楚。

年，很快就过去了。聚了，就得有散。越想久住，日子就越飞似的地往前奔。那些日子，故乡的情、亲人的爱，千丝万缕，割舍不断，眼瞅着假期临尽，不敢想走的事，不敢说走的话，心绪被离情别意纠缠得人未成行，泪已成行，真真一个“双袖龙钟泪不干”。

从儿时的无忧到中年的牵挂，年的滋味，各有不同，一颗漂泊的心，在酸甜苦辣的糅合、淬炼中，日臻坚强成熟。慢慢悟得，过年，求的就是一个乐字：老人子嗣绕膝的乐，亲人放松游玩的乐，友人酣畅把醉的乐，也有自己拥抱自由的乐，只是乐遥远而奢侈。

当然，行，是为了再次的返。孤帆远影，千里相牵，客心跋涉，归雁长天。每年，每年，多少祈盼，多少乡愁，被打进行囊，挤着重重熙攘，越过程程水山，向着温暖，向着家人的团圆……

·怀念端午·

又逢端午，却难觅儿时粽叶之清香。

包粽子是一件盛事，离端午节还远，家家户户就开始晾晒红枣，挑拣粽叶，早早地预备着了。谁家都有三五个孩子，吃起来跟比赛似的，再加上礼尚往来的人情门户，每家都要包足够多的粽子，所以那些天，免不了要请刘家婶婶、白家婆婆来帮忙，父亲便是常被人请去帮忙的包粽子能手。

本来这活大都是女人来干，母亲偏偏一辈子不会，而父亲包得又快又漂亮。端午前后，父亲常常是出张家、进李家，“碧叶香蒲处处忙”，有时甚至初五这天，才能赶出自家吃的粽子来，虽累得直不起腰，却乐此而不疲。看见父亲忙前忙后的，别家的孩子早已大口吃着粽子，我们眼馋得心急如焚。当然，人家也会送我们几个，但是不够解馋啊。上上下下院里的街坊都由衷地夸赞父亲人聪明又和气，粽子包得最好，我们听了便荣耀地充诎起来，下意识地舔舔嘴，仿佛甜糯就在唇齿之间。

父亲常年野外下乡，与林为伴，很少回家，但是每个端午节必定要赶回来包粽子。他用料讲究，宁肯多花钱，也要选上等宽大粽叶。辅料红枣，他一看成色就知道产地，清涧东河畔红枣是首选，皮薄肉厚、绵软甘甜。糯米头天晚上淘洗浸泡，包的时候，开水烫浴粽叶，叶片霎时色暗，柔韧而不易折裂。父亲包粽子的手法极快，而且枣多个大，却不散，棱角分明，叶子与叶子一个方向毗邻地紧挨着，并不花插，吃的时候，系带一解，粽叶往上一提，整个粽肉就骨碌到了碗中，不会弄黏双手。我们不爱吃黄米（软糜子），父亲就只包江米，那是透着枣的红润与叶的碧光的晶莹玉糯，洒一层细细的绵糖，香蜜如饴。父亲包粽子，我们姐弟仨就蹲在旁边，跟父亲“学手艺”。几双争抢的小手，搅动在盛米的大水盆里嬉戏捣乱，我把费尽心机卷成的锥形粽叶小尖筒高高扬起，甩溅一世界的水花和缝隙间逆射的霞光。夕阳赶着回家，燕儿啼旋争约。微风吹过，晚意清凉，好奇的点点繁星越聚越多，和我们一起在父亲一肚子天文、地理、历史的故事中沉醉。家家忙于庆瑞阳，赶着早去山野町畦采结艾草，缠绕鬟鬓或别在高高的门楣，熏香辟邪，却没有几个人说给孩子沅湘之怨，我们虽不解《离骚》，但年少时起便惜屈子抱憾投江，钦迟侠行千古的忠义气节。

外面的台炉只能置小锅，煮不下太多的粽子，得重启家里久不烧的灶火，也因夏热，浓烟不入炕道，逆向而行，满窑生烟。母亲掀起门帘，站在门口，用力上下挥动秸匾，把风煽得呼呼作响，像船头的舵手。我们唱不来号子，寻了锅盖、棋盘，一齐上阵，尽情舞动双臂，一个个面红耳赤、气喘吁吁，仿佛龙舟穿越竞渡。炭火渐渐炽旺，水锅开始鼎沸，“咕嘟嘟”地冒出了我们期待的声响。即使煮了满满一大锅，也不够吃，节后，父亲又添枣米，把翻晒的旧粽叶包了再包，延续端午情结，这在物质极度匮乏的年代并不容易。

许多年后，老邻居们都四分五散地迁入新居，居家也独门独院，凭窗难望，往来无几，况且经济繁盛，买现成粽子省时又方便，父亲便少有人请了。

父亲时常追忆那些火热的岁月，他的内心深处有了一份失落，一起失落的还有父亲的年轻与康健。端午节这天，我们还会回到父母身边，依旧围在旁边打个下手。父亲的粽子包得依然漂亮，但看得出，手法慢了下来。直到父亲腰椎间盘突出症严重了，不能再弯腰做事，才罢手不包了。

父亲的粽子把对生活的挚爱与豁达包容其中，味道独特，只要看到父亲包的粽子，不一定吃，便是一种慰藉。再吃父亲包的粽子已经是一种不切实际的奢望了，于我们，没有父亲包的粽子是不完整的端午节。

一直酽念旧日煮满粽子的大铁锅里沸腾出的扑鼻清香和弥漫满窑满院的馥郁温馨，怀想那些逝去的、从父亲那双大手中包出的无穷欢乐。

·关于饺子的记忆·

北方人有过节吃饺子的习俗，尤其是在过年，无论家境贫富，都会称肉买菜剁馅，不管离家多远，都要赶着回家，吃顿团圆饺子。

一直不喜欢在外面吃饺子，都没有家里的饺子香。母亲包的饺子皮薄馅儿大，色味浓郁，还捏着花边儿，或是小老鼠的模样，可爱又好吃。母亲擀皮很快，父亲领着我们齐上阵，都能供得上。父亲包饺子也是极快的，牛骨匙一挑，馅落皮中，两手尽量上握随意一挤就好。父亲不在家的时候，便由母亲包，我们擀皮。我们姐弟仨7、8岁的时候就学着做饭，最难过的就是擀饺子皮这一关，长的、方的、三角的各种形状都有，总也不周正，圆不起来。

母亲的绝招在拌馅儿，有韭菜鸡蛋的，猪肉、羊肉大葱的，还有香菇海鲜（不过是虾皮）的，像芹菜、莴笋、茄子、豆角、南瓜、西红柿等等蔬菜在母亲那里皆能入馅。母亲带我们回京探亲时，还做茴香和韭黄馅，当时的小县城没有这些食材。

饺子好吃，一年也是有数吃几次，都是期盼了许久。包饺子前，我们要说定自己准备吃的数，报多少，包多少，也就吃多少，并不多备，这使我们常常陷于想尽量地多报又怕吃不了挨说的矛盾当中。几大秸匾饺子包好了并不急于煮，等刀案瓢盆都拾掇利落、掸净围裙、身上的面粉，母亲先要做蘸汁，剥蒜，加盐，用擀面杖捣蒜蓉，捣好了，她把擀面杖的头舔一下，转序去炸花椒、辣椒油，再兑上醋就齐备了。春节前后，还有特制的“腊八蒜”，是腊月初八这天用醋泡制在广口瓶里的蒜瓣，颜色碧绿，味道酸甜，现在有卖饺子醋的，大致就是这个味道。

我们轮换着拼力推拉风箱、添加煤块，赶进度。父母却好像是故意在拖延消耗时间，先烧开一大锅水，要灌满两个暖壶，再烧开水才煮饺子。下锅煮的时候，母亲“一五、一十”地仔细数着，饺子在锅里始如沉鱼，被笊篱不停地驱赶，游啊游地，渐渐漂了起来，母亲陆续添加三次冷水，让饺子继续翻腾，我们一旁不住地催问“熟了么？”母亲终于捞一个，咬点边角尝尝，又放回去，直到完全软熟晶莹地透着馅色。出锅的时候，留出送街坊邻居的，就能盛到我们举着的碗里了。母亲用筷子或调羹将饺子一分为两瓣，晾到不再有热气了，等得人哈喇子都要流出来了，母亲才说，“能吃了”。做饺子被称为细饭，从做到吃的整个过程好漫长啊，要是趁母亲看不见的时候就狼吞虎咽，准烫得再吐出来。很烦报数，因为将要吃多少是不确定的，报多了，得撑着；报少了得饿着。不过，我们的办法是宁肯撑着也不能饿着，尽量多报，由25、30、35到40、45，一个劲地往上涨，父母问，吃得了吗？我们用力地点着头，说吃得了，他们对视一笑。看着我们吃着碗里惦记着盘里的神情，母亲经常会问怎么样，香不香啊？我们头都不抬地说，香，香！其实，有时都没回过味来，香是香，就是不知道是什么馅儿的。我心里就在想，等将来长大挣钱了，天天吃饺子，不数数。

有一次，母亲为我们包了五彩饺子。饺子皮儿红黄绿白黑，色彩缤纷。白色以外，黑的记不清是掺了什么，黄红绿三色是用蛋黄和西红柿、菠菜汁和面做的剂儿，捏出来的饺子，黄的像元宝，红的若晚霞，绿的似翡翠，晶莹透亮，非常诱人。那时没有家用绞肉、料理搅拌机，打汁是很繁缛的工序。母亲额头和鼻尖儿渗着细细的汗珠，发际粘着面粉，她满足的笑容绽开在一片蒸腾的热气当中，映衬着窗台上烨艳正盛的扶桑花朵儿，有些逆光，却定格了永恒。

后来，在我们包饺子都飞快的时候，母亲依旧擀皮，但已明显供不上了，父亲就在一旁帮母亲搋面做剂子，一家人边包饺子边聊天，其乐融融。及至我们都成家了，还常惦记着回家吃母亲做的饺子，而且，我煮饺子也数数，这一定是在母亲煮饺子时常在她身后左右的缘故。

速冻饺子出现很多年了，可绝不会上我们的餐桌，只是现在，即使忙活半天，煮得了的饺子，早就改用小碟儿盛了，也吃不了几个。母亲的饺子香味如故，依然为我们迎来送往，又为我们的孩子增添念想，特别是全家人在一起包饺子时的默契氛围和温暖意味，只属于那个既遥远又念念、有母亲在的、被叫做“家”的独特地方。

·清涧煎饼·

清涧煎饼是陕西清涧独特的地方风味小吃，用荞麦做成，状若朗夜之圆月，晶莹如白雪，轻薄似蝉翼，柔韧绵冽，其味沁人心脾，过口难忘。早在元代《王桢农书》中就有荞麦“治去皮壳，磨而成面，摊作煎饼，配蒜而食”的记载，其历史可谓悠久。

煎饼的制作还真有些复杂，要用荞麦粗磨去皮，足水浸糁，在布袋反复揉搓出浆，兑水稀释后，入特制铁鏊摊制，出锅的饼薄却韧，裹了酱肉或豆干，卷将起来，蘸姜蒜汤汁，入口香软，回味绵长，享受，不止在舌尖。

上小学时，学校号召勤工俭学、捡废品，可以抵班费，我的主意是班费朝爸妈要，捡废品、砸石子的兴趣不减，有时，甚至拿了家里有用的东西也去卖，加上买纸笔所剩，常有点小积蓄，在兜里捂不住，总惦记着去煎饼摊解馋，哪怕一、两分的硬币，也吃得格外起劲，然后带着一嘴的异味去上学，或是回家。

煎饼小摊只有零星几家，不能满足众多的食客，且大都是些老者，放学常路过的小十字巷口东南角的一家最火，摊主是个老奶奶。有钱的时候，就找机会溜出整齐的路队，和约好的姐妹分别绕到她家。从人缝中可以看到那一小炉炭火烧得正旺，窜出的幽幽蓝舌舐着铁鏊的油渍，“呲呲”作响，听得人忍不住往里挤，即使抢不到小凳坐。轮到跟前了，也不谦让，伸举小胳臂，煎饼入碗儿，万事大吉，嘿嘿，好几天没尝了！当然，也有因它上学迟到，胡编理由混进课堂的尴尬。

矮矮的屋檐下，老人盘腿坐于石床上，守着一桶糁糊，现摊现卖，她一盛一倒、一抹一拣、一折一卷之间，煎饼依序入碗，动作娴熟，简练从容，让人想起陈尧咨善射和卖油翁酌油的故事。面对一双双翘首以盼的眼神，她顾不得擦汗，蘸汁也让我们自己盛，看着娃娃们满足的吃相，她的眼就笑成了一条线，挽着髻的花白鬓发更加光亮。人少的时候，她还额外地多添给我们一两卷。但有一点，每天食材的定额不变，桶干事完。遇到这种倒霉的时候，我脑子里盘旋不去的问题又会涌到嘴边：为什么不多备些料呢？

清涧煎饼很受当地人的钟情与青睐，从前却少有机会登上大雅之堂，人们也都不富裕，更少有闲钱来天天吃，所以街前巷尾的煎饼摊前每日聚拢了不同的人，倘若几个难得常见的熟人遇上了，便又多了几分欣喜。大家站着或蹲在那里，用并未洗的手，捏着一卷刚出锅的煎饼品尝，嘴里还拉着家长里短。很多人喜欢喝这汁，仰着脖儿喝了又喝，低着头添了又添，嗞溜嗞溜的声音不时入耳。

时代在变迁，社会在发展，在京城一些老字号的传统小吃让人觉得真是老了的时候，清涧煎饼却力求创新，拓出了自己的一片发展空间。摊卖煎饼的人不再由老者垄断，年龄段趋于多元化，煎饼摊也不再拘于房前檐下、小筐小担，清涧的街衢巷陌煎饼店铺栉比皆是，煎饼一跃而成为人们逢年过节、待客宴请餐桌上的特色小吃，珍品佳肴。随着人们价值观念和口味需求的不断变化，清涧煎饼的吃法也越来越多，仅蘸汁就有好几种，煎饼里面还卷进各式蔬菜、豆腐干、猪头肘子肉。提到这肘子肉，不能不说其中一位刘姓师傅制作的酱肘子，据传，他家卤肉的配料是祖上留下来的，那卤汁的老汤传了几辈，轻易是不带给买主的，倘若给匀了一点，便是有了好大的面子。刘记酱肘子绵软酥烂，肥而不腻，回香无穷，常被人三、五百块钱地买了，与煎饼一起远路风尘地送给外地亲戚，可谓绝配。

这煎饼必在清涧吃，才有地道的滋味，但并不妨碍它每天源源不断地输向四面八方，比如我，每年都要送出不少的煎饼。父母兄弟都已返京10余年了，还放不下这煎饼，每有顺人顺车都免不了要麻烦人家捎上些过去，开始几十块地带，后来几百块地捎，但三亲四故、七朋八友的，仍在彼此谦让，总觉得还是带少了。即使航班深夜而至，大弟接机，小弟电话也在疾呼："留着点，我过来！"父亲挽袖管切细肘子碎，父子仨就卷饼蘸汁，比赛似的开吃了，他们竟然都没用筷子！吃吃走走，坐回来再吃，几轮子下来免不了要拍圆鼓鼓的肚子，彼此还相劝："少吃点，不能吃太多。"母亲终也忍不住拿过大弟的碗说："我就用这碗，不嫌你。"如此吃，痛快，仅托运超重就180

块钱也值了！有一年节前，父母和二弟夫妻返清涧小住，煎饼自然必不可少，二弟妹还说，这午饭煎饼、晚饭煎饼，早餐都是煎饼，怎么就吃不够呢？走时车里装的最多的，还是煎饼！

看来，这份煎饼情结无论如何是挥之不去了。多少年都过去了，而我们在大冬天里，光着屁股裹着被筒围吃煎饼或是蜷缩在热炕头的被窝里期待挑煎饼担子小贩吆喝声起的日子，仿佛就在昨天。相信许多走出清涧的游子也会因这煎饼，多了一份对家乡眷念。

前些年，朋友李志厚师傅夫妻双双下岗，面对上有老下有小的困境，携手开了家小煎饼馆，俩人早起晚睡，真诚待客，生意做得甚是红火，一年间，他们仅调制的番茄酱就卖掉了好几大瓮。开始是照顾他们，后来真的是觉得他们做得煎饼大而薄，匀而韧，而且很特别是，他家的煎饼被带到北京后，并未因路途遥远而损伤质地，柔韧如新，亲人都赞不绝口，不像之前的，煎饼一到北京就变了颜色，干裂硬脆。疑惑之余问起李师傅，都一样是摊主起早贪黑赶在我们出发前现做的，为什么会有不同呢，李师傅说，凡事只要用心去做，就一定不一样。因有了他这句话，我便用心吃，竟然吃出了不一样的味道。

清涧煎饼不仅使许多像李师傅一样的家庭脱贫致富，还被为数不少的清涧人带到了异地他乡，尤其是飞机航班次数不断增加和所达里程愈加辽远的今天，清涧美食和地域文化的种子也悄然播向了黄河上下，大江南北。

第二辑

>>>

今夕何年

·苦苦求学路·

2005年的夏季，对于清涧下廿里铺乡十里铺村的白永涛家来说，是一个不寻常的季节，因为他和小妹妹白莹在这一年分别参加了高考和中考，并都如愿地拿到了录取通知书，但在永涛兄妹的脸上，却丝毫看不到应有的喜悦。

白永涛出生于一个祖祖辈辈的农民家庭，家里有7口人，70多岁的奶奶患有严重精神分裂症多年，父亲辗转他乡到处打工，母亲顾不得身体多病，在家务农，还得支撑这个家，永涛4个兄弟姊妹都在学海苦苦挣扎，他们的大学梦随时面临着破碎。

土地曾是永涛全家唯一的希望，由于连年的旱涝灾害，庄稼几乎颗粒无收。近年来，国家号召退耕还林，永涛家退耕了5亩地，两年补偿粮食折价和管护费约2000元，但家里人口多、拖累大，甚至解决不了温饱。生活费以外，老人常年的医疗费、4个读书人的学费、妹妹白莹骨折的手术费等等，使得永涛家债台高筑。家里没一件像样的家具，唯一值钱的老黄牛也被人牵去抵了债，就是想买一袋洗衣粉或是一包火柴，都要斟酌，生活的重压让人喘不过气。大妹妹红玉读了半年初中后，就不得不辍学了，小小年纪背井离乡，先后到西安、北京等地做小保姆、打工挣钱贴补家用……

永涛拿到西安国防工业技术职业大学的通知书时，最先想到的是学费，第一学期的学费就是7000多元，他知道家里没有这个能力。

贫困是经常折磨永涛的一个问题，这对学习影响很大，有时，听着课或是做着作业思想就抛锚了，这样的体验很久了，好像从初中开始，6年的中学生活他都不知怎么过来的。最困难是小妹妹骨折的时候，家里几乎陷入了绝境，大妹红玉就是这时候辍学的。永涛也想过放弃，是改变贫穷的信念支撑他走到了今天。

永涛说自己像个债主，一直搜刮着家中的一切，向父母索取着从心上切割下来肉，占用了父母辛勤的劳动果实。他实在不想再这样继续下去。

说起父母的辛劳，妹妹白莹说，记忆中，母亲是睡得最晚的人，每天拖着劳累的身体将东山的太阳背向西山，有一次，母亲是被人背回来的，她劳累过度，晕厥在田里。父亲在暗无天日的井下挖煤，煤矿事故频出，一家人整天都提心吊胆。为了不让家人担心，父亲回乡在邻村的砖厂打工。父亲不在家，母亲就更加辛劳了，农活以外，还要照顾生活不能自理的奶奶和年幼的弟弟。

母亲说家里的头等大事是挣钱，要供4个孩子读书，红玉考上了中学，家里却强迫她辍学，让她打工供给哥哥和弟妹，最对不起的就是红玉。她说白莹也差一点就中断学业，但这孩子太犟，跪在地上哭，苦苦哀求，像疯了一样，实在不忍心不答应她，这才又念了下来。

白莹当时就读于一所收费较低的民办中学，在学校，白莹是个品学兼优的好学生，曾获得许多的奖励和荣誉。在家里，白莹是个知冷知热的好孩子，为了节约开支，白莹骑自行车上学，不分阴晴雨雪，每天往返40里路坚持回家吃饭。她总是痴想，要是能像别的同学那样在学校买着吃，哪怕是一顿，该有多好啊，因为这样，可以节省很多的时间！白莹明白，只有努力读书，才能改变一切。可是太不幸，白莹骑车不慎摔伤，医疗手术费6000多元，家里本就捉襟见肘的经济状况更是雪上加霜，她再次面临着辍学。父母腆着老脸向亲戚和乡邻借贷，有一次，她目睹了父亲因向人家借5块钱所遭受的白眼，那不屑的眼神深深刺痛了白莹，她不愿成为别人奚落的对象，她说，一定要好好学习，再不让别人看不起自己的家人。

面对困境，白莹积极向社会求助，为了学业，他们愿意为人子、为人女。

白莹通过努力，终于考取了省重点中学——榆中。她说，她最大的愿望是将来考取全国的一流大学。她目前的困难是如何偿还班主任替她垫付的200多元书费。

永涛上大学前最后一次在家里吃饭了，大家的心情都有些沉重，他弟弟小涛打破了压抑的氛围。小涛说，妈，我也要像哥哥一样考大学，母亲沉默了一会儿说，哪里都有你，你就不要念了，你瞧，你的住宿费也交不上，又要交校服费，妈打酸枣卖得十几块钱，你四姨卖了菜，给了咱9块，还说倒点油，买些盐，你又要买书买笔买本子，你不上学去，这些费用就都不用交了。小涛不答应，摔下饭碗，哭了起来，声音嘶哑，让人心颤。幼小的小涛已经开始担心他也会如哥哥姐姐一样陷入失学的困境。他抹着眼泪着说，妈，只要让我念书，给我吃什么都行，我长大了帮你还账。

永涛过去把弟弟搂在怀里，一边给弟弟擦泪，一边哄他说，上，上学。母亲无言地用袖口擦着腮边的泪。我看到她衣服的袖口，还有衣衫底边，都敹着贴边。

永涛就要离开家了，他最担心的是家里的生活，奶奶、父母的身体和弟妹的学业都让他揪心。他说，弟妹都比他学得好，他们的学业不能无端荒废。其实，对他来说这所大学并不理想，他说自己没考好，但他没有条件再复读一年，所以，他别无选择。以后的路怎么走，或者说将怎样去改变家里的困境，一直是这些天里最折磨他的心事。他觉得家里贫困的根本原因是人口多，奶奶又病了这么多年。他说，他读书以外，利用节假日勤工俭学，可以减少家里的负担，只是不能回家过年了，将来他会努力工作，挣钱还账，让家境逐渐好起来。

在火车站，前来送行的父亲帮永涛提着背包，他一言不语，不时地来回调整背带，整理四角。火车即将启动的刹那，父亲用布满老茧和裂痕的粗黑大手偷偷地抹了一下眼角未风干的泪。父爱无边，却又是如此的沉重……我不由地找出钱包，钱不多，但倾其所有，塞给了永涛。

长长的汽笛是他们彼此都说不出的别语。永涛远离了故土和亲人，没有回头，走近着他的梦想。列车远去，多希望也带走他的烦忧，从此，永涛顺风又顺水！

两个机位几天的录制跟拍，剪辑并不容易。我们得知，永涛的奶奶不幸又被摔骨折，大小便不能自理，无钱医治，永涛的母亲被拖累在家，不能进山劳作；永涛校园生活拮据，常饿得头晕；莹莹向四姨夫哭诉伙食费没了，书本费还没给老师还上；小涛的学费至今未交……为了给他们争取更多的帮助，我们的栏目组赶时间，抢设备，加紧制作。节目播出后，反响不小，她家的困难先后得到了县民政部门、乡党委政府、村委会、村民和许多好心人的帮助。12月19日，清涧县关心下一代工作委员会办公室白主任特地为永涛家送了1000元，并且承诺以后每年都会再来，资助孩子们继续读书，完成学业……还有好消息，之前替小红玉在北京联系的工作也有了着落。

多日的奔波，有了预期的结果，总算没有辜负这档节目的策划，终于能奢侈地睡个安稳觉了。

·给风儿一个家·

1

一次偶然的机会，遇到了以帮助农村单亲困难留守儿童为主要任务的“星星火”志愿者团队创始人刘凯和白志强，听他们谈实施“留守贫困儿童帮扶计划”的感受，心中不由地为之一颤。我也非常愿意加入其中，力所能及地为孩子们做一点事。第二天，迫不及待地找来他们制作的专题片《爱的延伸》看，片子讲述了部分留守儿童的故事以及他们第一次帮扶的情况。反复看，一次次被深深震撼，一次次泪流满面。当时正值全县两会召开，单位事多，我又是政协委员，忙是可想而知的，但还是想办法抽出时间和他们一起去乡村学校看望孩子们。

为了这一次行动，伙伴们开始凑钱，商量送孩子们的礼物。因为已经开学了，我提议捐助以学习、体育用品和衣物为主，大家赞同。一位企业家买了100个书包，太好了，我决定给每个书包里配一本《新华字典》，工具书应该是孩子们需要的。我立即打电话询问新华书店的党支部书记、乒友杨玉雄，他竟然说，根本没有，全城或周边县区书店调也差得远，真是没想到搞些字典会这么难！只好赶快请他帮忙紧急从西安或周边城市调运，并一再叮嘱他，一定要商务印书馆的版本。

其他物品都购置齐了，大家焦急地等着这批货。这时，刘凯给我出了一道难题——为孩子们创作一首歌。我从没涉足这个领域，思索几天都没有头绪，便一再推脱，他却不答应，并鼓励我一定能写好。

大费周折的字典终于到了，大家欢呼起来，准备第二天出发，歌词的事就抛在了脑后。

一大早赶到刘凯家，他和媳妇天不亮就起来在寒冷的室外配装各种学习用品和衣物了。志愿者陆续赶到，一齐上手帮忙，很快一切就绪。望着他家院子里乒乓球案和矮墙上的物品满满，就像我们的信心，大家对视一笑，击拳相贺。车队就要出发了，因为要去几个学校，东西太多，每个人都必须开车。我心里发怵，自驾去东区，以前从没有过，看看周围，都是一帮小伙子，我不能示弱，只能硬着头皮上了。山道弯曲而狭窄，路生心怯，总跟不上前面的车，本来夹在中间被保护着，但担心浪费时间，就让他们先走，可是没多久，我就掉了队，遇见岔道就头疼，一遍遍地打电话、问路人，恨自己太笨，没有方向感，又不熟悉乡村。想着孩子们在等待，我不由地鼓足勇气加速，再加速，车在山间盘旋，心也在疾驰。

天非常冷，见到孩子们时，他们的小脸已被呼啸的寒风冻得通红。他们排着长长的队，一双双张望的眼里流露着渴望和欣喜。分发物品时，看到好多孩子衣衫单薄，甚至破旧，有的头发蓬乱，手脸上的脏污也掩盖不住那触目的冻伤。我不自主地捧起他们的脸，焐着他们的手，褪下自己的手套给孩子，并蹲下来帮他们整好错系的纽扣和反穿的鞋子。我尽量低着头，怕自己的红眼眶吓着他们。大家推举我讲话，可是面对孩子们，真不知该说些什么，怕勾起他们对父母的思念，也怕伤了他们敏感的自尊，除了安慰鼓励的话，便是强忍着泪水。每到一个学校，来到孩子中间，都会哽咽，甚至无法控制。泪水浸过的眼在冷硬的风里被刺得火辣辣的，为了不让泪掉下来，我仰头眺望天空。树枝上的积雪又重新飘飞，旋舞，下落，最后，一片一片地偎依在大地，任乱窜着的风儿怎样捣乱，他们都乖乖地聚在一起，享受着大地母亲的温暖怀抱。而这些父母没在身边的孩子就像没头没脑的风儿一样，缺少亲情，没有家的关爱。那一瞬，总有拥他们入怀的冲动。

而孩子们，却把他们在清晨、在午后、在阳光里、在天空下最嘹亮的歌声、最灿烂的微笑、最稚嫩的话语长久地存留在了我们的记忆里。当然，还有他们的哭和泪。

黄凯，高杰村九年制学校一年级男生，父亲车祸遇难，母亲离家出走，奶奶残疾，唯一能照顾他的爷爷也患病在床。小黄凯最大的心愿是能和爸爸妈妈一起玩儿，他还不了解孤独和无助，他想爸爸，没有地方去叫，就用树枝在地上不停地写“爸爸”，一笔一画，字越写越大，真的希望他在天堂的爸爸可以看到儿子的想念与渴望。6岁的小刘丹，川口村女童，有一双水汪汪的大眼睛，非常漂亮，她父亲外出打工，母亲改嫁，她的愿望是快快长大，打工帮家人还债，她不认生，谁都让抱，两只短短的羊角辫和豁牙漏气语音，惹人怜爱。韩姗，高杰村九年制学校七年级住校女生，学习成绩从来都是第一，家里的墙上贴满了奖状，周日回家，她就承担起了洗衣做饭等全部家务。守着患病的爷爷和奶奶的韩姗，已经懂得了面对苦难，她抽泣着说，不能有太多的奢望，只想好好学习，早点长大，孝顺亲人……志愿者们自带粮食蔬菜，在学生灶做饭，请孩子们吃，孩子们吃光了所有盘子里的菜，个个脸上嘴角粘着饭粒和菜渣，班主任摘下眼镜一个劲地擦，终于别过头去悄悄地呜咽，孩子们却是一片欢言笑语。鼻酸、心疼，大家的泪难抑出奔。这些幼小的苦苦留守的孩子们，因父母身残、智障、外出、离异的伤病、变故而痛失亲人，成为了孤儿，他们的生活无所依靠，无辜地承受着来自家庭的不幸与伤害，他们的内心，无比的不安和孤寂，他们是多么地需要温情与抚爱！

忽然间，写给留守儿童的歌词，在那一刻有了雏形。

2

2011年秋，收获的季节。清涧县文化部门干部、音乐人刘凯和导演白志强在高杰村镇拍摄过程中，偶然听说这里有许多单亲的困难留守儿童，一集中竟有47个之多，孩子们一个个灰头土脸、衣衫

给风儿一个家

1=G 12/8

岳　静词

薛九英曲

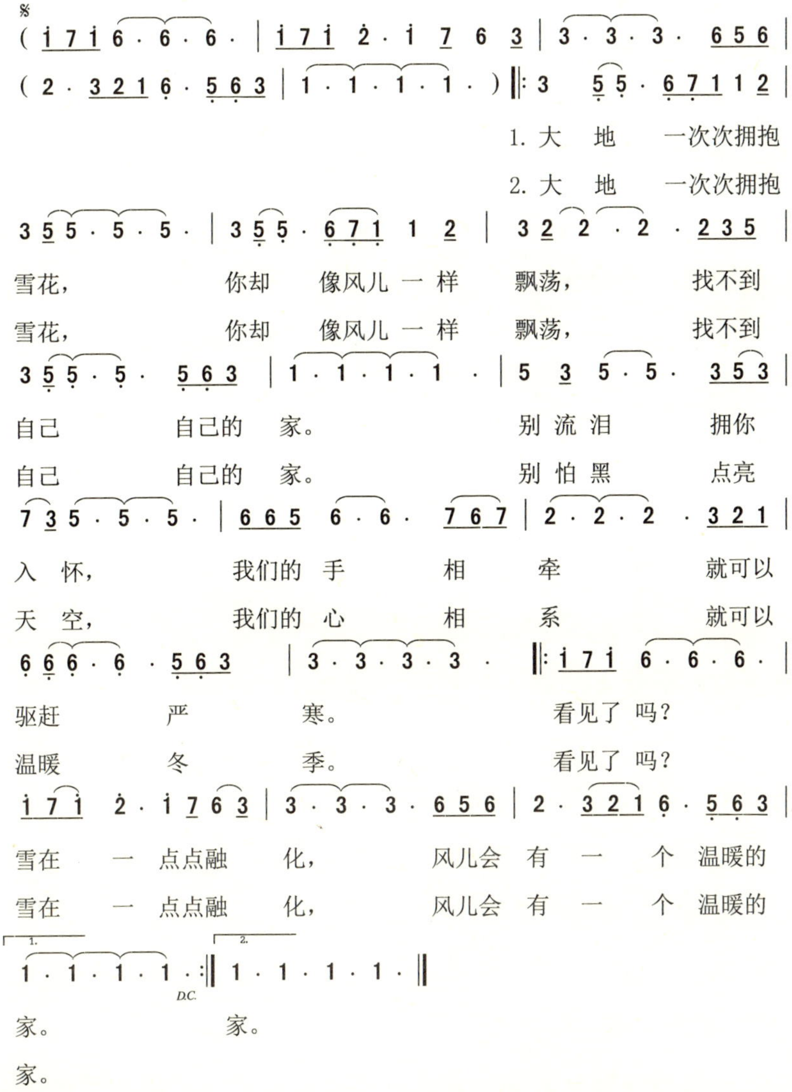

>>>

2011年3月创作的“星星火”捐助留守儿童活动主题曲

不整，一看就没人照料，问起他们的家人，孩子们闪烁其词，纷纷躲避、落泪……仅一个乡镇学校就有这么多贫困的留守学生，清涧13个乡镇，乃至榆林12个县区的221个乡镇，又有多少需要帮助的孩子啊。曾摘得“第七届中国纪录片国际选片会”优秀纪录片奖、“中国学院奖”的年轻导演白志强当即决定走访跟拍几位同学，把他们的情况真实地记录下来，帮助孩子们尽早地得到社会的救助，心急的刘凯已经开始给他各地的朋友打电话募捐了……就这样，在两个年轻男子汉的雄心壮志和火热情怀中，“星星火”志愿者团队诞生了。

星星火的志愿者们以帮助困难单亲留守儿童为己任，为孩子们呼吁、募捐，为孩子们送温暖，并和孩子们长期保持联系，温情相守，真诚陪伴，他们的大爱，如春风、似甘露，抚慰、滋润着一颗颗幼小的心灵，孩子们喜欢称他们为“爸爸”。

志愿者的感召下，孩子的不幸与志愿者的热忱感染着越来越多的人，孩子们不快乐，却依然在笑，每个孩子都惹大家心疼，很多人愿意参与、愿意捐赠。大家非常关注志愿活动，在网上，志愿活动信息一经发布，常常有人跟帖，提建议，问办法，寄善金。一份份爱心汇集到了“星星火”总部，志愿者们用集中起来的善款买鞋子、保暖衣、书包、书籍、笔本、文具盒、水壶、体育用品等等，分批发给需要的孩子们。

在志愿者的周围，爱的力量在一点点凝聚。以工作作风强硬、魄力非常而闻名，长年资助困难学生的县人大主任张文忠在看《爱的延伸》时，禁不住潸然泪下，不止一次地抽拿纸巾，他积极地为孩子们出主意、想办法；县长助理兼县民政局局长刘振海表示要对全县留守儿童进行统计核实，安排专款救助；县教育部门组织城区学校与村镇中心学校开展一对一帮扶活动；石盘乡党委李书记带着食品和图书，和志愿者一起走进教室，坐到孩子们身旁，聆听孩子的声音；解家沟中心学校的捐赠仪式上，镇政府特地为学生灶送来米面和食用油，学校校长和书记现场为学生捐款；公务员刘远夫妇认领了活泼可爱的小刘丹，他和家人带小刘丹逛县城，下馆子，买新衣，并承担起了刘丹学习和生活的全部费用；我也想领养可爱的小黄凯，却被别人捷足先登了；志愿者杨涛、惠东虎和女友、刘颖一家人，还有许多不知名姓的热心人，为孩子们哭、为孩子们笑，为孩子们奔波……刘凯表示，一定要将爱心进行到底，白志强甚至偏激地说，哪怕丢了工作也要坚持下去。星星火，光微弱，而志在燎原，志愿者的队伍不断在壮大，越来越多的爱心被点燃，他们的家人、朋友、同事、同学，各阶层、各领域的爱心人士默默地投入其中，小城悄然掀起了一浪高过一浪的捐助热潮。

大家心连心、手牵手的爱心和热情深深触动了我，为孩子们创作的歌词《给风儿一个家》终于在笔端一泻而出：大地一次次拥抱雪花/你却像风儿一样飘荡/找不到自己/自己的家/别流泪/拥你入怀/我们的手相牵/就可以驱赶严寒/别怕黑/点亮天空/我们心相系/就可以驱赶严寒/看见了吗/雪花在一点点融化/风儿会有一个/温暖的家……

>>>
2011年3月于清涧县下廿里铺中心小学为留守儿童分发捐赠物品

>>>

2011年3月与“星星火”志愿者团队创始人和部分成员在清涧县高杰村

左起：白志强　杨涛　岳静　惠东虎　刘凯

3

清涧，陕北的一个贫困县，每年都有很多孩子需要及时的帮助，而“星星火”只靠本土人士零散募捐的善款，力量有限，志愿者们想要帮助更多的孩子，必须有更多的爱心人士加入。经过刘凯、白志强等人的不懈努力，首先得到了文艺和企业界许多朋友的鼎力支持。陕西电视台《周末大家乐》栏目主持人杨枫感慨地说会把这项工作当做自己的事业来做。西安美术学院副教授、音乐制作人薛九英先生放下手头诸多工作无偿投入，连夜为《给风儿一个家》谱曲，并请夫人、同学院钢琴副教授伍和惠老师和多年合作伙伴、西安著名摇滚歌手李东先生深情演绎歌曲，并以最快的速度配乐制成音乐作品推出。在拿到曲谱时，我就迫不及待地一遍遍地试唱，旋律优美，悠扬动听，待有了小样，又听刘凯唱后，更是激动不已。当时并不知道演唱歌手的情况，后来得知，李东先生当时已经不幸罹患脑溢血，这可能是他演唱艺术生涯的最后一首歌曲了，而他把最后的歌声留给了大山里的孩子们——据了解，目前李东先生已恢复了简单地生活自理，但仍无法演唱，相信这也是李东先生美好记忆中一首难忘的歌。他们无偿、动情地奉献，深深打动的不仅仅是我，或许歌坛痛失了一位德艺双馨的歌者，但他的歌声传递爱心，感染、鼓舞了更多的人。

榆林长运集团总经理黄晓波专程到高杰村去看望小黄凯，悄悄给他家放了2000元钱，像这样的善款和爱心物资从首都、西安、榆林、延安，源源不断地涌向清涧……其中有许多是匿名志愿者。12月25日，北京“西部阳光基金会”携手波司登“康德博爱基金会”、北京连洋鞋业等慈善机构和企业与“星星火”联合发起“温暖冬天”留守儿童关爱行动，爱心人士携带价值21万余元的羽绒服、鞋帽以及文具等捐助物资，冒着零下20多度的严寒，从京城来到高杰村九年制学校，亲手将崭新衣鞋给孩子们穿上，把新书包替孩子们背好，并和孩子们一一拥抱。

“星星火”以自己有限的力量帮扶了清涧县店子沟、二郎山、解家沟、老舍古、石盘、玉家河等10多个乡镇中小学的千余名留守学生。那些日子，接触到的每一个人都在尽自己最大努力，为孩子做更多的事。就像我在歌词中写的，雪花在一点点融化，春光敞着和煦的心怀，一颗颗火热而相系的心，一双双关爱而相牵的手，给风儿搭建起一个充满温馨的大家庭。是啊，都愿意到孩子们在快乐的校园里吹起柳笛无忧地嬉戏，吟诵诗词幸福地陶醉，都想给孩子一个拥有明天、改变命运的梦想。高原上，星星火在劲燃，在闪烁，像漫天的星星一样繁盛，一样明亮，这跳跃的爱，托起的，是明天的朝阳！

寒冷的北方，西风漫吹，霜雪催树凋零衣。想想孩子们天真的脸和期待的眼，相信每一个真诚而仁爱的人，都会张开臂膀，为孩子们遮风挡雨，驱赶严寒。

踌躇满志的志愿者们，又打理好了车箱，把蓄满爱的火种虔诚地播撒在前行的征途上，虽然道路崎岖，但他们感受着孩子们的喜悦和自己内心的快乐，很欣慰，他们带着我的歌。

就让我的歌——“星星火”留守儿童援助活动主题曲《给风儿一个家》飞向广阔的天地和舞台，给更多的人以感染，给更多的孩子们增添一些温暖和关爱，使他们不再孤单！

·有爱在心·

在北京广播学院（现中国传媒大学）学习的一年间，周末经常要赶车回燕郊的娘家看孩子，一个多小时的车程，不知要花几倍的时间，堵得人心烦，但期间遇过一对夫妇给这段路程增加了暖色和不一样的意义，虽然过去多年了，还常常想起。

那天傍晚，北风呼啸，雪花飞舞。候车的站台，看上去是那么的冰冷，冰冷的天地、冰冷的积雪、冰冷的面孔，上了公交车，仍是一节冰冷的车厢。

末班车，寥寥无几的乘客们蜷缩在臃肿的寒装里，或闭目养神，或表情呆木，脸色皆无一丝的生气。一路上，我心里一直翻腾着一堆烦恼的事，当时因独自带着女儿异地求学，奔波艰辛，又生活清苦，面临困境重重，尤其是纠结自己的前程、归宿，不知该何去何从。

北京的冬天黑得很早。在都市的茫茫雪夜中，公交车机械地行进着，进站启停，偶尔会有一两个行色匆匆的上下乘客。

没听清售票员报的站名，朝车外看了看，离下车还早，有点困，可不敢睡。这时，上来一对农民模样的男女，30多岁，像是夫妻。男的很壮，典型的北方大汉，女的也很壮，身体结实类型，算不上漂亮。我注意到他们没穿什么厚重的御寒大衣，却精神抖擞，一脸的红润，没有丝毫寒意。

他们相依而坐，时而热切地交谈，时而哼着小曲，甚至热烈地拥吻……他们发间的雪花瞬间被融化。

两人不停地交谈、亲热着，他们的旁若无人有些令人生厌。在北京这样的大都市，男女肆意拥吻的场面并不少见，但让大家诧异的是，他们不讲究的装束下怎么挟裹着如此猛烈的火热，大家莫名地彼此对望，露出一丝不解的嘲笑。

坐在他们正对面的我，有些尴尬，我尝试向两边别过头，仍能从相映的车窗上看到他们，玻璃结了雾，只能看个大概，我还是不适，他们动作挤在我眼睛的余光里，还有不绝于耳的声音。于是，我开始仰着头，闭上眼睛，但在心里猜测着他们的身份：是一对私奔的男女，或是久别的情侣？“明儿买5斤五花肉，和嫂子送过来的野鸡一起炖，你和儿子都爱吃。”“你做的什么我都爱吃！”听他们窃窃私语，知道他们就是日日夜夜生活在一起的夫妻！

他们终于慢慢地静了下来，女人被男人从肩头搂抱着，她的头斜靠在男人的胸前，一只手被男人握着，颈上胡乱系着的红丝巾的一角随鼻息一起一伏，如栖息叶尖的红蝴蝶。女人的脸庞被男人不时地抚摸一下，她轻轻地打着鼾，脸上溢满了幸福。

看两只相牵的手，极其粗糙，在昏暗的车厢灯光里显得越发的赤褐，手上参差的裂痕深而黑，长长的指甲里容满了污垢。然而，他们脸上的安详和满足分明告诉我，这是两只相系的手。细读这手，心中平添了几份敬意。是啊，这是男耕女织的手，这是挑水拿粪的手，是浆洗缝补的手，是饲禽养畜的手……这样的手，没有光泽、没有细嫩，却厚实可以依赖，也温柔可以驱寒，他们就是以这样的手稼穑属于自己的幸福。他们或许不会说“执子之手，与子偕老”，但他们一定有一颗彼此相爱的心；或许他们不富裕，但他们一定很快乐，他们心中有爱，生活就变得无比灿烂，所以，无论怎样的手，只要愿意，都一样可以编织出自己想要的梦想。就像是织一件毛衣，温暖不是来自它的式样，而是出自一双有爱的手。

有一个出身农村的女孩儿，学历也不高，却有幸通过考试得到了一份事业单位的体面工作，她和男友相恋几年了，因其家贫，她的父母就一直阻止他们在一起，女孩心疼男友，就说好携手到白头。犹豫不能说没有，但她舍不得丢掉真心经营的这份甜美。她问我：真的是贫贱夫妻百日哀么？我告诉她，一个女孩子找到心仪又喜欢自己的男人是多少世修来的福分，怎么能轻言放手？权势和金钱都不能代替真爱！她听进去了，如今，他们结婚生子已经好多年了，也有吵闹，但是，一路走来，他们不离不弃，是多么的美好。

想必“贫贱夫妻百事哀”是被太多的人误解了太久，这出自元稹《遣悲怀》的诗句，是悼念亡妻的，意思是爱妻撒手人寰后，诗人恨不能再与妻比翼连枝，睹物思人，百般悲哀。但是，我想，若没有从前他与妻同贫贱，共患难的深情，元稹又怎么会有如此的彻痛？让他魂牵梦绕的妻一定给了他一生都会珍藏的无尽的快乐！

这让我想起曾相邻的一个农民单亲家庭。是父子俩，他们在没有了土地之后进城寻求发展，然而一直没有什么机会，最后靠回收废品度日，儿子从小没有母爱，发育不好，身材特别矮小，却娶得如意贤妻，不幸的是，他们的第一个孩子满月后不久就夭折了。其间他们经历了许多生活的困苦和情感的挫折，包括亲人的生离死别，他们埋藏凄苦，依然笑对生活给予他们的不公命运。女人还是做好了饭菜等爷俩晚归，骑着自行车去城里给他们买新衣，欣喜地在节日里被他的夫带着走亲访友，很快他们迎来了第二个孩子。小两口和睦恩爱，老公公也美得合不拢嘴，他有点大舌头的口音常常说，“命好着哩，不能亏老天，要各自好好赴赶哩。”他们的窑中总有欢声笑语，他们乐呵呵地过得有滋有味。他们的豁达与无畏来源于对生活的爱，对家的爱，对亲人的爱。我也有过被男友载在自行车尾，深夜风雪中去吃冰凉碗托的经历，心底有爱，就不觉得寒冷。是的，生活的苦不算得苦，要摆脱的是内心的苦。

窗外，霓虹闪烁，雪花已悄然收场，不再飞扬，天空中几颗细小星星泛着依稀的光亮，像偌大舞台的幕灯。车厢里似乎暖和起来，有一股爱的暖意流动其中。客车飞奔，在茫茫的夜色之中，毫不犹豫地碾过“嗞嗞”作响的积雪。

积雪总会消融，再艰难的路也会被走过！

·梦想的天空·

7月盛夏，和中考结束的女儿西安度假，尝尽了炎热里的焦灼，好在有一些遇见，如寻见了道旁绿荫，或是瞥到了街畔栅栏里透出的几树火红榴花，心底油然突生一丝凉爽、一缕梦幻。

入住的宾馆门口，每天上午都会看到一位保安站在那里，一有空就口中念念有词，不知他在做什么。女儿探究了一番，回来说，他在背英语句型。这位小伙儿热爱工作，正在努力，使自己更加胜任他的职位，让人肃然起敬。他也很帅气，我和女儿便都喜欢他，进进出出，都会对视一笑。我想，他一定还有自己别样的斑斓梦想。

返程之际，我们打的赶火车，却被出租车一次次地拒载，步行了很远的路都没有办法，眼看来不及了，一辆三轮车追着停靠在我们身旁，司机是位50多岁的大妈。她说我送你们吧，这个时间司机交接班，不好打车。她很热情，要价低，我们时间紧迫，只好登上她的三轮车。一路上，她熟练地穿插于大街小巷，车子并不稳当，让我很担心，我默默告诫自己，以后再忙也不能坐三轮车了，太不安全。快到站时，我注意到，有拐杖挂在她车的箱壁，随着车子的颠簸，拐杖摇摆出了有节奏的声响，我心里很不是滋味。不知她因何致残，也不知她的生活有着怎样的风雨飘摇，得她拖着残体，每天在这极不安全的环境里穿梭往来赚钱。佩服她没有向命运低头，没有要儿女供养，她以年迈且残疾之躯，跻身于劳动者之列，自食其力，打拼着充盈的生活，这应该让那些整天在垃圾箱里挑食的身体健全的乞丐羞愧，也让无所事事、浪费生命的闲人汗颜。

我想起了度假前给我诊疗的盲人按摩师。他农村长大，自幼致残，学业完成后，曾在南方的一个盲人医院打工。他的同学也是女友家在陕北富裕小县神木，回乡开办按摩院，他赶去帮忙，几年下来，店里的生意越来越好。这时，他户口所在的县上有政策，给他在中医院安排了工作，而他舍不得离开女孩，女孩父母一再劝他别丢掉难得的工作，他尊重了他们的意见，回到了家乡。

每天，他在医院辛勤工作，贫困小县，来按摩的人很少，他的积蓄也很少，单调的工作也不能满足他多梦的心。他把孤寂埋在心里，默默地努力向上。工作之余，他克服常人难以想象的艰难，自费参加省市专业培训，苦学电脑；他坚持体育锻炼，代表全市参加4年一届的陕西省残疾人运动会，在短跑项目比赛中获得了两个银牌、一个铜牌的好成绩；他喜欢音乐，拉得一手好二胡，最喜欢的曲目是《二泉映月》。

窗外鸟啼鸣，风中花飘香，然而，思念的女友在远方。相处多年的女友家长一直不同意他俩在一起，但他们彼此都很坚持。他乐观而自信。他说自己生活完全可以自理，凡事都难不倒，不管将来怎样，他都有信心把握自己的未来。他热情而无私。他会耐心讲解、普及医学知识，发短信、微信鼓励患者，热心为患者联系同行。他说，他记得许多人曾给他的方便和照顾，有位米县长特地帮忙，让他在县政府机关上灶，节省了不少时间，方便了自己也方便了患者，他很感激。生活并不宽裕而身为小县盲人协会主席的他，多次无偿献血，积极做志愿者，在残疾人日，捐出盲杖千余支……他最大的愿望就是拥有一个培训机构，传授所学技艺，帮助更多的残疾人，服务社会。

很敬重这位年轻的医师，因为他拥有一颗明亮的心。每次推拿治疗，我都正装去见他，虽然他看不见，但我想让他感觉到我对他的尊重。

巧的是，有一次，按摩床边有一位单臂小伙儿，10多岁的样子，不清楚他为什么会在那里。他目不转睛地盯着我，还伸过他仅有的那只手握住了我，并抚摸着。我注意到他满是伤痕的手只有三根手指，我着实被吓到了，但还是硬着头皮没收回手。问他话，他不说，只是看着我笑，突然他说，姐姐你好美啊！刹那间，我没有了畏惧和戒备，融化在了他灿烂的笑容和快乐里。

那个夏季，认识了这些自重、自信、自立、自强的人，他们拥有一颗勇敢而强大的心，淡看生活困阻，努力搭建自己梦想的晴朗天空，在这片蓝空下，涧泉叮咚，歌声甜美，他们追逐白云，抚弦自弄属于自己的山水月色!

从那以后，病痛或是不顺再也没有成为烦躁和懈怠的理由，即便是在燥热的季节。

·我的老师·

20多年未曾谋面了，因为一次偶然的机会，在榆林中学见到了初中化学老师白志谦。白老师的身形、语音，哪怕是一个随意的手势，都依然如故，改变了的，是他已白发如霜，看着真真让人心疼。恨自己到了这个年纪才明白老师的无私，他们汇明媚的晴晖照耀了满园桃李的妍然春色，聚不倦的深情点亮了莘莘学子的梦想天堂。突然，关于老师的点点滴滴，如潮水一般涌上心头。

漂亮的吕湘莲老师，是我小学一到四年级的班主任。她是教学能手，教数学兼英语，有时也给我们补语文，她很认真敬业，对我们要求极严，最调皮的男生也怕她。我没读过学前班，小学入学又迟了半年，汉语拼音完全不会，她就给我开小灶，少读整整一个学期的我，各科成绩两个月内就都赶了上来。我属于成绩拔尖儿却又很淘气的学生，她经常拿我被家长从被窝里拎出来继续做作业的故事在班上渲染，甚至还解释说有时候会被吊起来，成为了教育其他同学的“典型教材”。其实，那时候我在校武术队，晚上练功会累得睡着了，父母就叫醒我们继续吊腿。她的严厉造就了我从小就循规蹈矩，绝不违章出牌。

小学五年级的时候，很受班主任康友兰老师的宠爱。康老师教语文，讲课非常细致，语音柔和。她很慈善，对学生有耐心。一次，我上课偷吃酸杏被男生同桌姬同学举手揭发，青杏在口，如鲠在喉，吞吐两难，一时汗涔涔地不知如何是好，只听康老师说：同学们集中精力听课！她刻意地保护了一个小女生的自尊，我心里充满了感激，从此再不敢上课吃东西，即便是在北京广播学院（现中国传媒大学）一年的进修学习阶段，同学们零食遍桌，我也从没有过。因为我讲普通话，康老师经常让我领读课文，不仅激发了我对语文科目的兴趣，也增添了我这个孤独的外乡小异客少有的自信。

师祥生老师是民请教师，全校教数学的尖子，但很凶，同学们闻之色变，又都喜欢他的课，完成作业的学生，就被他允许到室外玩耍，我常常是最早蹦出教室玩儿的学生。在他的教任上，我曾有全年级4个班考试分数第一的最佳学绩。升学考试时，赶上清涧中学首次在全县范围择优招收两个班初中生，我们班数学成绩突出，一下子考上35人，引起了不小的轰动。师老师高兴得合不拢嘴，他骑着自行车，挨家挨户地送信报喜。来我家的时候，整个大院正在深挖坑、广扩建，烈日下，师老师扛着自行车在土堆里迈来跳去。他的脸晒得通红，汗液浸湿了他白衬衫的前襟后背……他一口水都没喝，又急匆匆地赶往下一家。其实，他只是科任老师，没有他的造

>>>
1976年于清涧县灯光球场参加全县中小学武术比赛获剑术第一名

访，我们也会收到通知。但是师老师在第一时间把一份充满骄傲与自豪的喜悦传达给了他的学生及其家长，那也是他的荣耀，还寄托着他对孩子们未来的期望。不久，师老师因为违反计划生育政策，被劝退。

田明清老师，西安人，我初中时的实习老师，教政治。他说政治课是一切课程的基础。我才不那么认为，就不喜欢政治课，枯燥无味。不过田老师年轻，有活力，和我们能玩儿在一起，他教我们用扑克牌算24，很好玩也很耐玩，还组织比赛，我们小组常常第一。看我不努力学习，他上课提问、抽查作业总是拿我开刀，还好，那年我突患急性黄胆肝炎，只听了他两周的课，就休学了。以为一切都结束了，不想他居然不怕传染，来家看我，给我补课。实习结束回西安后，田老师多次写信鼓励我，他的字迹端庄修长，如他眉清目秀的面庞。他的话语恳切，叮嘱我静心修养，但不能把课程落下，字里行间充满了关爱。

初中毕业后，田老师邀我去西安游玩，这是我第一次独自远行。当时田老师新婚不久，和他父母住在一起。两室，房间不大，田老师夫妇住小屋，他父母住大屋，我跟他父母住。晚上，大家在看电视，我看见田老师用废牙刷细细地刷我的喝水杯。我不好意思地走到跟前，想自己来。他让我看着，学他做。杯子套着粉白相间的玻璃丝网，渍满茶垢，不一会儿被他清洗得焕然一新。田老师边为我整理所带用品边说：女孩子要把自己和东西收拾得干净整洁，井然有序。他还洗了许多西红柿，以备第二天路上吃。他说，旅游景点的水很贵，西红柿物美价廉，解渴又有营养。当时就在心里笑他：真会省钱。

第一次到古城西安，一切挺新鲜。田老师领我浏览了临潼骊山、灞桥半坡遗址、历史博物馆、碑林等地。政史不分家，一路上，田老师滔滔不绝，讲得津津有味。

一直和田老师有书信往来至高中毕业，有什么心事，我也愿意跟田老师说，老师总是不忘告诫我要努力学习。我知道，他希望我有出息，可是，我至今也不喜欢政治。但是田老师身上许多优良品质，比如勤奋、比如节俭、比如律己，都对我影响至深，而且，我渐渐悟得，哲学是一切学术、艺术理论的起点和归宿。

高中时期在文科班，语文教师惠云龙是前文提到的康老师的丈夫。隐约地知道，惠老师成分不好，小城最大地主家庭出身，但我一直感觉，惠老师家境清苦。

惠老师很少换装，从来都是那身整洁清爽的深蓝中山服，却难掩他的风流倜傥。老师目光如炬，神情激昂，板书遒劲，课件信息量大，深入浅出，声调也抑扬顿挫，儒韵十足，极富神采，听起来很过瘾。惠老师对我很器重，每次习作都给我大篇幅的评语，鼓励有加。至今难忘，我的一篇作文因写法新颖，被惠老师当做范文通讲了一个课时。这件事对我影响很大，我开始喜爱文学，也为我日后的专业水平提高和文学创作打下了基础。深知惠老师对我寄予厚望，可年少轻狂的我，不喜欢上大学，一心想着去当兵，渐渐荒废了学业，每念至此，深悔不已。

工作多年以后，在一家打印部偶遇惠老师，很自然地为他付了费用，惠老师突然显得很不安，脸也红了，他拘谨得手不知要放在哪里，来回搓个不停，一遍遍地道谢，一向在讲坛上纵论古今美文的他变得语无伦次。其实那只是很少的一点钱，不足挂齿，但惠老师却是如此在意，不由使人心中隐隐作痛。

惠老师讲课的身影常在脑海浮现，他身上永远洋溢一种不屈的铮铮风骨，透着纵不能匡正社稷就埋头育人的文人气质。随着年龄的增长，越来越深刻地体会到惠老师及其家人所背负的历史给予他们的不公与沉重。

生命中，还有一些老师让我记忆犹新。霍仰空老师教室窗外偷察学生的严苛，白玉泽老师用巨型三角尺、圆规比来比去的严谨，王尚雄老师与学生骂仗打斗的严厉和让学生寄宿在家的疼爱，康成章老师一身粉笔末、教科书永远曲卷扔在讲台的邋遢，贺永林老师爱擦鼻涕、深夜加班为学生刻版、油印学习资料的刻苦，白光扬老师因我打架而且总是和他作对的无奈等等，都印象深刻。幸运的是，我赶上了城关小学、清涧中学在全年级、全校，乃至全县、全市最好的教员，他们术业专攻，育人情笃，都深怀一颗全心全意为学生的心，创造了所在学校一个时期的辉煌！青青子衿，悠悠师心。老师给予我的绝不仅仅是文化知识，他们言传身教的为人之道，更使我受益终身，他们正像韩文公笔下千年传唱的“师者”，值得我一生去尊崇，去敬仰。

·虎子·

与朋友吃饭，看见别人餐桌上的狗肉，他说起了近日目睹的一次杀狗经过。他说，他们把活狗摁在大洗衣盆里，直接往狗的身上和嘴里浇滚烫的开水，将狗活活烫死，说这样处理，狗皮好剥且不伤皮毛，狗肉和狗皮都能卖个好价钱。他感叹，这样杀狗真是太残忍了！

朋友的话让我心痛了好久，也让我更加思念虎子——我儿时的忠实伙伴。

虎子是只3岁的母狗。父亲的一位农民朋友为了让它有一个好的生活，送给了我们这样的干部家庭。

虎子闪着一双灰色的眼睛，温顺地看着我们每个人，它有一袭黑色油亮的皮毛，奔跑起来风驰电掣，显得气宇轩昂。稍微有点声响，它茸茸的耳朵就机灵地上下耸动，它走起路来左右摇摆，神气而妖冶，惹人喜爱。虎子的到来给全家带来了快乐。

没几天，虎子和家人混熟了，本性便暴露了出来。

它活泼好动，最喜欢遛弯。夏日的傍晚它老跟我去河边散步，我一拿拴它的链子，它便兴奋地手舞足蹈地迎上来，乖乖地让我把链子系在颈上。来到河畔，我看书，它在河中戏耍，泡够了，就上岸尽情奔跑撒欢，再在泥地上打几个滚儿，然后使劲抖落身上的水珠，有时还出其不意地蹿上来和我亲热，弄得我满身泥浆，我佯装生气，它就溜掉了，不一会儿，它又尝试靠近我，才不管我是不是真生气!

虎子心地善良，从不发凶咬人，即使吃食也是慢条斯理地，像是个大家闺秀，不会为护食而追得鸡飞猫跳，它可以同鸡猫和睦相处甚至嬉戏。虎子机敏警觉，勤奋守职。夜间一有动静，它就警惕地狂吠，虽贼患四起，却再没有光顾过我家。

虎子多情爱闹。它起得很早，在我晨跑中总会出乎意料地扑上来，前爪搭我双肩，头在我身上蹭个没完，然后陪我上学，尤其是在冬日漆黑的早晨，它让我知道什么是温暖，什么是无所畏惧。放学时，一听见车铃响，它就知道是我回来了，老远就蹲候在那里，看见我了，就将前爪搭在车筐上，侧着头伸出冒着热气的舌头舔我的手，拍拍它的脑袋和嘴巴，给它一阵子爱抚，它才满意地将我放行。

虎子个头壮，饭量大，但家里能给它吃的食物又很少，它常常是饥一顿饱一顿。吃饭时，虎子喜欢偎依在我脚旁，我一半的饭都会在大人的监视之中想办法偷偷地喂给它。

虎子后来做了妈妈，有了6个可爱的孩子。虎子极温柔地揽孩子入怀，让它们舒服地吸吮乳汁。舐犊情深，它的舔舐不仅消毒杀菌，而且降温。孩子们太闹的时候，虎子就把掉出窝的崽子再叼回来。看着宝宝们在爱中不断地长大，虎子眼里闪现着满足的光芒。这是虎子最最幸福而甜蜜的时光。

生活的艰难，迫使它长得飞快的如虎似狼的孩子们一满月就被分送了人。虎子并不识数，但每少一只它都是清楚的，它每天拖着羸弱的身体，痴心妄想地去寻找，又带着失落和伤心回来，我的心都要碎了，不敢看它的眼。后来，母亲的胃病日益加重，需要狗胃治疗。父亲说，狗胃疗效好，买的话要花许多钱，而且不知能不能及时买到，还是把虎子杀了吧，等以后日子好了，咱们再喂条好的。我拼命地摇头，真的就没有一点办法了吗？无助的我不知怎么样才能挽救虎子的生命。

就在盛夏我上学去的一个下午，我的虎子终于被射杀了。我回家时，看到酱紫色的大洗衣盆里堆满了煮好的大块的肉，血红一片，许多邻居被请来同吃。

虎子是父亲请人杀的。据说，虎子有着很顽强的生命力，它头上被打了许多棍棒，仍不能取它的性命，甚至被吊了起来，还勒不死，直至被子弹射穿头颅。它的眼角淌着泪，眼睛始终盯着大门口的方向……想象着虎子所遭受的酷刑，我感同身受。是的，我能听见那每一棍棒打下去的“咚”“咚”声，像是锤在我的心上。

一直愧疚不能保护虎子，没能使它吃饱吃好，还让它忍受子女失散的痛楚和惨烈的杀戮。

许多年过去了，想起虎子，还是不禁泪动情伤。曾给我相依相伴欢乐的虎子依然入梦，梦醒时分，透过泪光，我望到的是虎子那条粗黑锁链的冰冷和空落，如同它哀伤的眼神。

·山谷的啼鸣·

未出阁时，常不解大弟对他奶妈一家人种种的好和无尽的依恋，不懂他们之间那份任时光流转而愈加浓厚的深情。

早年，公婆家一直不允许奶大奶妈看他们的奶儿，很多时候，奶大奶妈只能偷偷地守在学校周围，边卖农货边等奶儿放学，能往孩子手里塞几颗水果或是远远地看上几眼就心满意足了。直到我们结婚，他们和奶儿才有了真正的再往来。奶大务农是好手，奶妈心灵手特巧，都很能干，又勤劳朴实，家里的光景蒸蒸日上。很喜欢去他们家，因为那里有各式新鲜蔬果和人满为患的人旺气儿，更为奶妈家有一种我所渴望的淳朴温情。每次去，他们都执手相拥，嘘寒问暖，欢喜地忙前跑后，他们亲情扑面，视我如宝。

因偏心的缘故，夫家不疼他的小儿子，我这个儿媳自不必言说，种种不公与委屈悄悄隐忍了，尤其是父母返京以后，举目无亲，内心的许多苦更是无处诉，就想说给奶妈听。在奶妈的炕头，我的幽怨，碎了透过窗花的一窑斑驳月光，湿了虫鸣犬吠渐止入静的长夜。我叙说抽泣不止，奶妈替我抹泪不平，她劝我不去想难过的事，把心放得宽宽地，过好自己的日子。去奶妈家一次，心里便会释然一些。

奶妈常常在心里牵念着我们，她和奶大为我们做了许多。

结婚时，奶大奶妈送我们一只漂亮的镶辫形金蓝双色套边的方形挂钟，57块钱（当时我月薪36元），它走时很准，用了很多年，直至新世纪搬进楼房。知道我们结婚第二天就被分户出来自己过，奶妈一大早赶了十几里路送来一摞新碗和其他应急的生活用品，为还不会过日子的我们解了燃眉之急。家里的门帘、坐垫、鞋垫都是奶妈用旧衣物裁缝绣制的，绘着栩栩如生的花草动物或祝福字样，图案自描，针脚工整，朴拙态萌。奶妈还郑重地送我一双沉甸甸的银镯，这是迄今夫家人送我的唯一饰品，不舍得戴，一直珍藏在柜底。

他们家的应季蔬果、谷物总是上市最早，品质又好，拔尖儿的先送来让我们尝鲜。知道我们工作繁忙，奶妈把拌好的馅料、擀好的面片和蒸好的包子、馍馍，让奶大骑自行车赶在我们下班在家的时间送来。节令变换，我们年年吃的如凉粉、摊黄、黄酒、黄馍馍、粽子、长杂面等等各式农家特色小吃都是应时俱到。

他们家也是我女儿的乐园。动物多，是女儿的最爱，她宁肯冒着浑身被蚊虫叮咬的代价，也要亲近它们。除了猫在她怀里，鸡飞狗跳，驴嘶猪叫，没一样能安生的，烦得很，奶妈却喜得说，叫她闹。还有，女儿也和我一样，常常感动于他们的真情，她的多篇文章里都写到他们。

他们带女儿去山里摘梨果、杏桃，或坐在院场里化玉米粒、向日葵籽，一天到晚有说不完的话。那时，他们家的生活已经很困难了，他们给女儿包饺子，做他们想得出的好吃的，还专门到邻村买回煎饼和鸡爪，女儿怎么劝，他们都舍不得吃一口。女儿听见老两口说，煎饼贵得没法吃了，一块钱三卷，搞了半天价，才让得一卷。女儿噙着泪，低头把面前的东西全吃了。她知道，吃干净了爷爷奶奶才会高兴。

奶大奶妈的儿子建民、建斌和4个孙子，都不在身边，总以为他们会这样辛苦且平静地过完这一生，因为他们善良、勤奋、坚韧，他们对未来怀有无限的憧憬……他们总说，现在政策好了，好好在地里刨挖，总有个老天哩，而天竟不公，生生地夺走了他们的长子。

老大建民一直让他们头疼。建民中学毕业后在县城里修电器挣了些钱，娶妻生子，不久，百年不遇的洪灾把他的小店洗劫一空。为了尽快还债，他高息借贷，转行尝试其他生意，却越做越赔，陷入拆东墙补西墙、借债度日的泥淖。为躲债，寻出路，他们全家去西安谋生。无业，或做临工，却要在省城养活妻和两个儿子，俩孩子的高额借读费常常逼得他走投无路。在10多年经济无保障的艰难生活环境中，奶大奶妈农忙时在地里，农闲时外出打工，到处借贷，拿回的钱都无私地接济了建民，再殷实的家业也禁不住高利贷的盘剥，直到他们再也无处借钱，无钱还债。中途，建民妻曾一度扔下未满月的小儿子弃家多年，奶妈边务农操家，边抚育两个年幼的孙子。奶妈不识字，但俩孩子的学习成绩一直名列前茅。虎年给人以希望，建民终于在富裕的神木县找到了货运司机的工作，过了中秋节，天不亮建民就动身去上班，想赶早给老板留个好印象，奶妈起来送。建民说，这么大了还送什么？奶妈说，常也不送，这回送一下。一直瞅着建民黑魆魆的身影消失在苍茫的山色中，奶妈仍不舍地茕茕孑立于沟口。谁承想，这一送竟成永诀。没几天就传来建民罹难的消息。那天，货车突然起火，建民下车救火，被一辆过路货车追着拦腰冲撞，当场身亡。一起遇难的还有两位拦车、救火的同乡。特大事故，结算下来，保险公司赔付得很少，涉案三家业主都不富裕，而每天租用盛放遗体的冰棺就得2000多元，官司即使打赢，也拿不到多少钱，各方交涉无果，一切无休止地拖延……许多事，人无奈，许多人，走了就无法再回来。

不敢想象，奶大奶妈由富到穷，由门庭若市到冷落罗雀，由尽享天伦的其乐融融到痛失爱子，突遭白发人送黑发人的巨大悲痛，他们将怎样度过那捱不尽的煎熬昼夜呢？一直不敢去看他们，不敢打电话给他们，怕扯疼他们日夜流血、难以愈合的伤口。然而，见到他们时，竟没见他们落泪，他们的坚强，让我始料不及。二老冷静地叙述着事件处理的进展，奶妈还麻利地为我们备饭，绞尽脑汁准备好的一些安慰的话，竟无从说起。越是这样，越忍不住流泪，每次擦拭，都背过他们，怕自己的脆弱燃起他们无边的伤痛。直到送我走时，奶妈才拉着我的胳膊，哭出了声来："死建民一句话也没留下，他这么狠心，就不晓得我有咋来难过。"

印象中，奶妈还哭过两次。一次是婚后不久去他们家，听她说起由于他们的疏忽，她的奶儿年幼时小腿掉进了灶膛，小脚严重烧伤，没钱去医院开刀，又不敢告诉他亲生父母，就用土法子医，造成了伤残。奶妈说，那时每次见到奶儿，都要他先脱了鞋袜，仔细看他的脚。奶儿那些日子不停的哭闹声折磨了她大半辈子，她说她好悔好恨自己。还有一次是前些年她来家里借钱，因年关在即，儿子的几个大债主答应只要偿还本金，免付高额利息，这对双方来说都不失为美事，所以，奶妈竭尽全力。她话不多，默默地流着泪，声音很低，夹杂着愧疚、渴望的复杂情绪。奶妈的哭都是为了儿子，亲儿、奶儿。

奶妈真正的大恸是奶大入土的时候。建民一周年忌日的前夕，鬼使神差地，奶大忽然要进城，常骑的三轮车载着奶大直接就翻下了5米多高的无院墙遮拦的硷畔，奶大的头着了坚石一样的冻土，也没留下一句话就走了。没人能接受这悲惨的现实，而一切又仿佛是在冥冥之中。入殓那天，扶灵的奶妈拽着奶大的棺椁死活不让走，哭声震天。待我们从坟地返回，她拿着笤帚过来给我扫身上的土，红肿的眼窝，已没有了泪。以后的日子，奶妈哪儿都不去，不肯和我们住，也不去延安她小儿子家，就一个人，默默地守着石窑及寂寥的院落，谁都劝不动，她总说，不能让以前帮建民的人觉得欠他们的债黄了，再说，那父子俩回来，家里冷清得没灯没人，不行。

奶妈本是心高气傲，凡事不服输的人，像电影《岁月神偷》中吴君如饰演的女主人公，她们都痛失长子、亲夫，历经坎坷，但她们都始终不弃，对生活充满了信心。奶妈高高的个子已经驼了，她花白的发胡乱地拢着，不似以前整齐的发髻，但她的眼神并不慌乱，隐隐地透着坚定。想起奶妈这些年的艰难，便窃以为，她儿子是心疼她，才不辞而别，于她是一种解脱，起码，家人不用再负重那么多。但这样想对死者及孩子而言，未免太残忍了。奶妈竟也说，建民是有福的，不用被日子撵得喘不上气，踏踏实实地睡着，再不用起来了，还有奶大在那边照料，放心了。

突然间，奶妈记起要给女儿压岁钱，便急着回窑里去取，我们趁机逃离。

车子启动，缓缓滑行。后视镜里，奶妈追着车跑。打开车窗，喊奶妈回去，不知她是听不见，还是固执己见，仍在使劲地朝前赶。

突然，天空中一大群灰白色的鸟高高地盘旋在头顶，顿时，山谷传声，啸音缭绕。是鸽子，在这样严寒而又少食的冬季，它们此起彼伏的清脆而高亢的啼鸣喧闹地敲打着沉睡的溪面坚冰，催醒了盼春的急切草根，轻脱了枯枝的陈衣败叶，也荡涤了连日来我久堵不畅的心。

鸟群招摇而过，留下了一片宁静。欣喜的是，树丛林间竟仍鸣声上下。停车下行，细心听去，声碎而繁，叽叽喳喳，高低远近，长短缓急，啾唧各异。鸟语静心。那一瞬间，我忽然明白了奶妈的坚强，也懂得了，有些事，应让它点点滴滴地化入自然的流光，而不必过于沉陷悲切的烦恼与忧伤。不错，生活还得继续。那些一波又一波的鸣啭，呖呖地在说：鸟事，方稠。

·芬芳不扬叶自知·

刘艳在小城被称为才女、美女摄影家。

艳出身乐师世家，父亲给了她艺术的天赋，可惜去世得早，初中没毕业，她就顶替父亲参加了工作。最初在小县图书馆做管理员，因为长得太漂亮，许多高年级男生偷趴在窗口，或是打着借阅图书的幌子天天去争相望她。在省党校读书时，艳终于顶不住一个大男孩的穷追猛撵，小小年纪就嫁给了长她7岁、宠她爱她的老公，许多男生们都白忙活了。

艳勤奋而刻苦，所以才艺多。想想，守着一大屋子的图书，是件多么美好的事啊。从那时起，她的学习就从未间断过，即使在分流轮岗（上世纪90年代财政困难，部分干部职工轮流“被离职”，自谋生计。）打工期间，她都坚持学习了多种艺术。迷上摄影是近10年的事，她买书订杂志，四处奔波求学，动辄办理上万元的旁听证，专程去大学听课，风雨无阻，她的执著，圈内无人能及。时光流转，她修炼得出类拔萃，艺术气质四射，俨然大家。她不仅精通摄影，而且擅长绘画、写得一手好字，还能拉二胡，她给自己摄影集子配写的随笔、感悟，清新流畅，仿佛涓溪流淌、青草入怀。

艳热忱而朴实，所以朋友多。她的圈子大，朋友多，从收藏、摄影、绘画、书法、文学到商界，甚至政要，一层又一层。每有朋友远道而来，她都真诚而热情地款待。她谦逊如尘，事成大家才知道，常给人一鸣惊人的感觉。她师从于著名摄影家陈宝生，著名作家贾平凹为她的画展题字，她常辗转于王蒙、铁凝、陈忠实等等名家泰斗身边，却很低调，从不张扬。她约人，从来都是小心翼翼地，生怕叨扰了人家。她诚恳，朋友的事，从来都当做她自己的事去做。从胶片到数码机变迁的多年来，为个人照相出片，甚至做影集或大幅镶框挂像，她从未收过谁的一分钱。她从不吝惜她的宝物，数万元淘来的汉代青铜鼎，转手就赠了朋友。她送我许多礼物关于健康或艺术，如意而实用。她说我时间金贵，去伦敦时特地为我带回了一块腕表；知我身体欠佳，为我请得翡翠平安挂坠；有三只绒线针织龟，她说搁在你车里，天天平安归来，忍不住说她迷信，但心里非常感动……她多次要送我一只红梅彩釉瓷瓶，说喜庆又吉祥，我始终推故未要。君子不夺他人之爱是其一，她淘来的宝，在她是艺术，而于我，便是浪费。她丈夫总说，挣多少钱都不够她往里贴的。她对朋友极用心，总是有适合各类朋友品位的礼物和惊喜送给大家。她是让你仰望又可仰望你的人，跟她一起，会感觉这世界很温馨、很精彩。

艳天真而洒脱，所以宝贝多。每一次出游，都是她寻宝的过程，有时为自己喜爱的宝物一掷千金。木雕、石刻、瓷铜银锡、字画、布艺、剪纸、面人等等富有民族地方特色的艺术品没有她不喜欢的，统统带回家，满满一屋，她的家简直就是艺术的殿堂，艺术品日夜缭绕的氤氲里，她愈加优雅，愈加纯粹。

艳认真而忘我，所以成绩多。文化馆熏陶着她，淬炼着她，从图书员、副馆长、书记，再到路遥纪念馆馆长，她始终孜孜不倦地奋战在小县文化工作的最前沿，县上重大活动总少不了她身影，她的工作室永远有做不完的计划，她把自己沉浸在了各种艺术的融汇之中。任路遥纪念馆长以来，她的地域性文化产品年年翻新，她推出了一次比一次规格高的多种形式的全国性大型纪念路遥活动，她的内部刊物从小报发展为杂志，把简单对路遥的回忆深入到对其作品的研究和理论探讨。《平凡的世界》的热播，更是把路遥纪念馆和她推到了每天不断刷新参观人数记录的全国游客面前，她微笑着以自己柔弱的身躯带领馆里姑娘、小伙儿们为清涧支撑起了“全国五一标兵岗”的坚强的大厦。同在一个小城，并不多见，她天南地北没完没了地跑，忙她的工作，忙她的艺术。偶尔一见，她多是从乡下、外地刚回来，晒得倍黑，像个非洲人，并不停地打喷嚏，抽纸巾擦鼻涕，还说，不好意思，鼻炎又犯了。她的鼻炎久治不愈，一累准犯。在给王宿里和路遥纪念馆布展时，每天干完活，回家打点滴，或是拨了输液管，全国各地地采访、参会、筹办活动。她老公生气又心疼地吼她：还要不要命了？艰辛的付出，为她换来了许多荣誉，不断有她摄影作品获奖、被收藏或入选省市、国家和国际大型摄影展的消息接踵而至；她大大小小的艺术照片遍布清涧的大街小巷、厅室展馆；她的许多影集画册成为小城的名片，她的三个摄影展，好评如潮。我不懂摄影艺术，但看她的作品，美的画面之外，给人遐想、启迪或是感悟，让人振奋，让人动容。

艳积极而向上，所以快乐和幸福多。她热心社会事业，帮助弱势群体，知民情，诉民意，是优秀的县政协委员、市人大代表。她致力于清涧文化的宣传，常常独当一面，被县上委以重任，很多都是她喜欢的题材，能享受工作，走在清涧的山水之间，定格清涧人的酸甜苦辣，是她最大的快乐。她的家人都支持她，她是幸福达人。她的小姑子常年为她带孩子，替她打理家务，给了她极大帮助。她的老公在嘴上常常非难她，其实行动上最给力。昂贵的相机换了多部，各种功能镜头应有尽有，朋友聚会，老公尽量作陪、埋单。为了展示《沁园春·雪》诞生地高家洼塬的雄伟壮阔，艳一年年地在凛冽的寒风里爬上高高的山巅去拍片，雪厚及膝的几十里盘旋山道，都是老公在百忙中亲自开车陪她。他说，太危险了，除了自己，谁都不放心。所以“满城尽是高家洼塬”，也有她老公的功劳。

艳要强好面子，所以烦恼多。她身怀技艺，却谁都惹不起，独扛着来自各方的压力。有时碰上业外行业负责人的指手画脚，使她的工作不能从艺术角度出发，创作题材手法严重受限，许多时候，她累得喘不过气来，赔着钱做事还不落好。最难忍的是，她免不了被俗人相妒相欺相误解。也正常，无人嫉是庸人。她背地里伤心落泪，把苦与痛埋进心底，回过头，依然笑容灿如兰花。

每次相见，她说的最多的一句是，这些天可累了。她总说，真想歇下来，什么都不做了，好好睡两天。我知道，那就不是她了。她是用镜头说话的人，而镜头里的无限风光总是在险峰，她得永远跋涉在路上，用她的心，看世界，看人生，看社会。如今也常能见到她的画作，而她更多的时间是在为路遥奔波，她说，冥冥之中，是路遥选择了她，或是她选择了路遥，为了路遥，付出再多，都是值得的。她有许多想法，此生她以拥有路遥的点滴为荣，以为路遥做事尽心为安。

一个火热七月，她发来彩信，说她创作的《幸福》入选在陕西美术博物馆举办的陕西省纪念建党90周年摄影作品展，还附有她在作品旁的留影，可惜那个影像太小，并不能分辨其内容。但没关系，她是要我分享她成功的喜悦，只是，很心疼她。那是一个花开似锦的季节，艳馥郁的芬芳，一层层地弥漫，弥漫在我的心叶之间。

很高兴，为她不断刷新、总给人惊喜的事业和艺术成就。艳能体验别人的幸福，更创造着自己的幸福。

·师加福老人的奇石人生·

家住清涧县民政局家属院的师加福老人，今年84岁，仍思维敏捷，颇为健谈，问及老人的长寿秘诀，他忍不住地讲应该归功于自己的爱好。老人热衷于收集奇石，10多年来已集有百余块了。

师老与石结缘始于1994年，那时已退休多年，孩子们工作都忙，老人常常独自出去走走。偶然的一次，老人在河畔散步时，被脚下一块奇特的石头所吸引，爱惜不已，就拣回了家，从此揭开了老人晚年有趣的奇石人生。

起先，老人只是好奇，碰见特别的石头就随意地往回拣，越拣越觉得有意思，慢慢地心热起来，他开始每天坚持在河畔、山野刻意地去拣，有时虽几天都得不到有价值的石头，但找寻从未间断过，偶得一块异石，老人便非常地开心，茶余饭后常常陶醉在亲近自然的乐趣里，把玩于鬼斧神工的造化中，专注而忘我。

后来，师老还收集有关记载石头的资料，学习研究石玩文化，他对石玩艺术有了进一步的了解。老人讲，爱石是热爱自然、崇尚自然的象征，中国人有着天人合一的哲学观念，石是这种观念的最佳阐释。中国人赏石的传统早在东汉时期就很流行，社会经济比较发达的隋唐时期也比较盛行。而宋时，因为宋徽宗的“花石纲”之举，不仅使自己成为全国最大的藏石家，而且由于有他的倡导，朝野上下争相效仿，搜求奇石以供赏玩，竟成为时尚。历代帝王将相、文人墨客，现代名人大家，爱石者举不胜举，一块块默然无言的奇石曾被无数次地赋予了丰富的文化气息。

中国地大石博，种类繁多。据宋人杜绍的赏石专著《云林石谱》记载，当时可供赏玩的品种就有116种之多。其划分也有多种，如有砚石、供石、印石，玉石、矿石、园林盆景石等等。师老收集的属风砺石，质地坚硬，色彩丰富，形态不一，大者如拳头，小者如核桃，适合把玩摩挲。这些尤物，可能上万亿年，卧坐于高原深处，漂移于溪河之中，饱含日月交替之精华，在禅定状态下积淀而成，经自然雕琢，形态、色质、纹理、声音独特，奇异之处令人叫绝。

在师老家中，石头比比皆是，屋里屋外，窗台墙角，坑上灶下，桌子上抽屉里，随处可见，唾手可得，真是“掇拾满吾居，安然伴石眠”。

师老如数家珍地把他的宝贝一一介绍给我们，动物类有灰鸽栖息、龟背朝天、天狗吠月、褐蝶展翅、双鹿相戏、雄鸡昂首、雄狮静卧、雪豹踏涧等图案；人物类有弥勒佛、孙悟空、药王等肖像；此外还有村庄、山林、象形文字、祖国版图等构图的异石，还有一块布满黄白相间的树木年轮，间嵌似密码的英文、数学符号和阿拉伯数字，充满了神奇。

奇异之石，虽不能言，但在它冰冷的外表下蕴藏的鲜艳色彩、复杂纹理和诡奇造型，为它无生命的物质注入了鲜活的灵魂。

一块透漏纵横的褐色手石是师老的最爱，每天不离左右手，他认为这块奇石有灵性，能祛病，功能特异，可以通过揉搓，疏通手掌穴位和关节，减轻肌肉疼痛，师老称，他常将石头置于喉头，治好了他多年咳嗽的顽疾。对此，家人认为老人经常进行户外活动，河边山野空气新鲜，心情轻松愉悦，有助于身体健康，并不信老人的一面之词。

师老的石头在小城小有名气，吸引了不少前来切磋的石友，碰上人家喜欢的或是借用的，师老毫不吝啬，因而有所流失，师老嘴上说，没就没了吧，但看得出提起时，老人还是蛮心疼的。

依自己多年收藏的经验和研究的结果，师老认为最有价值的是一块被他命名为“天狗吠月”图案的褐色石头，石头色泽鲜艳，层次分明，画面完整逼真：在漠漠夜空下，皎洁圆润的月光为傲然回首的神犬披上了一层银纱，给人带来无限的遐思和联想……师老说或许值个10来万，但也拿不准，毕竟对石玩艺术市场还不很了解。老人又坦言，自己爱石，是与石为友，没有丝毫的功利思想，倘若对国家有用，他愿意捐出来。

师老把寻石当做一个求知的过程，一种文化体验，使自己的晚年生活有所追求，有所感悟，平添了诸多情趣。简单而本色的石头，有着坚定、磊落、豁达等等许多可贵品质，玩石生静，是人生的一种境界。

世间之物，山呼海啸，潮起潮落，都不像石那样永远地无声无息，与石相伴，“淡泊明志，宁静致远”，以石的超然，足以安顿一颗不安而躁动的心。

·“枣神神”李运来·

公公李运来，是林业高级工程师，建国初响应国家“到祖国最需要的地方去”的号召，来到了革命老区清涧。作为老区开拓者的先驱，半个多世纪以来，在艰苦与落后的环境里，他始终保持着一颗昂扬向上的心，坚持不懈地致力于林业技术的推广和红枣生产管理的研究工作，为清涧乃至陕北人民做出了突出贡献，被当地枣农亲切地称为“枣神神”。他就像一颗老枣树，把根深深地扎在高原贫瘠的土地，吐绿映丹，迎风招展。

灿烂青春

公公祖籍河南郑州须水镇小李庄村人，1952年初中毕业，统考中，作为全校唯一的幸运儿被中南局选拔为外调生，在西安经过政治培训后，到西北农学院（今西北农大）林技班学习。1953年学院科系调整，他所在的班被并入武功农林学校林科，1955年毕业后，他志愿来到清涧，从事林业技术推广工作，一生没有改变。从此，他把一个中原男子汉的奔放豪情尽情地播洒在了清涧这块火红的热土上。

清涧又称宽州，在榆林南部，是红色老区，典型的靠天吃饭的贫困县。古代清涧，森林茂密，牧草丰盛，森林覆盖率达50%以上。随着历史的发展，原始森林破坏殆尽，全县成片林不足3.4万亩，收益微薄，只有黄河、无定河沿岸地区的红枣外贩，“岁值万金”，可“赖以获济”。看着眼前绵延的荒原和水土流失严重的地表，他意识到自己肩上背负的是改变清涧穷山恶水面貌的艰巨重任，他立志要让绿色披满这片高原！

工作伊始，他把林业推广工作的重点放在了大力发展经济林木、增加农民收入和保持水土、治理山河上。这样的理念，在当时的社会环境下，无疑是激进而有风险的，幸运的是，历届清涧县委、县政府积极支持，给了他足够的信心和勇气。

红枣是清涧的重要经济林种、农民的铁杆庄稼，已有3000多年的栽植历史，发展红枣产业，有着极大的优势。但是，作为世界红枣原产中心之一，清涧当时的枣林面积只有3万多亩，且管理粗放，亩产仅25公斤，枣农收入低下。

他认为最为迫切的是要提高红枣产量，而使红枣生产走向优质丰产的核心是“管理”，为此，他一头扎进枣区，研究红枣管理技术，一干就是30多年！林业技术研究想要出成果，不是一朝一夕的事，其中历经了多少严寒酷暑，历经了多少困苦磨难，只有他心里知道。为了自己热爱的红枣事业，他矢志不渝，再艰难的路，他也要走下去。在枣区，他翻山越岭，驻足树下，探索枣树生长规律的身影不分昼夜，随处可见；在枣区，他心怀枣农，事业为重的感人的事迹妇孺皆知、广为流传；在枣区，他走村串户，传授技艺，与农民同吃同住同劳动的朴素情怀凝聚人心，鼓舞斗志。1955年8月，他与结发妻子何青枝经老家亲戚介绍、自由恋爱，喜结良缘。婚后三天，他就离家赴陕。第二年10月，妻子随丈夫来到枣区——清涧县玉家河区的林业分站共同生活，1958年，生下大儿子。同年，她考入清涧县缫丝厂，成为了该厂的第一批工人。次年，女儿出生。他常年蹲点在林地搞研究，家务、孩子都无暇顾及。那时，交通、通讯不便，一个女人上班又带孩子，境况可想而知，在繁重工作和艰辛生活的重压下，她的身体每况愈下。1962年，体弱的妻子在生小儿子的时候，大出血，不治身亡，年仅24岁。妻子咽气前，拉着他的手一再叮咛：好好照顾孩子，一定要把他们扶养成人……

妻子的离世，把他逼到了痛苦的深渊。最让他痛彻心腑的是，他年轻漂亮的爱妻，跟着他来到这山大沟深的黄土高原，远离亲人，受尽了困苦和劳累，没享一天的福，就抛下三个孩子，离他而去。年幼的孩子，尤其是刚刚出生的幼子，嗷嗷待哺，无人照顾，妻子的尸骨也无法运返故里，瞬间面对天崩地陷，他实在无计可施，绝望不已。

然而，想想自己的研究刚刚起步，百绪待理，心中造福百姓的志愿，让他难以履行自己抚养孩子的义务，他只能辜负亡妻遗愿了。无助的他，草草掩埋妻子，把女儿送回郑州老家，把俩儿子分别寄养在当地两户农家，就又扑进了研究之中。为了解除后顾之忧，他在丧妻不到一年再婚，第二任妻子，也是我的婆婆，为他生了两个儿子，并在工作之余包揽了所有家务，他又可以全身心地忘我工作了。

1974年4月24日，正在林地的他听到村里喇叭不停地通知："李运来，你母亲去世，你赶快回去。"当议论纷纷的人们的目光聚集在他身上的时候，他考虑两三，告诉大家：一切按照原计划进行，我继续工作，不会离开。他强忍悲痛，打电话给县林业局，请单位代他给家里寄80元钱和100斤粮票。然而，祸不单行，在两天后的26日，正在枣区店则沟检查工作的他又得到了老父病逝的噩耗。他永远记得，那时，天上飘着清明后的雪，雪花落在了他的身上、他的发际、他的眼睑，整个世界冰冷得如同他的心。透过泪光，看着漫空飘飘落落的雪花，他悲痛欲绝，哽咽不止。

可是他最清楚，这时正是开展人工捕虫、防止害虫前期为患和枣树幼树生枝刻伤、蓄水蓄养，以促枝芽萌动生条的关键时期，手头的工作不容搁置。他悄悄地又借了100元钱和50斤粮票，寄给老家的兄长，没有回家奔丧。面对三天接连丧失双亲的剧痛，面对不被旁人理解的质疑目光，肝肠欲裂的他，只能背负不孝的罪名留在枣区，留在枣农身边。

1980年，经过多年的倾心研究、多点试验示范和大田对照，他所带的科研组，总结出了根据自然条件和社会经济情况，依照农时季节分段实施的综合管理措施，取得了"红枣4项丰产栽培技术"

的重大科研成果。实验田里，单位亩产由原来的不足25公斤提高到90—150公斤，年平均总产量由过去最高的500万公斤提高到1000—1500万公斤，同时，枣林面积大幅增加。1983年，这一技术成果被评为陕西省科技成果三等奖，榆林科技成果一等奖，并在榆林、陕西枣区全面推广，惠及千万枣农！

火红事业

千百年来，清涧境内枣树自生自灭，虫害猖獗，无人管理，产量起伏由天，他把防虫作为枣树丰产的关键，承担了枣树主要害虫镰翅小卷蛾生长和生活规律的研究课题。为了获得第一手资料，他吃住不下山，昼夜留守林地观察，夜晚蚊虫的叮咬，他已习以为常，浑身多处肿胀、糜烂，仍坚守岗位，一干就是几个月。经过多年的探索，终于攻克了难关，摸索出了镰翅小卷蛾越冬蛹寄生、羽化和各代幼虫第一、二、三代成虫产卵、孵化的活动规律、防治要点，他都及时传授给枣农。虫害发生时，他抢抓时间，组织、引导枣农进行整治，有效地控制了虫害蔓延趋势，挽救了枣林，巩固了枣林面积，使红枣产值的损失降到了最低，充分彰显了科技的力量。

1989年4月，当枣树粘虫再度疯狂肆虐时，他带领科技人员辗转全县枣区10个乡镇，消灭虫害。在高杰村乡西白家畔村时，正逢庙会。等戏一唱完，他就大步登上戏台，讲解枣树病虫害防治技术。听说“枣神神”来讲技术，邻村七里八乡的村民也都赶来，一下涌了近千人。这一年，他和枣区人民一起打了个漂亮的歼灭战，红枣生产喜获丰收，全县红枣产量达1250万公斤，产量比建国初期翻了3倍。

作为林业高级工程师，他承担着中央及省地多项研究课题。1989年9月，他与国家科委签订“陕北红枣两万亩优质丰产示范基地”建设项目，这是一个涉及延安、榆林两地三县（延川、葭县、清涧）的项目，由他主持，历时3年，全面完成任务。1992年10月，国家科委组织多位专家现场检查、验收，清涧红枣产量3年累计增产1200万公斤，净增产值2000多万元，示范区内人均红枣收入789元，比3年前的390元高出一倍还多。枣农信心倍增，热情空前高涨，栽枣热潮一浪高过一浪。

解放初期，清涧荒山秃岭遍布，水土流失严重。为了改变清涧植被面貌，1967年，他在清涧大搞全民植树造林，并率先办起了社办、联队办林场43个，这在全榆林地区尚属首创，使清涧林地面积迅速发展到54万亩，其中枣林面积15万亩，全县林业产值占农业总产值的比重由1949年的0.11% 增长到16.5%，为集体林业生产树立了榜样，为清涧林业的产业化发展奠定了坚实基础。

清涧干旱少雨，造林成活率低。在实现“大地园林化”宏伟计划的实施中，为了提高造林质量，他适时地提出了合理配置树种的方案——根据丘陵沟壑区的自然特点和社会经济状况，造林设计规划要因地制宜，因害设防，在保持水土、涵养水源，改善小气候的同时，满足群众迫切要求，解决燃料、肥料、饲料、木料缺乏问题，在促进农牧业增产的同时，有效地贯彻以土为首、土水林综合治理的方针，以实现农林牧的全面发展。

在长期的工作中，他根据立地条件和树种特征，因地势、气候、水分、土质、日照、时间、温差等因素的不同，确定了丘陵沟壑区造林树种、林种选苗配置的具体办法，选定引入耐寒、耐旱、耐瘠、生长迅速、繁殖容易、见利较快、经济价值较高的乡土树种。关于林种的布局上，他提出要按流域部位造林，统一规划，集中治理并将方案编成顺口溜（具体内容见《榆林文史》第十辑），指导工程实施。经过几十年的实践证明，他的方案正确而适宜，收到了良好的生态效益和社会效益。

要大力推广研究成果，就要培养更多的技术人才。1979年，他创建了陕西省第一个县级专门从事红枣研究和技术推广机构——清涧红枣技术推广站，带领一批中、高级林业工程师常年奋战在枣区，“红枣丰产技术”由4项发展到了7项，彻底结束了清涧世世代代对枣树只种不管的历史。为了尽快送技术下乡，他的技术员与单位签订推广红枣增产措施承包合同，具体规定技术员推广、增产、培训目标，奖优罚劣。他更是身先士卒，顶烈日，冒风雨，深入枣区，发放传单，开办学习班，举办讲座，培训了数千名农民技术员，建立了数百个科技示范村和示范户，他手把手地把整套的科学务枣技术教给枣农，枣农们见他如见亲人，抢着往自己窑里拉，递烟沏茶，有什么好吃的都愿意拿出来给他。

枣农们见了他总有问不完的问题，他一一耐心细致地回答。有一次，一位枣农指着一株枣树开玩笑地问：老李能不能知道这棵树上有多少斤的枣，没想到，他望了望枣树脱口说出了产量，有较真的人立即打下树上所有的枣子，上称一量，误差一两。他对红枣的熟悉程度令在场的人瞠目结舌！后来，这个测试，在不同地块的多棵枣树下再行验证，都八九不离十。从此，他“枣神神”的绰号不胫而走，加上他有效的丰产管理技术的指导，在热闹的打枣季节，总能听到枣农们兴奋地说“听‘枣神神’说，就是顶事哩！”

发展至今，积极性高涨的广大务枣从业人员达 8万人之众，他们活跃在红枣产业大发展的各个领域；清涧红枣栽植面积已达成68万亩，正向百万亩目标迈进；亩产正常年景达375公斤，年产值近2亿元；为全县乃至全省红枣产业发展提供重要科技支撑的“陕西省红枣工程技术研究中心”落户清涧；旨在引进、培育、改良红枣优良品种的农民自发组织“农协会”遍布全县；百余家红枣加工企业迅速崛起，多家达到了大中型企业规模，产品齐全，名牌众多，市场拓至海外……

炽热情怀

公公1976年9月入党，次年1月任清涧县林业局副局长，1979年兼任红枣技术推广站站长，1987年任林业局长，第二年，被省职改领导小组授予“林业高级工程师”，1995年退休。工作期间，他先后获得国家林业部、省厅及市县各种奖励40余次，是市级劳模、县级优秀共产党员，清涧县第一、二、三届政协委员。

1984年10月，他在参加第一届政协会议后写下了“各界委员欢聚一堂，政协会议凯歌高唱。感谢党恩履职尽责，四化大业齐图共商。”他非常感激人民赋予他的这份政治荣誉。任政协委员期间，他积极参政议政，以自己的学术和研究心得，先后就清涧林业产业建设、红枣丰产技术研究推广等方面提出多项提案，得到县委县政府的高度重视，建议大多被采纳。在县政协组织开展的科技人员下乡服务活动中，他积极参与，主动请缨，深入枣区，传经送宝，造福枣农。据《清涧县志》记载：“李运来委员同林业战线上的科技人员深入农村，大胆试验，传授和推广红枣丰产技术，成效显著。”

1976年9月18日，他光荣地加入了中国共产党，迎来了生命的第二个春天，对他来说，这一事件意义重大。他的两位兄长都是国民党党员，前妻的父亲也属解放人员，复杂的家庭关系，使做梦都想入党的他一直无法逾越政审这一关。但是，政治的不公平待遇，没有击垮他，反而激励着他更加努力地工作，他仍坚持一次次向党组织递交入党申请书。粉碎“四人帮”前夕，他终于如愿以偿，获得组织批准成为了一名光荣的共产党员，他激动地在日记本上写下了：“这是我渴望已久的心愿，我忠心地向党表示：竭尽余生为党工作，誓为最高理想奋斗终生！”

鉴于他的能力与业绩，通过考察，组织上拟提拔重用他，他获悉后，急忙找到地县领导，一再表示拒绝提拔的心愿，并于1990年毅然递交辞呈，辞去林业局局长，只任红枣技术推广站站长一职，以便更专心地进行研究工作。

公公年幼时地处灾区，家境贫寒，体弱多病，新中国成立后，他才得以上学并被国家选送外调，带薪继续深造。他总是说，党和国家给了他读书和工作的机会，只要在职一天，就要为人民尽责一天。所以，退休后的他，心并没有闲下来，整理资料是他每天必做的功课，他还时常来单位参与林业工作的指导，并以年迈之躯和年轻技术员一起到农村枣林，发挥余热。

每逢新一届县级领导到任，他都要积极说服决策者狠抓红枣生产。原清涧县委书记高永东感慨地说："老人家为清涧红枣产业的发展做出了那么大的贡献，什么条件都不提，只讲一肚子的红枣经，只求好好抓红枣，实在是令人感动！"

即便是到了晚年，他仍心系清涧红枣产业的发展，积极为前来咨询的枣农、技术员、专家们解疑释惑，与他们共同探讨、研究他一生为之痴迷的红枣管理技术。他年近八旬了，患有多种老年性疾病，尤其是记忆已经部分缺失，有时家人都不认识，但只要有人和他谈起红枣，他就会如数家珍，滔滔不绝，而且思维清晰，这真是一个奇迹。

弥望夏色，接天林荫无穷碧，映日枣花别样鲜。每看到这样的喜人景致，就会心潮澎湃，思绪万千，他用当年遍布了山峁沟梁的脚印和浇灌了林区老树嫩枝的心血，刻量了几百万字的观察笔记和学术论文的厚度。他以隐忍了无数辛酸、几度悲痛的重荷，燃烧了无比热情、心志弥坚的执著！他舍弃小我，造福大众的真情换来树树玛瑙摇曳，片片枝头飘香，个个枣农喜悦的枣区新象……回顾他所走过的路，是一个孜孜以求，默默奉献的征途。他一生为红枣实验研究和林业技术推广殚精竭虑，为推动清涧林业产业化建设进程和县域经济的发展做出了卓越贡献！

老人居住的室内墙壁上一直粘贴着他自己书写且多年都不换的

字幅：“生命不息，为人民事业奋斗不已！”这誓言，读来多么令人鼓舞！从他身上，我看到了一个外乡知识分子对老区人民的一腔碧血深情和对党的一怀赤胆忠心，也看到了一名普通科技工作者投身科学、奉献社会的朴素本色！

·因为路遥·

第一次听到路遥的名字是在1982年。

那是初中二年级的一天，语文老师杨建国兴冲冲地走进教室宣布，今天的作文课给大家讲小说，同学们大喜，顿时来了兴致。这才注意到杨老师手中曲卷着一本厚厚的杂志，他眉飞色舞地展示给我们，是新一期的《收获》。他说要讲的小说是《人生》，作家是咱们清涧人，叫王卫国，笔名路遥，言语中难掩骄傲之情——家乡作家作品刊登在《收获》这样的全国权威文学期刊，多么难得！杨老师开始滔滔不绝地进入角色，他时而挥臂顿足，忽又踱步如凌波，兴奋之至，陶醉其中，仿佛小小的讲台难以施展他宏大起伏的情感，尤其让我皱眉的是，讲桌不能阻隔他的唾沫乱溅，我坐第一排正中，又不敢拿书挡，好在故事引人入胜，迎着星雨听。杨老师一气讲了两节课，课间都没有休息，第二节课又延时，直到其他老师都来上课了，他还意犹未尽，不得已才戛然收尾。“噫——”一片唏嘘，同学等来的是一个令人失望的结局。杨老师说，高加林面临的是我们整个农村社会青年的一个大问题，要是你，会何去何从？明天交作文，告诉我。带着挥之不去的困惑，我趴在书桌上想，一定要让他们爱情美满，事业成功，像王子与公主的童话。因为路遥，我有了这次续貂添足，算是我文学创作的蹒跚学步。

时值我因病休学、留级，课程重读，简单而无味，自然就沉浸在了小说天地，一个学期接着一个学期，以致渐渐荒废了学业。冬天的太阳很懒，却很温暖，照耀着一颗幼小的文学种子悄然萌芽，一个初中小女生踏上了文学艺术的小径，无意识地开始尝试创作。

电影《人生》热播于我的懵懂花季，恰逢初恋男孩突然不知所踪，便忽略了高加林的种种困难，认定是他的自私打破了我对美好爱情的憧憬，美丽善良的刘巧珍的委屈、悲伤，我感同身受，泪流汹涌，恨意陡增，仿佛高加林伤害的是早恋的我。不甘心地再去影院看，傻到想看不一样的大团圆结局。还不懂悲剧的意义，却由此有些怨路遥，暗下决心，我也要写故事、做编剧，自己来安排人物命运。甚至很快列出了一个人物关系表，写了时代背景，勾勒了众多人物大致的人生轨迹和命运悲喜，还写了几个章节，终因笔力不足而搁置下来。

高中毕业时给同学纪念册上的留言都是一些似小诗的长短句，那时还迷上了微型小说，有空就悄悄下笔，夏天最难堪的是汗流浃背地捂在被窝里偷偷打着手电筒看小说，冬天最烦的是穿得少冷，穿得多写字袖子碍事，干脆就把外套系在腰间，甩开膀子，写完就锁进抽屉，像做贼一样，但和没人了再拿出来自己一遍遍欣赏带来的满足和快乐相比，这些苦楚和烦恼都不算什么。

没有想到的是，第一次参加文学比赛竟也和路遥有些关联。那是我刚刚参加工作不久的1989年，新诗《男人和女人》在“驼城文学大赛”中竟然侥幸获奖，获奖诗文集的扉页上路遥先生“既要有本土意识，又要有人类意识”的题词醒目而亲切，自己的诗文能和路遥的笔墨同处一书，着实让我激动得心潮有些波澜。

在上世纪80、90年代，各种文化思潮纷涌，文学艺术多元撞击的火花令人目不暇接，还不能读懂路遥的大胸怀、大气魄，一段时间又为三毛的直率洒脱、席慕蓉的清新忧伤所痴迷，就不太喜欢路遥长篇抒情、夹议的叙述方式，觉得路遥相对落后了。可是周围的人大都与我不同，他们被路遥深深打动着，每一个人都被他深深地打动着，以他的作品写出了自己熟悉的生活为傲，以是他的乡亲故友为荣，喜欢、崇拜、追逐、模仿，似乎都不能表达他们对路遥的崇敬和热爱。后来，路遥的小说不仅被搬上银幕，并陆续地搬上舞台、演播间，同名电影《人生》荣获“百花奖”，走出国门，第一次代表中国内地参展奥斯卡“最佳外语片”竞争奖项，他的《平凡的世界》登上中国文学之巅……他创造了太多的奇迹。一点都不夸张地说，陕北人视他为神为圣，而缺少农村生活经历的我倒是个另类，傻看着这一切，无动于衷。他是大家，一个我还不甚了解的大家，或者说，我也没有打算去了解。

当无数热情的陕北乡亲和无数虔诚的文学爱好者梦寐以求或翘首以待想见到路遥真人的时候，我人生中的第一次电视“人物专

>>>

1991年9月21日与清涧文友同路遥在招待所合影

访”恰始于和路遥的不期而遇。这次无意的“专访”不仅奠定了我记者生涯的高起点，也让我对路遥的认识发生了改变，对我的文学创作产生了深远的影响。

1991年9月21日，清涧小城人流滞塞，水泄不通，冷落许久的南坪礼堂再次爆满，路遥回家乡作文学创作报告，这无疑是一个历史性时刻。大家争相目睹文学大家的风采，礼堂的过道和舞台幕后也挤满了人，门都关不上。他的演讲一再延时，听众还不放他走，接连不断的掌声，持续递向前台的提问纸条，都使他不得不继续。那时清涧广电部门已经有了摄像机，但还没有建电视台，也没有播放权，只是拍摄新闻节目选送市台。对于这次重大的文化事件，单位安排了实况录像，原计划零距离走近路遥的“礼堂采访”一再推后，最后不得不移到县招待所。然而这一天，正逢集日，路遥所到之处皆人满为患，赶集的农民也簇拥围观，以致交通瘫痪。

真不知路遥是怎么走到县招待所的，至今我都觉得恍惚。南二楼一室的房门终于关上了，一群家乡读者殷切期盼的心依然在门外狂跳，一道门窗怎么能阻挡那近于狂热的痴情。房间很小，机位、光线都不好调，摄像师王龙不知是紧张还是操作不熟练，好半天没有开录，他的师傅刘晓峰在对面举着白纸配合调白平衡，做着各种提示的手势，并不时扶一下他的招牌礼帽。天有点凉，已经开始穿毛衣了，但路遥被挤得汗津津的，终于有机会脱掉黄绿色的大外套，显露出白色的衣裤，为镜头增亮不少。路遥先生远比我想象的要和蔼，只是他脸带倦容，眉头紧锁，没有微笑，而他透过镜片的目光却深邃而坚毅。他习惯性地点燃了一支红塔山烟，这当然会影响拍摄效果，可没人敢上前制止。他谈获奖经历和当时已经投入的《早晨从中午开始》的随笔创作情况，并给予了清涧文友祝福和期待。那时《平凡的世界》刚刚获得第三届茅盾文学奖，对小城的读者来说是天大的事情；又因路遥虽然个子不高，却是那种具有领袖风范和文人气质，瞬间就可以震慑旁人的人；加之我刚开始做这一行，缺乏经验，紧张之下，所提问题没有一个具有实质意义，只是简单地了解了他的喜好，如什么人及其作品对他影响至深等等。访谈很简短，内容大都记忆模糊，只有那缭绕的烟雾和他说的“文学家要扎根土地，扎根人民”的话印象深刻，他痛批当时文学界的浮滑之风，他的话很直，但句句说到人的心坎上。当然，他说的最多的还是对这块土地的留恋，对故土人民的挚爱。他惊诧于小山沟里竟有如我这样的“纯正”普通话，在知道我是支边后代又喜爱文学后，有些疑惑地盯着我说：北京娃娃？不容易，好好写！他在我小小的墨绿色的工作笔记本上欣然挥笔，写下了“真实、真切地表达”，并认真署名。我深知这既是他文学创作的态度，也是对我的期望。好恨自己年少无知，没有向他请教更多关于文学创作的问题，稍后，在他与清涧文学圈人士合影时，我也由于怯懦，没有勇气站在与他更近的位置，其实那时清涧文学圈的女性极少，而我有一定的优越性——毕竟作为公众人物的我采访了他。可是，在一个缺失心灵归属和依托的异域，我始终有着他曾有过的自卑，更习惯于远离喧嚣，却因此失去了更多向他亲近求教的机会。

但我终究是得到了他的勉励，后来终究是鼓起勇气参加了一些省市、甚至全国性的文学赛事，尤其是《女友》等杂志社举办的

“路遥青年文学奖”比赛，以及由《人民文学》杂志社、鲁迅文学院、《女友》杂志社主办的2002年度第十五届全国青年征文大赛，我的小说《燕园春》收入获奖文集“文友星系”的《生活@.net》，而这本书的扉页上再也没有路遥的题词了，他走了已有十年，那些日子，心中总有一丝的疼痛和遗憾。或者说，我已经习惯了在脑海里远望着他，聆听着他，像从前，即使望不到了，也能感觉到他一直都在那里，他不变的声音在回响，他不变的容颜在闪现，他就在我的身边。

从此搁笔，一寂七年。

但对于市文联、作协的活动，我还是很费劲地去请假，自费去参加，也先后加入了市、省作协，想寻找学习提高的机会，而得到的却是更多失望。2009年6月开始忽然有了宽裕的时间，才重新拾笔，涂鸦写字，一直到2012年下半年，然后几乎又是封笔，很多散文随笔都出自这个阶段，是我读书、远行、思考的收获。

让我真正地静下心来思考文学，也是因为路遥。多少年来，始终不解，路遥作品为什么会持久地深入人心？他的文学创作一定要以生命为代价吗？文学的意义何在？我是因为路遥而去读路遥，而去了解他的过去和内心的，继而用心体味他的饱含忧郁的刻骨深情。路遥是苦难的，童年起就备尝艰辛，经历被家庭抛弃，被社会抛弃，被政治抛弃，被爱情抛弃的锥心之痛。路遥是悲悯的，他对亲人的爱，对乡村的爱，对祖国的爱如山似海，深沉而宽广。路遥是壮烈的，即使身处于社会底层，但以抗争的姿态，完全通过自己的努力改变着命运——在一个不会产生英雄的时代写出了恢弘的史诗。为了文学，他是拼了命的，他下矿，他背石，他担粪，他来自农民的群体，又回归至其中。他以强大的斗志，和生活“斗”，和命运“斗”，和敌人“斗”，和文学“斗”，和同行“斗”，和病魔“斗”，他的一生都充满了搏斗。路遥是勇敢的，他发别人不敢之声，痛批不合时宜制度带来的诸多社会矛盾，着力打破文学“不比思想、政治上小的”传统观念的束缚，努力“开创文学创作新的境界”。路遥是先觉的，他的先觉使他及早地洞察到整个中国将面临一个重大社会历史变革时期，他悟到了城市文化的先进性和诱惑力，他又以自身的体验，完成城乡文化错位绞痛中的蜕变，他的苦难、他的挣扎、他的不屈、他的奋斗以及他的成功与挫败都震撼着漂泊于陌生城市饱受煎熬、思想迷茫的每一个自卑与高傲糅合的孤寂而痛苦的灵魂，也给每一个乡村进城青年以极大的安慰和鼓励，换句话说，他是一个非常成功的励志哥，给了几代人人生成长的参考经验和目标方向。路遥是认真的，他以严肃的创作态度置作品于严谨之下，广泛听取意见，反复精心修改，使人物命运安排更加趋于合理，人物性格更加符合中国传统美学，由此，他的作品更加鼓舞人心。在《人生》获得巨大成功的光环下，杂志社、编辑甚至社会千呼万唤《人生》下部的问世，但是由于他还没有理清高加林思想发展的轨迹，便没有贸然下笔，这是为读者的负责。路遥是勤奋的，他阅读了百余部中外名著，编务、政务之外，他创作的多部中长篇小说相继问世，笔耕不辍，他踏实于每一件事务的疲惫泥淖，他始终像牛一样艰苦而辛勤地劳动、付出着。路遥是孤独的，从小县的年轻政治明星到惨遭滑铁卢完败、被严格政治审查，他绝望了么？从最初没有杂志社愿意刊登他的作品到当代文学史中没有他正确的史学地位，他落寞了么？从两次陶醉北京姑娘的爱情到弥留之际、病榻之畔无爱人陪伴，他伤心了么？他也有过泪雨滂沱么？贫困的路遥去北京领取茅盾文学奖都没有路费，但是他没有颓丧，而始终执著，执著的路遥只做一件事，就是文学。他可以放弃以中国作家代表团团长身份出国访问的机会，甚至可以放弃延续生命的希望，也要继续埋头创作，像沙漠中默默前行的骆驼，不畏艰险，只是前行，他用全部的热血来死祭心中的圣殿。他不媚俗，不屈不挠地坚持着自己，为深爱的这片土地和更加深爱的这片土地上生活的劳苦人民镌刻这个伟大时代的生动活泼，为他们书写社会典范的真善美，为他们掘聚取之不尽的正能量。作为殉道者，他献身事业，应该是死得其所，如将军马革裹尸战死沙场，从这个意义上说，他是幸福的。幸福的路遥，在他的纪念馆每天接受着络绎不绝的膜拜，即使在除夕这天和大年初一都有人前往凭吊、缅怀。

孤独、孤傲、孤愤的他让我想到了苏轼、柳永、唐寅，真诚、忘我、艰难的他让我想起了耶稣、释迦牟尼。是的，他被神一样地膜拜，他就是文学之神，普度着迷茫的青年众生，那么，神是永生的。所以他离去那么多年了，还奇迹地掀起一次次被追捧的热潮，而使更多的人对他更加熟悉。

是的，因为路遥，路遥改变的不只是我，他对太多的人影响至深。曾经有那么多的人因为路遥而泪流满面，他们在他的作品里找到了自己的影子，一样的境遇，一样的艰难，一样困惑，甚至是一样的屈辱。很多朋友说起路遥感慨万千，他们可以长段地背诵他作品的篇章、段落，那是他们的生命礼赞。与路遥及他笔下的人物相比，他们的境况要好很多，没有理由自甘堕落、不努力奋争，是路遥让他们那颗自卑的心开始充满了自信，充满了向前、向上的力量！20多年过去了，他依然激励着读者，有的粉丝甚至还是中小学生，也有很多人是当年在他的引领下走出困顿或绝境，所以相当多的人对他有着非常特殊的亲切感，读他，也是在回望自己的拼搏、成功之路。他不仅激励了几代人，他还唤醒了国人内心深处的自尊。

他在《在茅盾文学奖颁奖仪式上的致词》中说："获奖并不意味作品的完全成功。对于作家来说，他们的劳动成果不仅要接受当代眼光的评估，还要经受历史眼光的审视。"那么，几十年过去了，在路遥身后，从对他作品到对他本人及其所处时代的研究日趋深入，最为重要的是，路遥小说中的人物鲜活如生，就活在人们的身边，直抵"世界上最大的地方"——"人的心灵"。所以，路遥及其作品的意义远非只在文学，而更像是史诗性的百科全书，继续给予着年轻读者工作和学习中摆脱困难的勇气和不断前行的自觉，他带给人们的启迪和精神支撑是永恒的，完成了他"全心全意满足广大人民群众精神需要的责任"，他在真正的意义上实现了文学作为社会功用的最大体现。路遥在《柳青的遗产》中写道"他一生辛劳创造的财富，对于今天和以后的人们都是极其宝贵的。作为晚辈，我们怀着感激的心情接受他的馈赠。"路遥又何尝不是像柳青一样呢？他也留给了我们无限的财富。他是"以辉煌的成绩留在历史上为荣"的，那么，他是不是可以欣慰地安然了呢？

我想，我懂了他对文学“抱有庄严的献身精神”。虽然资质浅，又没上大学，致使我的文学创作总也不能突破禁锢的樊篱，但我谨记他留给我的箴言——“真实、真切地表达”。我和他一样，对文学有着深畏之心，并深信文学蕴藉着向上的无穷力量。从这个意义上说，他一直都没有走远，只是曾离他那么近，却又感觉他是那么的远，我深为自己当年的浅显无知而羞愧。

虽然几乎每一任领导都不支持我的写作，参加市作协、文联会议、活动每次请假都要受折腾。领导批评我工作那么累，有时间不能多休息吗？甚至说，知不知道路遥是怎么死的。我不会像路遥那样去拼着命写作，我是在享受写作，怎么会觉得累呢？然而现在明白了，我不是处于有责任的创作状态，只是“闹着玩儿”，游戏文字，在我的创作也终于有了深陷纠结、欲罢不能的境地，我欣喜地发现，我可以走进他山水的峰岚，融进我们每个人都身在其中的“平凡的世界”了。

因为路遥，我理解了文学的深沉与深刻。

一直想去文汇山祭奠路遥，再次仰望他，读他凝望家乡的眼神，读他激动盈眶的泪水，读他如鲁迅发自内心的呐喊。有一天，真的再到他的面前，我会再问他些什么呢？

>>>
2008年于华山

第三辑

>>>

凭栏听风

·创造幸福·

幸福有很多种，种种不同，但无论哪一种，都需要用爱心去创造。

有一次，听说朋友坐月子了，想去看她，可七事八事搅得一拖再拖，赶在满月这天，才怀抱鲜花，拎了套宝宝服，去探视她。她见了我，格外开心，像是期待了好久，她一抛历历艰辛与种种不便，和我热切地谈起了女人的话题，我们共同回顾创造生命的刻骨疼痛与欢欣体验……她依然俏丽动人，旧日小姑娘般的笑如秋阳里篱下耀眼的黄菊。当时心底深怪自己未能尽早将这份贴心的问候送给她。

许久以来，心中一直有一份难释的愧疚。那年，一位同学惨遭车祸，爱妻不幸蒙难，父子俩死里逃生，我得知消息较晚，大家都看望慰问之后了，当时我很想去，又觉得同学家一定很乱，去了便是累赘，说不定他情绪刚刚稳定，我又要哪壶不开提哪壶，那不是往人伤疤上撒盐吗？最要命的是，我最怕见生离死别的场面，平时送别都哭得眼睛肿好几天，要我独自去安慰这位同学，难度可想而知，加之工作也忙，虽然我知道这只是个彼此相愚的借口，因为再忙总是能抽出一点时间的。就这样，这事一误再误，终于误成永远无法弥补的错，在同学最需要的时候，我却连一声都没言语——因为我的迟疑和懦弱。

曾经历过一场百年不遇的洪灾，洪水淹没了小城的三分之二，许多家庭损失惨重，甚至无家可归。在匆匆的采访中，面对惨然灾民，我不止一次地潸然泪下，我向他们说了许多当时自认为无用的话语。现在想，那些安慰也不完全是“废话”。

一个7月间暴雨后的夜晚，无意发现屋檐下的一排排的电线上站着不少黑身子白肚膛的小家伙，是燕子，可以想象它们是经过了一场灾难袭击的颠沛流离。打开手电筒，数数，16只，它们安然不动，相依而眠，全然不理会这光，急忙收了光束，不忍打扰这份静谧和安逸，今晚，它们仅仅是这一线之求啊！

如同桌上的这盆在冬日里也可分外翠绿的似兰似草的花儿，就是这花盆儿，一直甚是喜爱。一段时间曾因太忙太累无暇顾及，它干旱而死，但没舍得扔，将其枯叶齐根剪去，移至阳处，记得了就浇几滴水，不想，第二年3、4月间，它竟生出许多嫩芽儿，没多久，就又是茂茂盛盛的一盆了！是啊，生命，这草的生命只是几滴或清或浊的水而已。

人不是也如此么？有时我们所求的只是一个微笑、一声问候、一丝理解、一点赞美、一次允诺、一句知心的话语，甚至一个美丽的谎言……握握手或拍拍肩就可以让人感受到温暖与关爱，感受到幸福就在自己身边。

SARS在北京肆虐期间，很多灿烂的笑容成为永恒，很多美丽的声音化作回忆，很多人永远失去了亲人，亲历的那种无边的恐惧和焦灼，永生难忘。在那些无助的日子里，在那种一切将要毁灭的心悸中，知道我被困于京城的远方亲人、朋友和同事们的问候此起彼伏，一声声的电话铃起，像引我驶往温馨幸福的引擎，撑起了我面对现实的勇气。

其实，当我们拥有幸福时并不觉得，但面对灾难、身陷逆境时，才懂得应该珍惜的很多。是啊，平安就是我们自己最大的幸福，与平安相比，许多我们庸人自扰的烦恼又算什么呢？只要有生命中看似微不足道的点点滴滴的真爱，我们就能够创造幸福。幸福很简单，却让人那么的温暖。

我庆幸自己曾在洪魔退却的水灾现场留下真心祝福，欣慰自己以绵薄之力尽心帮助一些贫困家庭和孩子，但我也责怨自己曾是多么吝啬、多么冷漠地傲视了生活和社会，失去了许多创造幸福的机会。

幸福像久存的银器，只有时常擦拭才能光亮如新。有时，幸福会散落在地，需要一点一滴地捡拾起来，留给自己，也要舍得放送，那么，播出去的就是幸福的种子，它们就有机会蓊郁参天，或是余香萦绕，就像桌上那盆不起眼的花，有爱为根，便可新生，有爱滋养，便能繁盛！

·今生，你是我的朋友·

秋夕月之夜，汉江波涛翻滚，一叶小舟禁不住风浪冲击，不得已系泊岸边。不一会，雨住风静，云开雾散，出使楚国途中的俞伯牙走出船来，只见江山下、静夜里，江涛之上，水浪阵阵，波光旖旎，这一天，恰好是八月十五，月光倾空。伯牙兴致勃发，取琴拨弦抒怀，忽闻林间窸窣，寻声望去，避雨的山间樵夫钟子期伫立薪侧，听琴已久。云手按抚，天籁流转，伯牙志在高山，子期说“巍巍乎若泰山”；琴音意在流水，子期说“洋洋乎若江河”。子期不仅识瑶琴，通音律，更解琴声之妙，两人相见恨晚，把酒结义，相约来年再聚。又逢十五，伯牙赴约，不想子期已染病离世，遗言筑墓江边，以聆听伯牙琴曲。依旧是汉阳江口，依旧是月圆之时，依旧是昔日古琴，而听琴人不在与谁弹？“此曲终兮不复弹，三尺瑶琴为君死！”子期未别已去，伯牙泪下不能已，悕然绝弦碎琴，终身不复鼓。这是《列子·汤问》记载的以声气相求、道德相期的君子之交最动人的典故，最高境界的追求，流传千古。

古人比较重友情，朋友被看做五伦之一。“高山流水”，在我们寻找友谊的荒原矗立起一道最为靓丽的风景，每个历经跋涉，群博浏览，期冀相遇心中山水的人，未必能到这一处，有的人可能误判方向，踏上歧途，甚至是不归路，沉陷于被误解、连累、欺骗、出卖、残害的惨局，所以不是每个人都能得到他梦寐的子期，但“君子之交”却是人们普遍的深切向往。

君子之交淡如水。水，源出深涧，高洁清幽，带着恬静流向远方；水，随遇而安，不惧堰塞，甘于低石间迂回向前；水也心思江海，但不贪高求逸，从容不争，若水的上善契合了君子交往的无功心、无利意的志趣相投和彼此神往的纯粹。掺了蜜，甘饴有浓淡；勾了釉，喜怒致性乱，只有水，纯净无邪，有如怀一颗美好透亮的心，坦然地道于忠，行于信，施于义，前路何愁无知己？

君子交于忠。春秋时期，齐国政治家、军事家管仲与大夫鲍叔牙自小相识，非常要好。在一次战斗中，管仲逃跑，鲍叔不认为他是胆怯，而说他家里有老母亲要赡养；管仲曾多次为官，都被国君赶走，鲍叔不认为他是人品不好、干得不够出色，而是说他没有遇到好的机会；和鲍叔一起做生意，管仲总是给自己分利较多，鲍叔不觉得他贪婪，而是认为他比较贫困。后来鲍叔在齐桓公门下位高权重，一言九鼎，但在桓公要授他相位的时候，却辞谢并举荐在押重犯管仲（因追随公子纠设伏射杀桓公未遂）为相，他们同心辅政，使桓公雄霸天下。管仲曾经说：“生我者父母，知我者鲍叔！”

杵臼之交的一贵一贱，尽显相知，这个知，是了解，在了解管仲才能、品格的前提下，无论管仲做什么，鲍叔都以无私与坦荡，始终忠诚于他们之间的情谊，真诚地帮助、支持管仲实现他的人生理想和政治抱负。

君子交于信。《三国志》与《晋书》上都记载了陆逊的次子、孙策的外孙陆抗和出身望族、清正才高的羊祜两个人物，他们分别为吴、晋两国的优秀将领，羊祜在襄阳为官，陆抗镇守荆州，两人各为其主，各司其命，私下却是好朋友，相互信任。双方对抗期间，彼此默契，定时交战，怀柔管制，百姓相安。陆抗病了，羊祜急忙送药，陆抗手下将领说不能吃，陆抗边服药边回答：羊祜怎么会毒害人呢，你们不要猜忌。陆抗知道羊祜爱饮酒，亲自酿制佳醴给羊祜，羊祜部将也恐有诈，羊祜说：陆抗不是毒人的人，不必疑虑，倾壶而饮。

魏晋名士、“竹林七贤”代表性人物嵇康与林下诸贤友情深重，因同林的山涛向司马氏集团举荐自己而与之绝交，真正体现了文人的独立性格。他为友人吕氏兄弟案仗义执言，受到显贵钟会构陷，获罪于其所鄙视、野心篡位的司马氏政权，被友情牵连至死。临终前嵇康却将一双儿女托付给已经绝交的山涛，并对儿子嵇绍说：“山公尚在，汝不孤矣。”对嵇绍，山涛不仅倍加关爱，还力荐给晋武帝，不负嵇康生前的重托。他们是肺腑无隔的一世知己，契若金兰。

君子交于义。《世说新语·德行》中写了一个故事，说一个叫荀巨伯的人，到很远的地方看朋友，正好赶上胡兵攻城，朋友说，我快死了，你赶紧走吧。荀巨伯说，我大老远地来看你，你却要我弃义而去，这是我能做的么？胡人来了，就问荀巨伯，全城人都跑了，你是什么人，竟敢留下来。荀巨伯回答，我朋友病了，不忍心抛下，愿意以我的性命代替他。贼人听了相互议论，我们这些无义的人，竟然侵犯这个有道义的国家，于是，他们就撤离了（私下觉得日本人应该学学这些尚知廉耻的胡贼）。荀巨伯置自己与朋友的存亡于一体，不惧强贼，生死相护，震撼、感化了自惭的胡寇，不仅救了朋友的性命，也保全了城郡。面对死生考验，患难之交成就了友谊的真情与大义。

清代第一词人、康熙时期权倾朝野的宰相明珠之子纳兰性德博学善射，官职御前一等侍卫，天天跟随康熙南巡北狩，游历四方，皇帝的喜爱、家世的显赫、文武兼备的才华，不知让多少人艳羡不已。可是超凡脱俗的纳兰却不屑仕途，“常有山泽鱼鸟之思”，他风雅好友，广交布衣俊异，特别是与他的老师、汉人顾贞观感情笃深。顾贞观为了救因科场舞弊案株连而流放宁古塔的好友吴兆骞，竭尽全力，甚至屈膝，为义忍辱，仍没有成功，落拓之余写下了“悲之深、慰之至”的《金缕曲》二首，纳兰性德看到后，非常感动，答应帮助老师。但这不是件简单的事，纳兰不懈地努力了多年，才使钦定发配、饱受寒苦的吴兆骞终于得以昭雪生还，成全了顾贞观“廿载包胥承一诺，盼乌头马角终相救”的倾心相许。一诺千金，义不容辞，这对忘年之交的至情至义与披沥执著感人切深。

君子交于知。在被古人高洁情谊深深感动的同时，更多的是欣羡他们之间的心志相通。作为民族魂和思想斗士的鲁迅先生，一生都以战斗者的姿态冷对世间的丑陋病态，而他冷峻、犀利的讽刺、抨击背后，是一颗孤独湿热的心，因为他时时被反对和谩骂所包围，所以，当曾两度担任中共最高领导人的瞿秋白对其作品给予高度评价和赞赏时，鲁迅特赠联“人生得一知己足矣，斯世当以同怀视之”，引以为平生知己。一曲千年，琴音未远，如伯牙所思所念，子期了然于胸，有人解，最难得。

常暗自思忖，如我一样孤独的客心，沉浮间，竟可以融入异乡的青山涧水，有缘相遇众多可以相知相助却无以相报的人，感念生命，何其幸甚！只可惜，人在江湖，意亦在江湖，但你对我好的一颗心，我懂！虽不曾把袂相约，而今生，你是我的朋友，你的只言片语、一笑一颦，都会在那里，且是永恒，如流水涓涓不息，如星语念念风起，在遥遥路途或是漠漠夜空、喧嚣疲惫或是静谧寥寂里，支撑我面对磨难人生而不失迈步向前的信心和勇气。

君子相交，心底坦荡，无须言语谁。天地之间，我简单的心会因此而充满安然和快乐！

·心中的雪莲·

一天加晚班回家的路上，星光满天，显得路灯光线微微弱弱，似乎已经疲惫，如我的心烦意乱和有些拖沓的步伐。突然察觉到身后有个黢黑的身影，跟着还听到了怪异的声响。常听人说有个大眼睛、矮胖子的死变态，悄悄尾随人身后小便，故意尿人一身，然后跑开。黑影越来越近，我从小尚武，一身正气，倒没有很怕，只是心里在犯嘀咕，是一脚废了他，还是只教训一下他。回头之际，他已经赶了上来，细看，却是一位相识。

他年长我两岁，上高中的时候我们分属上下院，他当过兵，上过前线。他懦懦地告诉我，他是那个曾经写信对我表白的人，我一时语塞。我想起了有过一封向我倾诉爱慕的匿名信，当时没在意，作为公众人物，我经常收到听众、观众寄来的问候和祝福，遇到这样的事情，应该算正常，我知道人家并没有恶意。那晚，月光铺满了青石街道，我的高跟鞋叮叮当当地敲在上面，缓和了一些尴尬的气氛。我们说话都在尽量压低音量，还是觉得声音很响，他讲着自己，讲着猫耳洞里的思念，讲着即使硝烟弥漫，我都一直在他的心底，直至他到了家门口。他彬彬有礼地提出送我回家，我婉拒了，还开玩笑似地告诉他，我从来也不怕夜路，只怕夜路中尾随的人，不知道是不是伤到了他。他伸出手，要和我握别，我理解他的深意，还是矜持了一下。他的手，汗津津地，他长久地、紧紧地握住我，又轻缓地上下晃了晃。从此，我们都对此再未提及，即便有过几次照面，我相信，这只是我和他之间的秘密，纯洁的美好。

心底还有一份美好，但是至今未见过他的容颜，对他实在是知之甚少，或许他在默默地关注着我，只是我不知道他而已。

他应该是清涧人。在每个新年来临之际，他都会寄给我发自遥远兵营的贺卡，载着他的祝福。方寸之中问安好，谈理想，鼓干劲，字里行间充溢着温暖向上的阳光。只记得他姓徐，驻防新疆。

那时身兼数职，每天要采访、撰稿、编节目，尤其是每逢佳节更要策划、主持、排练晚会，夜以继日，废寝忘食，难得一丝的空闲，并不能一一回复他，而他每一年的祝福都会如约而至，我发表的每篇诗文他都知道，并收藏起来，他说，看到写家乡的文章和家乡的变化，就难以抑制内心的激动和欢喜。我很理解戍边的辛苦与豪情，向来对军人肃然起敬，也非常尊重他对家乡的眷念情感。不解的是，当时网络并不发达，那么边远的哨卡，他怎么会看到几千里外的地方报刊?

后来，不知什么缘故就断了往来，没有了他的信息，几次搬家，也遗失了一直收藏着的贺卡。或许他已经转业，也不了解未曾谋面的他是否安好。

那时太年轻，或许是太忙碌，不懂得珍惜，忽略了身边的很多美好。但他仍在我的内心深藏，从未遗忘。有一位姓徐的军官，深爱家乡，在遥不可及的边防，曾遥寄我许多的鼓励和安慰，让我快乐，让我幻想，他如天山雪莲，在我的心巅，虽高寒不可及，却曾盛开过，圣洁而美丽。

·晚春晨记·

四月的高原，早已开始受到沙尘暴的袭击，风已温凉而不凛冽，却整日整日地将黄土疯掀狂搅，尤其是正午，所以要拥有一天好的心情，享受春的清新，实在不容易。人在病中，更渴望天气晴好，就想赶早去踏青，又总因贪睡误掉，直至夜有风雨声后的一个清晨，才终于挣脱了春眠的诱惑，带着驱还不去的困意，独自来到了郊外。

一场春雨过后，野外的空气格外宜人。溪是最吸引人而溪畔又是最春意盎然的地方，岸柳匆匆换装，点点葱绿嫩鲜，随风摇曳。脚下草儿有些任性，随处涂青，深深浅浅、芊芊绵绵地望不到边际。旁边的林子并不茂密，寻啾声而望，燕雀立枝，水鸟飞旋，斑驳了晨光，凌乱了春水。几位晨练老人并未被打扰，专注地挥胳膊摆腿，他们的银发如霜，却气定神闲，与勃发的春草一样，洋溢着生机。

河道弯弯，石桥静默，深沟淤地尽头的孤院柴扉紧掩，等我在晨曦的掩映中。茅草陋房，柴禾高垛，农具堆砌，畜禽圈舍井然，鸡鸣驴嘶为我奏起了欢迎序曲。石床下，一条粗链锁不住皮色雪白的壮犬，它对我充满好奇，眼睛直勾勾地虎视着我。从来不怕狗，自觉犬类与我相熟，果然，它踱步规整，目光渐变迷蒙，只是吠声有些变态。

沿曲曲折折的山径而上，两旁田间土色深褐，刚刚深翻，散发着沁人的泥香。整饬一新的垄埂间，一围围农家土肥静默待发，准备去壮根催芽。阳崖桃花，如火如荼，不由攀越，折了最低的一枝，粉白绽妍如人面，淡香丝丝扑鼻来。熟透了的花瓣，随势飘散下来，落于发间，春意便从头瀑泻而下，心也湿润了起来。转过山崖，等待我的竟是满满一坡的山桃，果真心动一念，便花开满山。

上了山顶，竟气喘吁吁，这身体素质真让人汗颜。裤管沾湿了露水，泥巴星缀其间，像是山野送我的零星礼物。索性席地而坐，体验来自土地给予的踏实。风瑟瑟拂面，浑身的热汗为之一扫，快意顿时盈余心胸衣袖。东升的太阳也跟着完全爬了上来，圆圆的脸，也流着汗，日光欣然入怀，黄灿灿的一丝一缕皆柔润，像温暖的手，抚摸在我的周身，爱意融融。它远在天边，也是暖的，看见它就暖在心中。

极目远眺，湛蓝的天空下，苍松翠柏怀抱中的笔架山巍然矗立，正旺的经冬麦苗层层点缀延绵莽原，农人扶犁吆喝声远，黄牛奋力踩出“一年之计在于春”的那句老话。

城郭清晰，城颜秀丽，时时涌现着日臻繁荣的勃勃春潮。溪水欢歌依稀，潮雾氤氲迷离。河堤柳依，国道逶迤，连接两岸的宽敞大桥飞架，连通了便捷和富裕。道上车水马龙，一片繁忙，货运大车飞奔，争先恐后地将家乡驰名中外的红枣运往天南海北。赶早送匆匆旅客去新建火车站的公交，刚刚投入运营，还没磨合好时间，一个站台竟停靠多辆。路旁楼宇耸立，电缆穿梭，把信息高速公路铺到了农家小院。

一串清亮熟悉的校园哨音滑过耳际，山下新建中学的学生正在早操，一浪高过一浪的朗朗读书声，瞬间勾起了我的回忆。学童时企盼早日长大，实现梦想，而今，年已而立，又拥有了什么？荡起记忆的秋千，彩裙飞舞交替着扬扬雪飘，在眼前匆匆闪过的，除了炫目的白光，只剩下了惆怅？巨变的世界，还有陌生的自己，怎么找不到了初心……静静望去，炊烟渐渐袅起，层层环萦，模糊了小城的轮廓。

该下山了，心底涌出了难言的缱绻。没有走原路，一路跳跃着梯田，竟相遇了路经的那户农家主人。主动与老人攀谈，他很爽朗，停了犁铧，点了锅旱烟，和我说起了家长。

他不想靠儿女享清福，愿意住在这孤山旷野，也图做园子方便，大白狗和老黄牛一样，都是他的伴儿。他的儿女大了，各有各的营生，都不爱抚育园子，可园子不等人，误不得啊！

他说："靠谁都不如靠自己，能干的时候就不给儿女添麻烦。"

我有些不解："这么多地，您怎能管得过来？这些年又这么干旱，收成不会好。"

“只要管就能管过来，旱有旱的办法，要是不做，什么都没有，做了才会有。”

“噢……”老人家视土地为根本，可惜儿女们有自己的生活，不能帮他什么。

“咕咕”，是什么声音？

“是鸽儿，鸽儿晓得地里有食哩。”老农指给我看。

啊，是一对栖息梁坎彼此衔梳绒羽的灰鸽，它们耳鬓厮磨，一会儿又刨着土坷垃，啄食农人们落下的黄豆或是其他果实。它们悠闲自得，完全没有餐尽一冬难捱苦寒的恓惶，没有终于躲过猎人枪口和苍鹰利爪后的惊慌，它们才不去管这片有负于土地的荒芜，只顾填饱肚子，它们只是个食客。

回想老农的话，觉得很有道理。农人的土地如将绽的春花，是误不得夜夜东风的，不知道那愆期的花蕾，是不是也能孕出丰腴的果儿来？多么希望是这样，因为于花，积蓄了一生，还未绽放，若不堪风力，瓣落蕊悴，无力争妍，无缘竞芳，是多么的不幸啊。其实，花谢还有花开，欠收寄望来年，而自己花季不再，碌碌终日，惰慢、错失了最误不得、误不起的时光。

四月的风，又扬了起来，渐渐地荡进了我的心间。迎着风，我拎花儿走在归途，淡香游离，嫩粉醒目，心境为之豁开，仿佛瞬间捡回了一段青春，且深深地，收藏。

·享受秋天·

陕北四季，最爱秋之韵味。

山沟里的季节更迭有些愚钝，春暖意迟，雪融甚至清明时分，独秋按时应分地赶来赴约。她宛若矜持徐娘，步履姗姗，兰花酥指盘提及地长裙，只轻轻摇曳，所过之处，赠与人们的丰厚礼物就如马良笔下的神奇，比比喷涌。这一切，仿佛从后沟深处的奶牛坊开始。每到秋来，奶牛吃足了肥润青草，新鲜牛乳明显油厚，奶味醇旨，往来山间，一路悠悠地飘散丝丝奶香，女儿也闻到了，吃得更加急迫，一气喝完，奶瓶往头顶方向一扔，小脸憋得粉红，满意地咿咿呀呀说个不停。孩子们喜欢的各式瓜果你方唱罢我登场，酸甜都是诱人，哪个都不想舍弃，就像帝王选妃，心里也不知道该先翻谁的牌，倘若进了园子，更是这树望着那树高，这果嫉妒那果大。嫩玉米披一羽浅翠麻衣羞羞答答似小家碧玉，惹人怜爱；腻得噎人的老南瓜、糯红薯沾着潮湿泥土，一个个活脱脱的小清新，和蔬果一争菜篮子的缤纷。抓把新磨的小米，舀一瓢甘洌井水，熬汤至米烂，一层黄油，琼浆脂膏，不用调羹就可一口下肚，滑润里透着特殊的米香，喝三两碗，还怪自己的肚量太小。揩嘴之际，忍不住疾慨：秋天真好！

秋甜而不腻，又惯弄颜色，浓淡有致。秋的大地殷实而富裕，群山重荷，金黛间染，草木争秀，菽粟竞欢。摇曳如风幡的沉甸，滤过层层如焰霞光，恍若老农笑弯的腰；欲坠大红枣的脆甜，镶嵌岭岭如波枣林，似醉人的脸，若舞女的裙，正是“松涛翻翠摇青峰，枣实凝丹映彩虹”，挑个大的枣，跳着摘下来尝，甜中带酸，最爱的味道。若是有人抢着替摘了送到嘴边，又是另一番的回味，所谓一颗枣儿一颗心，亲人的心，姑娘的心。

秋的风，习习柔柔、从从容容、干干净净，不再夹杂尘土的肆意无忌，伴着黎明打开的门窗，清爽帘卷而来。秋的雨，缠缠绵绵、委委婉婉、徐徐缓缓，不再混搅燥热的无处不在，想着思念的人儿，滋润沁入了一寸寸心田。风动叶知，领舞万千谷浪，雨细斜织，鼓瑟百家菽澜。雨雾散尽，花儿、叶儿、果儿缀一串欲滴露珠，熠熠地闪烁透亮的眩光，盈盈如欢愉的迷蒙泪眼。秋是出浴的贵妃，浑身滴淌着丰腴和华贵。

秋日渐短，土地也有些疲惫，农夫正在秋忙。薄薄的暮霭里，力穑好手驮着小山似的秋货，背一背收获的喜悦，秸秆偃旗，信天游四起，酸曲儿激越飞扬，山谷跌宕的欢唱悠远而绵长。夕烟漫散，田间静了下来，河水叮咚，奏清脆流响，载着落花幽香，一往情深地腻着山脚，不舍地款款流去……小溪清凌碧透，粼光波动，苔藻翠蔓，倒影婆娑。山里的婆姨们蹲坐在交错的青石砧板边，洗一把晒了一天的土脸和渍透了汗的衫，舒服得惦记起了家，起紧提了鞋子，赤脚趟过底石碎布的河水，回去营造一锅饭香。身旁，左右乱窜的犬儿被此起彼伏的蝉声、蛙声、蛐蛐声挑逗得骚动不安，高吠不止，连同人们爽心的笑、嬉戏的闹，一起融进被溅起的朵朵浪花，淙淙南流。秋阳，绚烂而不炽热，秋水，沉静而不迷惘，秋天，一切都恰到好处，秋天，满足是金。

秋天的傍晚，风停枝头，夕阳隐向山脊，烧透了天边。红光微醉，飞禽比翼，它们越聚越多，神色眷恋，音繁气闲，善变的弧线渐渐黑暗为天际的剪影。群群饱餐归来的羊儿，伴着归巢的声声雀啼，满不在乎地咀嚼着日月的丰饶。身后刚刚出世不久的毛茸茸的小羊羔贪玩多动，好奇地被虫鸟挑逗地左看右嗅，又不时在“咩咩”追赶，生怕误掉秋的快车。

秋风不落，远去的白云不归，回家虚掩门儿，旋窗花的剪刀乱飞，绣备嫁的女红针脚细碎，生怕这个时候撞见邻家姐妹，还不过硬的偷藏手艺，不能成了村人饭后失笑的谈资。星朗月高，清影斑驳。在硷畔上，老枣树下，男人们瞭望一树树玛瑙似的枣串，便有了划拳猜掌的底气。酒高了醉迷，沏茶来醒，谁说只有城里人品茗，他们挥舞着茶壶，神气地把弥漫着果香的夜风调侃成“嗞嗞”的咂水声；在玉米垛堆、葡萄架下，女人们一展被纷扰繁缛挤皱的额头，把一夏的烦闷和焦躁酿进浓酽醇香的米酒，再赶场舞长扇，扭秧歌，喊几声道情，晚睡了都哼着“想亲亲”；石桌旁，老人们怀抱任性的孙子，随他揪扽花白的胡须，疼，孙儿就还在，最怕一把抓不住，他就长大了读书远行，便来不及看他再回来见。目光沧桑地倚着门儿，被日日的酸甜苦辣捻成烟丝的轻烟袅袅，月又将圆，磕不尽牵念与盼归，烟头星红，灰烬温热……

谷熟丰年满，粮食背回囤了仓，羊儿饱餐入了圈，瓜果换零钱，媳妇相了一年的花袄布衫是可以兑现的承诺，娃们念书的纸笔买得愈多就有了更多的寄予，所以不会嫌多，来年的春耕还早，那么，最贪恋的就是渐烧渐旺的温热炕头，这是可以安然入眠的一季，鼾声踏实而香甜。秋雨多，风相和，夜长便梦多，门外，细雨悄然打新菊，夜深，不闻深巷犬吠声。秋，幽邃而宁静。

秋是一个圆，收了春种；秋是一年满，系了三生缘；秋是一家和，锁了天下离歌。秋，默默地，想把最深沉的绿带进肃穆的寒冬，为来年再播下充满希望的春色……

暮黯秋深，徐娘渐老，独看雁归山寂寞，不自悲，且酣高楼，闲解秋胜春朝。不如随刘郎于天地间、千嶂里长相与，守一壶秋月，煮初黄菊香，参几目星棋，抚山弦，吟水曲，一起沉醉，浓浓地写意秋长！

·且行且吟·

最初读的课本以外的书，是连环画，俗称“小人书”。存小人书的小木箱就是个聚宝盆，上着锁，钥匙我们姐弟仨轮流拿，里面被翻得没头没尾、惨不忍睹的画画书，常常是争不分明，曾气气地想：长大了，一定要买好多好多的小人书，一个人看！

好容易上了中学，学校有间图书室，急急地办了借书证，但翻着厚厚的书册名录，真正想读的都借了出去，透过窗口铁栅栏往里看，书架上的书籍并不很多，偌大的借阅室却让人一次次地失望。

有个同龄邻居，把自己的零钱都买了书，我们买零食时，他就跑开了，可他总有自己的新书看。有次问他，你怎么不买好吃的呢？他说，吃的吃完就没了，书看完了，还在，我还能看。忽然觉得他说得非常有道理，不免对他肃然起敬。一次，看见他在搬书，怀抱着一摞摞的，用下颌抵着最上面的那本，很满足又很吃力的样子，心里就非常羡慕他竟然有那么多的书，想起平时他说话云里雾里地，便觉得是他读书多的缘故。可惜他因故初中都没有念完，但圈里圈外称他为鬼才，提起他的文章，大家都竖大拇指，足见博览群书成就了他四溢的才气。

喜欢读书也受父亲的影响。父亲幼时天资聪颖，博闻强记，受家庭条件所限，学业未竟，13岁只身离家，但父亲读书却未止。平时工作忙，只能挤时间，他常常是碗边摆着书，边吃边看；炕头摞着书，读书到半夜，每晚要母亲起来关灯，即便是上厕所也一定要先急急地找本书，一蹲就是老半天。那时候，非常崇拜父亲，他天文地理历史无所不知，音乐体育美术无所不能，照着画册会打家具，比着草图能织网捕鱼，已逾七旬的他，还常作诗填词自娱。但父亲没能系统地引导我们学习国学，我们读书又不刻苦，今天所有的，只是遗传了他基因里的一点点皮毛。

平时喜欢语文课，又偶尔翻到了父亲的一些诗或词作，觉得很有趣，便学着写些长长短短的句子，“为赋新词强说愁”，直到选学了文科，才算与文学结缘，做起了读尽缥缃万卷书，写穷尺素千家事的作家梦。

但梦离现实总是很远，长大了，却一直没能拥有四壁的书，书房很小，书柜亦很小，小人书在市面上更是少见，除了一些珍藏版，读书的时间更是少之又少，但这并不影响读书的快乐。出差在外有时间就泡在图书馆或是书店，喜欢又读不完的就下决心带回家，哪怕下个月没米下锅。只是隔些日子便要剔出一些旧书装箱，累积的一箱箱书和杂志，搬了多次家，仍舍不得扔掉。看着重新整出的书架，仿佛精心梳理过的心绪，放置好了心，一切才会安然。

始读书只是看热闹，并不懂宝玉怎会喜欢黛玉而娶了宝钗，杜丽娘为何情不知所起，却能一往而深；只明了琼瑶的多情，却难理解鲁迅的深刻；只跟拍汪国真的年轻旋律，却听不到蒲松龄的孤愤悲歌。久而久之，才懂得了圣贤可知“鱼之乐”的滋味，才会涌起“穷则独善其身，达则兼济天下”的情怀！昔日宋真宗赵恒作《劝学诗》，劝导学子勤学苦读，考取功名，光宗耀祖，报效国家，虽然不是人人都有治国的能力，但个个会有齐家的机会。知书可达理，达理万事能兴和，诸事兴和了，人人讲信修睦，就会有国泰和民安。

古人读书，唱和咏颂，挥洒情志，淋漓尽致。许是职业使然，我读书时也是不由得捧卷诵吟。当然，在余华冷峻的叙述中，已然泣涕交加，不能自已，是没办法吟咏的，但对人生危苦的悲切体味，一样无法忘怀。读书时意会击案叫绝，义愤冲冠而起，情绪唯书所控。也有手不释卷忘记时间，烧干锅、没给孩子做饭的事，或埋头精彩，听不见、听不懂人语。读书太深，还会陷入其中，不知自己是在现实中还是在剧中，如同庄周不知是自己嬗变为蝶，还是蝶幻化成了自己。

《大学》说，“知止而后有定，定而后有静，静而后能安……”久读书，真的可以帮助我们明确道理和原则，理清自己的期许，就有了自己的思想和努力的方向，如坐禅入定，专心一境，坚定时不时飘摇的信念，并步步向善，走近正直和高尚。久不看书，会迷失自己，犹如陷入了没有航向的汪洋迷茫之中，飘零无着，心便如那些尘封已久的装箱书籍，看不到外面的光明。

读书最头疼的是慢。原因是真正属于我的时间少，另一方面就是爱者颇众，容易见异思迁。家里几案、书台、床头、餐桌、沙发上到处反扣着读到一半的书，随手可阅，一片狼藉。这样的好处是像电脑进入了多个程序，某一关注的问题可以立马解决，坏处是原先感兴趣的内容还要回头再翻，一本书久读也不完，深以为愧。但是读了林语堂先生的《读书的艺术》后，自谓如此也是有了读书的真快乐，而多吟读几遍名篇也是让眼和口多了一次记忆，既然为自己的毛病找到了借口，索性不改了，权且由心随性地读书吧。

香茗可有可无，守盏灯或是明媚的日光，一片温馨里，打开书页的感觉真的很好。即使是深夜，在窗外霓虹深处，若有吟着诗歌的夜风飘过，仿佛徜徉在了历史的岸边，或是攀爬在文化的山径，只消仰望，圣贤放飞的彩蝶就会在远方飞舞，闪着智慧的光芒。尤其是累的时候，打开书页，沉浸在文字之中，一念清净，享受宁静的心如闲云野鹤般的自由与逍遥，那一刻，所有的疲惫、烦忧，瞬间即逝！

王蒙说，读书的最乐是在于从中发现了生活，发现了生命的体验。正是这样，读书就是一个成长的过程。比如，年少时喜欢“煮酒论英雄”的豪迈气概，成年了追求“上善若水”的淡泊境界。经历了许多沧桑与无奈，就明白“不争”使自己在世事的纷扰中宠辱不惊，不忧、不惑亦不惧，让流浪的心，寻回一个远离繁缛世俗的真我。

脚下路很长，手边要读的书也很多，人生之旅，有幸与墨香为伴，且行且吟，是何等的快乐！

·女人四十·

俗话说“女人四十豆腐渣”，但是我还记得母亲40岁依旧美丽的样子。

也不知从什么时候起，不再像儿时那样盼着过生日，开始害怕这一天的到来，不想让自己的容颜在过生日的庆贺中渐渐凋零，然而日子还是不顾一切地如同疾风般飞逝而过，这一天总会如约而至。更为糟糕的是，在自己不可避免地迈进了不惑之年时，发生了一些始料未及的变故，一时间，梦想破碎，人生仿佛突然失去了方向。

作为小县城的公众人物，其实也只是平常的小女人，在繁忙工作和众多荣誉的重压下，工作得很苦，生活得很累，很多时候是为别人而努力，努力在大家的期许里，却不是自己的家人。那时，没有时间照看孩子和老人，没有时间去逛商场，没有时间去游玩，甚至留着男孩子似的短发，因为没有时间打扮自己，一颗疲惫而憔悴的心一直盼望能有歇下来的那一天。但当一切真的停下来的时候，却又像急速旋转着的陀螺遇到石子羁绊时的戛然而止，难以把握自己的重心，会因失衡而跌倒。

那些日子，总是有雨。仰望天空，天阴得很沉，乌云密布得一丝不透，如心头拨不开的迷雾。但未曾想到，越过厚厚的云端，云层之上，我看到的是万里晴空，天，湛蓝，蓝得像海。海，幽深，深不可测。海中潜水，畏惧随着入水的那一刹袭进骨髓，然而，潜到海底，多姿的珊瑚、奇异的礁石，还有在眼前、身边优哉游哉的绮丽的热带鱼，让人觉得身负气瓶、重铅，抵住强压都是值得的。就像在海上学习驾驶帆板，无数次呛水和磕碰之后，自己的帆板终于像战舰一样在浩瀚的大海上乘风扬帆了！海水的苦涩与搏击风浪的乐趣相比又算什么呢？战胜困难，需要的仅仅是无畏的勇气和不断地超越自我。

其实，真正的登山者，从未看得起那些想牵绊人脚的不自量力的碎石，再高的山、再险的峰也会在脚下。山之巅，一眼望去，云霭之下，一切是那么的渺小。环顾四周，山之险峻，水之娟秀，木之苍劲，花之绚丽，人之无畏，无不令人心旷释怀。

40岁了，才开始明白一些事，经历了一些事，才开始懂得风雨过后是彩虹的真谛。忽然之间，在自己失落的情怀里拾回了一些自信，来过的，自有其意义，都不必悔。

有人说：30岁的女人是玫瑰，艳丽迷人；40岁的女人是牡丹，大气富贵；50岁的女人是兰花，淡雅从容。其实把女人比作各色花卉，是想让花色常妍不衰，一生都拥有花样好年华。

>>>
2005年12月在第八届“榆林市十大杰出青年”颁奖现场与市上领导合影

>>>
2006年11月首届“榆林市十佳记者”与市上领导在《榆林日报》社院内合影

在我看来，女人不只是花，还是果，40岁的女人便是汲取酷暑严寒精华而弥漫香气的五谷和果蔬，是沉甸甸的秋实。

女人四十，若荫满枝架的透亮葡萄，在熠熠日光下醉看蜂蝶迷恋。

女人四十，像沸水中渐次优雅升腾飘坠的茶叶，只为温暖打开心扉。

女人四十，堪当陈年的窖藏老酒，一觚一觯别有绕梁的回味。

女人四十，坐视名利纷争而无动于衷，笑看虎豺之斗如观跳梁之丑，抖尽鄙视的满襟尘俗，随云淡风轻。

女人四十，不再是炉膛猛烈燃烧的干柴，修炼成焰，已至炉火纯青。

女人四十，不再注重花花绿绿的结局，更愿享受过程，哪怕涩苦，回望也是甘饴。

女人四十，心已静默，花谢花开，云卷云舒，一样会珍惜；雨落雪飞，朝晖暮霭一样会期待。

女人四十，有许多可以开始，有许多可以学习，有许多可以重温，还有许多还可以梦想。

一切都放下了，一切都归于了平淡，生活竟是这么的美好，心涛又重新奔放，澎湃如同20岁的小姑娘一样。

打开窗，户外空气清新，阳光正好，沿河垂柳摇曳，溪水碧波随轻风梳拢，依序向南。随手捧一怀春意，腌进心底，浓酽的快乐便在每一个季节里甜蜜。

女人四十，一切美好，刚刚开始。

·乒乓变奏·

学打乒乓球，真正是赶鸭子上架，不想竟有了诸多快乐。

人常说三十不学艺，而自己不惑之年才与乒乓球结缘，却相见恨晚。喜欢打球的竞技状态，喜欢体育的公正和无时不在蓄发的悬念。小球大学问的无穷魅力，诠释着乒乓人的哲学，凝聚着人生的喜乐。

一张球台，如两国战事，上得场来便如临大敌，摩拳擦掌，磨刀霍霍，你来我往，毫不手软。在台上彼此怒目而视，恨不得刀刀见血，板板扣杀，打他个片甲不留，没有丝毫的情面！而下得台来，握手言和，谦让有加，只是有人欢喜有人愁。假球赌球外，场上的名次完全技术说了算，不会因性别资历、家庭背景、职务高低、收入多少而论，没有附加的条件，输了就是技不如人，或是心理素质太差。技艺好，是明星，人气旺，到哪都是众星捧月般地被抬举，备受尊重，没有被打击、排挤这一说。

球场是最让人生龙活虎的地方，上一天班，即使疲惫，到了球场也立马会精神焕发。练球是提高基本功必修课，而没有基本功注定走不远，那么要练球，一定要赶早。为赶早买车，为赶早先不吃饭，但还是需要耐心等待，需要先当裁判。因为球场常常人满为患，刻苦练发球的、几个人仅占对角练对攻的，个个神情专注，不想被外界打扰。

看球比打球紧张，每一个球都扣人心弦，必胜的球瞬间发生逆转，让人难以想象，即使无望的球也很难说就一定拿不回来。早年代表宣传系统参加全县比赛，决赛之际，我们实力差强，却拼到决胜盘的生死战局，先行落后，我一分分地追，紧张得领队宣传部韩世强副部长先是捂着眼睛从指缝间看，承受不了压力，他远离赛台，靠听两家啦啦队的欢呼声来辨别，还是不行，干脆走出赛馆，直到比赛结束，他从场外了解了比赛结果，才跑进来祝贺。呵呵，这是我们征战史上所见过的最胆小领队。

球打得多了，才知道自己的技艺差得有多远，初定的目标，有时候会离自己越来越遥不可及，所幸的是，大家并不嫌弃，常常认真而耐心地教我技术，陪我训练基本功。

小小银球，每一个部位、每一个角度、每一个落点、每一个时间差的不同，都会有不同的变化，加之底板、胶皮、套路不一的各式打法，瞬间魔幻万千，让人目不暇接又无限痴迷。打球就是一个享受化解旋转、抵消速度、比拼力量的过程，也是一个斗智斗勇的较量。一旦沉醉其中，连做梦都在打球，三天不打，便会手痒，若是信手打出精彩，便会欣喜若狂，尤其是险胜了强手，定会赢得鹊起的欢呼，几日间都被乒友津津乐道，若凑巧正是赛事之中，可就成了黑马，一鸣惊人，坊间圈里遍传，自己也兴奋得情不可支，像中了百万彩票大奖。

若是水平相当，就会生出棋逢对手的战意，明枪“搏杀”，暗中较劲，有争议的球辩得面红耳赤，仿佛国际大赛正酣，既为了胜利，也不仅仅是为了胜利，但感情不会因此受伤。大都喜欢与高于自己水平的对手练球或是过招，开始跟在屁股后面天天找你练的，一旦技艺超越了，就惦记着跳槽，害怕还遇见你。挑战常在，结果也会意外，有了进步会沾沾自喜，尝了败绩懊恼自责。台上的对手，台下是好友，天天对抗，情谊却日重。有一时劲不上的，心里总暗想着有朝一日打掉前面的靶子，或许时日不多，“敌不过”只是个往日的传说了。

刚刚入圈的乒友，开始往往不屑于与女乒友为伍，但久了，就会明白这是必经的一道门槛，过了，才有机会晋级，慢慢地，就安于了与群芳争艳。当然，也有不思进取，肯一心为女士陪练的高尚人士，甘为绿叶。还有如我者，没台案了，就袖手观战，潜心偷艺，也想找机会与高手学习，虽然总是输得一塌糊涂，却越战越勇，因为提高才是目标。有时，兴致来了，废寝忘食，腰酸腿疼亦不肯挂拍，几十局打下来也不过瘾。终于坐下来，打算歇息了，偏偏有姗姗迟来的高手，机会难得，二话不说，再换回行头，欣然解拍，从头来过，燃不尽的烽火，回味无穷的自得其乐。待冲掉一身的臭汗，倒头便睡，轻酣乍起，安然又香甜，说不准梦里接着再战。当然，晚归也是常事，三、五乒友一波儿，奔了夜市，几扎鲜啤，七八个小菜，觥筹交错，烧烤飘香，酒曲酸唱，熏烟缭绕，好不快活！结账也是你争我抢，本来不分你我，道别时，还不忘下一纸战书：“看我明天收拾你！”

一聚小酌，或是K歌放纵，都是无比的放松、惬意。乒友们就是这么热情而豪爽，他们淡泊凡尘名利，热心于切磋技艺，交流心得；他们奋力拼杀，捍卫团体的荣誉；他们尽心辅教，搭建平台，为支持乒乓球事业和推动群众体育运动的发展积极做贡献；他们多才多艺，心境豁达，与人友好相处，真诚相待，毫无矫饰，分外融洽，少了累赘的市侩，省了世俗的做作。所以，学打球，多了一帮以强身健体为本，重在精神追求，值得尊敬的好友，这是意外的丰厚收获。

打球的乐趣还在于让人拥有一种激昂的竞技状态，也能通过小小的乒乓球放大人生的快乐。比赛的刺激在于其过程充满了不确定性，往往冷门频报，黑马迭出。每次比赛，我都如临大敌，自知技逊不是一筹，却从来都是提纲主力，场场要上，压力甚大，真是寝食难安，总担心比分葬送在自己手上。本来就是半路出家，为的是娱乐健康，可以不问成败，但凡比赛都没有想输的，盖因虚荣心在作怪。可见，人性的弱点，无所不在。有欢乐也就有苦恼，特别是技术方面的不能甚解，不得要领，悟不透的郁闷令人茶饭不思，一旦想通意会，醒醐灌顶般地畅快淋漓，人生不就是如此地翻越着一座又一座看似高不可攀的山峰么?

参加过省市赛事，见识了云集的大腕，才知道天外的高人比比皆是，就像王母娘娘的蟠桃盛宴，八方豪仙齐聚，百般神通尽显。当然，运气也很重要，在全省政协系统的比赛中，我打了三年，都头轮遭遇冠军，对方强悍如秋风劲扫落叶，还没反应过来，比赛已经尘埃落定。直到第四年，才顺利突围，进入半决赛，成为种子选手。真正跟强手开战，挥起拍来，因没想着赢，反能有球出彩。观摩，开眼界是一方面，更重要的是悟到了要寓球于乐，摒弃胜负之心，放开了，敢打才会有好球。不过，说着容易，做起来可实在是难，境界很重要。

小小银球飞旋着许多哲理和智慧，攻防之间，起落一瞬，交织着无穷的变奏。其实人生莫不如此，有时，该搏的未曾尽力一搏，该弃的却总想把持手中。人生之路，倘若能放下包袱，轻装上阵，纵是荆棘遍布，或躲或闪，或劈或斩，山重水复后，柳暗花明就不会太远。

人生有限，而竞技无涯。打球以来，上进的心每天都有，久而久之，使自己的生活也融入了一种竞技的状态，面对困难，绝不低头，压力再大，也不轻言放弃。

·追星一二·

小时候崇拜无所不能的父亲，少女花季了，天天幻想能有见到李连杰、发哥、成龙的机会。细一看，喜欢的影星都是男性，都饰演英雄，吓一跳，以为自己崇尚暴力，挽起袖筒扪胸自问，其实是心向正义。

还有非常喜爱的歌星，比如费翔、华仔、刘欢，程琳的盒带珍藏至今。但是一直以来没有闲时去追星，慢慢就熄了那份逐潮的心。即使在北广（现中国传媒大学）进修的那一年，像李湘等当红明星常回母校做节目，又有各种各样的活动，机会很多，小伙伴们欢呼雀跃，独我不为所动。面对赵忠祥、小撒等名嘴也没有应有的兴奋，饰演展昭的黄安诙谐逗趣，甚至和我的小同学们“拳脚相加”，处起来比较有趣、轻松，但也没有心起波澜，我怀疑自己是老了。

然而2011年，在得知驼城有一场陈慧娴加盟的演唱会后，我坐不住了，心为星之荡漾。为了见到我心仪已久的情歌皇后，一时冲动，又几近疯狂。

陈慧娴出生于1965年，80年代在香港演艺界的成就胜过了张学友，而1989年，她毅然远赴美国留学。非常喜欢陈慧娴的歌和人，喜欢她柔情的嗓音，喜欢她不屈失败的勇气，更喜欢她于喧嚣浮华间依然保持低调的从容。会唱她的许多歌曲，甚至因县政协新年联欢会上唱她的《千千阙歌》而一鸣惊人，被人夸赞无数。朋友赶紧托人给我搞到了演唱会的票，还有见她的机会，所以，没有理由错过这次机缘。

首先得给她准备礼物。经过慎重考虑，我决定送她清涧石板雕刻艺术品。刻不容缓地到青涧石板公司订制，精心选了一张陈慧娴的青涩照，配了《千千阙歌》的歌词。因为时间不宽裕，有些担心他们不能按时完工，没想到，去取的时候，打开精美包装，石刻线条清晰、流畅、生动，陈慧娴顾盼闲静的眼神尤为传神，效果出乎意料的好，太满意了！想不到，付钱时，工作人员却不收，说公司老板刘斌送我了。这怎么行，上千元的精品，上好的石材，一道道的工序，起码得收成本啊。立刻打电话给刘总，他就是不发话，没人敢收，又多了一份感动与支持，时间紧迫，只好先谢了刘老板，带着石刻，独自驱车北上。至今，我还欠着刘总的这份情意呢。

中午赶到榆林，直奔市体育馆找人拿票。担心没地方停泊，就没再动车，早早地在工作人员调试灯光音响的时候和他们一起候

>>>
2011年11月与陈慧娴于榆林容大国际酒店

>>>
2009年12月于央视《梦想剧场》

场。看他们很繁复地一遍遍试音、走台，伴着高分贝的噪音。我没吃东西，肚子有点饿，附近没有饭馆或商店，道路已经爆堵，车辆无法正常通行，只能这样耗着了。快开演了，联系主办方，尝试提前把礼品交给偶像，但陈慧娴是压轴主唱，不会早来。等待，需要耐心。终于开场了，手里提件礼物看演出很不踏实，最高潮属于汪峰，但只有郑智化的歌声能让我安静下来。我干脆来到候场区等她，过了好久，好不容易看到她光彩夺目地出现时，又被一层层不同级别的助手们严严实实地护围着，难近跟前。怕影响她的演出，经纪人阎先生只同意演出后或现场上台转交，他鼓励我同台合唱几句，这怎么行，不会唱歌的我根本没这个勇气，不仅是怕忘词。看一位男士与她共同演绎《红茶馆》，心一阵悸动。再熟悉不过的《千千阙歌》声起时，我不由自主地走到离她很近的演唱台下，看镁光灯下她的千回百转，听嗨情高涨中她的激越澎湃，强烈的激动一时难抑，我也大声跟着她相和，她的助手小樊姑娘老远地向我竖起了拇指。这时12点多了，观众已经走了小一半，还在走，看来，这边塞的小城里，她的粉丝并不是特别多，但不影响场面的火爆。

演唱结束，她一下台后，就急匆匆地被簇拥出了候场厅，像一阵光艳的风，旋而飞去。正在我不知所措时，阎先生过来联系我坐他们的车，一起去他们下榻的榆林容大国际酒店，惊喜不已，立即上车，一路抑不住地小兴奋。我发现，尾随在后面的还有几辆的粉丝车。

她住的是最大的总统套房，四个大间，是我没见过的超豪华，会客厅的大茶几上摆放着应时的各种水果。她换了便装出来，脸上簇着迷人的笑，看不到一丝的疲惫。她花色暗紫又缤纷的便裙外面套了件银灰色的长款开襟大毛衣，颈上系条又厚又长的黑色羊绒大围脖，仿佛来到了北极，她是广东人，不足为奇。

她同我们热情地聊着，并一一合影，我的相机没电了，只拍了两张。她手里拿着我特意为她订制的石刻，轻抚上面雕着她的清纯肖像说：“真漂亮啊！”，看起来，她爱不释手，我很开心。当得知我驱车三百余里又远又堵的路专程来看她的演唱，她握着我的手，表示非常感动。她的手，瘦小、冰凉，我突然感觉这是一双忽略身体健康、没有男人关爱、缺乏温暖的手，而她的脸上却始终保持着经典的笑容。她经历了三段失败的婚姻，只有爱到刻骨、爱到悲切，才能把情歌唱得像她一样凄婉和忧伤。

一边聊着，他们已经开始整理行装了。他们一共有五间房，阎先生盛情，一定让家不在榆林的粉丝们住下来，不要浪费，他让我们等陈慧娴卸妆，让服务生换床单，说他们很快会离开这里。

近凌晨三点了，她的团队提携着大批的行李，和她一起下了电梯，出了大门，看他们装车，和他们告别，目送他们赶往鄂尔多斯的乐场，四辆丰田霸道越野车渐渐消失在茫茫的夜色中。

同样很累的还有我，我在想，他们那么辛苦是因为可以赚到很多钱，而我是为了什么？满足自己可以忽略不计的虚荣心？唉，一天连饭都没吃，车也落在体育馆，关键是我精疲力竭，进了房，顾不上欣赏套房，懒得洗漱，倒头便睡。

这一晚，母亲忽然入梦。一觉醒来，天已大亮。打电话给母亲，好半天才接，她正在准备演出，没时间跟我多说。挂掉电话，一个人发愣：母亲又正在准备演出？！

母亲小时候在北京少年宫参加过舞蹈训练，有一定的基本功。所以，她能以70岁的高龄仍然活跃在当地的省市县业余演艺舞台，是老年演出队的骨干，经常参加各种节庆和汇演活动，多次参与央视和河北、廊坊等省、市电视台的节目录制，甚至参加了2014年北京世纪坛建国65周年“歌唱祖国”万人大合唱和2015年河北两万人齐跳《控烟小苹果》创吉尼斯世界新纪录的表演。她还在“6.1”节这天为小孙子就读的幼儿园组队演出，受到孩子们的追捧和家长们的大赞。她几乎每天坚持排练、锻炼，身体健康，心情愉悦。她也很累，但是因为喜欢，她很开心。

母亲对舞蹈悟性很好。她来看我，榆林住了一个月，晚上经常去阳光广场跳舞，那里有好几个团队，她随去入队，都能踏上节奏，不一会儿就学会了。像探戈、伦巴这样费体力的“国标”，母亲都能熟练驾驭，且舞姿优雅。好不容易来一位好的舞伴儿，舞友们都抢着邀请她。

有一次回清涧，母亲扎着长长的马尾辫，欢快地在广场舞池翩翩起舞。邻居辛姨姨看着我指给她的人疑惑地说，根本认不出来，你妈哪里是60多岁，像个年轻人。母亲一套套新颖的动作立刻吸引了大家。舞曲间歇时间，都争相过来问询，母亲就主动教给大家。经过舞友们的提议，场主邀请母亲每天早晨过来给大家当教练，还郑重其事地在小黑板上写了“邀请来自北京的赵女士教授新舞”的通知，还有“莫失良机”云云。母亲真是热心，竟然坚持教了一个星期，直到她离开清涧，过了把舞蹈老师的瘾。

那次陪母亲去演出，是在航天英雄杨利伟原河北的训练基地，在军营的舞台上，母亲上了西藏舞、水兵舞、西班牙舞、合唱、诗朗诵和三句半6个节目，绝对的实力派。远远望去，母亲的舞蹈协调、流畅，优美而富有激情；她的朗诵字正腔圆而感情丰沛；她的歌声甜美动听，她的快板三句半，幽默风趣。我为她抱衣服、摄像，和官兵们一起欣赏、一起鼓掌，是她最忠实的粉丝。追光灯里，母亲丹唇皓齿，一袭天蓝丝裙，鳞光熠熠，风华绝伦！他们的演出非常成功，我为母亲和她的团队而骄傲！谢幕的时候，部队首长对整个演出给予了很高的评价，官兵们报以长时间的如雷掌声。

深夜归途的大巴上，大家意犹未尽，谈论着演出的得失，甚至策划起了下一场的演出。他们的脸上洋溢着兴奋，而母亲竟然轻鼾声起，她安详的脸上还挂着满足的微笑。母亲是在享受艺术，享受奉献艺术带来的快乐。她们整个团队的演出几乎都没有报酬，偶有一点照顾性的补助，也都攒起来添置乐器。演出服装都是姐妹们商量着花钱买来布料或半成品自己缝制的。还记得她们表演用的一套绚烂的西班牙舞裙，母亲戴着老花镜在灯下一针一线地整整缝了一个星期。她还认真地对着镜子描画夸张得吓人的艳妆，自掏腰包去理发店做美丽的发型。

当然，老妈也追星，她年纪大了，但是腿脚很好，在央视《梦想剧场》录播现场，节目刚完，老人家一个箭步就迈了上去，我赶紧给捏了一张乱糟糟的与明星的合影，她甚至和尹相杰拍照时还挽着人家胳膊。

洗漱过后，揩掉脸上的水珠，头脑清醒了许多。豁然觉得母亲也是星，是她自己的星，她闪烁在自己岁月的夜空，虽然并不耀眼，却有着陶醉自己和温暖周边有需要人们的热度与光亮。

还会喜欢，但我不再追星，还有那些缥缈的虚无。

·年年花盛开·

——我这五年

新世纪的第一个10年飞逝而过，诗人杨贺要编一辑《我这五年》，和我约稿，便应了下来。待提笔下落时，竟感慨万千——这五年，还真是我人生道路困难重重的一个阶段。

2006年钟声敲响的前夕，经过激烈角逐，我荣膺“榆林市十大杰出青年”荣誉称号。一个新的起点，必须更加努力地工作，这年11月，我捧回了首届“榆林市十佳新闻工作者”奖杯，2007年又被授予“陕西省新长征青年突击手”。在榆林市电视台接受采访的情景，至今记忆犹新，题有“青春永远辉煌”的演播厅背景让人亢奋，鲜花绚烂，掌声四起，但荣誉就像鞭子，赶得我顾不了家，顾不了孩子，顾不了父母，我真的很累。

没有迷失在一片虚无中，我依然淡定，不张扬，不做作，娴静少言，埋头几案，浮华不过易散云烟，人终要脚踏实地。意外的是，2008年工作被调整，结束了20多年的新闻编播生涯，离开了所热爱的事业。突然有了空余，长期累积的疾病便有机可乘，悍然袭来，被疑患有不治之症后，不敢告诉亲友，独自苦撑。回京诊疗，一边又苦学开车，把自己整天泡在泳池，甚至打起行囊，孑然一人去旅行，想在结束生命前尽量不留遗憾。但真正放下，并不像说起来那么容易，欺人骗己而已，始终都不能走出失落抑郁的阴霾。不惑之年，遭遇了事业和生活同时跌入人生最低谷的境地，笑还要挂在脸上，而痛在心底。想起恐怖的淋巴癌，不寒而栗，好在最终确诊，不过是淋巴结炎，虚惊一场，不小的欢喜。但是由于长期超负荷的伏案工作，腰颈椎病严重却是实实在在的，腰背和四肢的剧痛折磨在每一天，仍要坚持上班直到不能行走，幸好老同学、延安人民医院骨科专家张文生大夫远程施救，才得以缓解。

这五年，还是为思量“去留清涧”而情感最为纠结的岁月，乡愁在加苍鬓角恣意葱茏，而飘忽于两地的心，竟辨不出何处是故乡。这里是我为之付出真诚与爱恋的地方，她给了我很多，比如梦想与鲜花，比如支持与厚爱，比如激情与振奋。但这里也曾令我伤心与失望，她强给了我一个外地女人孤身奋战下的莫大压力与不公，使我丧失自信，缺乏勇气，除了靠脚踏实地拼了命地工作，不能如男人一样去理直气壮地争取属于自己的一切，一路容忍、却让。我不清楚自己什么都不要了，还要怕什么？为什么要忍辱负重，委曲求全，凭什么还要带着枷锁镣铐舞蹈？我如同经历了生死，拣一条命回来，已经赚了很多，夫复何求？不过是因为责任，岗位的责任，做人的责任，因这二字，于心，我无愧。即便是这样，还是有人妒，女人也倒罢了，男人也这么没出息，很是不解了。他种着自留地，汗也没流到公田，不懂业务却霸道地颐指气使，也没有留丝毫的廉耻和礼信。他不管你付出多少，只盯着你得到了什么，哪怕是你埋头正为他抬着轿子，他也不舒服，背地里热衷于给你炮制绯闻，最好有把能杀你的软刀。这种把月光都想独贪为己有的人，即使天下都给了他，他也不能可心，可是我有的只剩下了牺牲健康换来的积劳成疾的病痛，你真的想要吗?

2009年，转行到县政协，真正告别舞台、掌声，告别没日没夜湮没其中的节目制作间、演播室，挥手团队时，竟泣不成声，付出了太多，谁解我是多么地不易，又多么地不舍。

仓促间，迎来一个全新领域的挑战，学习首当其冲，工作认真故我，闲暇时习文打球，生活如清风入怀，惬意而轻松，最重要的是，重拾信心，再度振作，而且有了自己的时间，可以听音乐、读诗文，无需提防倾轧之乱，骤息经纶世务之念，一颗零乱的心，终于有了安置的地方，这是我最幸福快乐的一段从容时光。

陪读大军一年胜似一年大规模的外出征战，唯独我不能混迹其中，请不了假，一直推，推到女儿高三最后一个学期没有几天了，偶见女儿偌大租房内满地乱扔的方便面空包装袋和她自己胡缝校服乱扭的针脚，我的心真的痛了。对她，真是有说不完的愧，极负责任的我，唯独对这个已经长大了的孩子没尽过什么职责，我已经不孝千里之外的父母了，还一直忽略着我最亲爱的小孩。不能再执迷不悟了，毅然决定陪女儿做最后的冲刺，即使天塌了，也不再管了。选择离开清涧，我不后悔。但我仍营念着那片青山涧溪，朋友

>>>
2009年12月第十届“榆林十大杰出青年”颁奖典礼上朗诵自作诗《生命的灿烂》

>>>
2010年3月清涧纪念“三·八”妇女节活动中即兴朗诵诗歌

们也牵系着我这个“北京籍”的清涧老乡。

回望这五年，山程水驿，风景各异，在坚强走过大起大落的沉浮中，我懂得了人生苦短，悲喜在己。感谢生命里所有来的人和事。在新的日子里，我要忘怀得失，披系好蓑衣，任由烟雨，愉快地工作，开心地生活。看看窗外，美，依旧无处不在，风起，或是雪飞，都会有繁花盛开，一片片的，奇异而旖丽！

·绵山随想·

四月时节登绵山，有些寒气。

绵延百里的绵山又名介山，位于山西省介休市。从山脚望去，崇山峻岭，葱郁巍峨。沿山而上，险崖秀峰突兀，道观寺庙林立，峡谷纵横，瀑布飞扬，果真聚众家仙风道骨，集日月天地精华，不愧自古修行胜地。这里钟灵毓秀、鸾翔凤集，孕育了许多传奇故事和诸多文化，其中最著名的当属介子推的传说。谜一样的绵山，谜一样的介子推的生死，让人浮想联翩。

介公衣冠冢，在威严的神道之上，一片苍松翠柏之中。再次感受那场穿越2600多年大火的炙烤，仍不能驱散一些寒意。

那是一个天下纷争、同室操戈、混乱破败的过往；却又是一个诸子相辩、名士辈出、令人景仰的年代。

春秋战国时期，晋献公欲立宠妃骊姬之子为嗣，谋害太子，公子重耳被迫流亡。期间，重耳先后躲避父、弟及侄几任国君追杀，历尽磨难，受尽屈辱，从臣多散，仅剩介子推等五贤士随行。一次，重耳饥饿难当，向田夫乞讨，却被农夫以土块戏谑，情急之下，介子推割股奉君。19年后，重耳回国，君临天下，群臣恃功邀赏，独介子推携母隐居绵山，结庐而居，采薇而食。重耳多次求介子推不得，搜山未果，命御林军举火烧山，想逼出介子。据传，义禽群鸦缭绕，舍身相护。大火烧了三天三夜，终究不见介子推出来，所得到的，只剩焦柳下题有劝君“勤政清明”内容的一片血诗衣襟。

重耳收血诗于袖，又伐焦木，做木屐，日日对叹：“悲哉足下”，给华夏留下了“足下”的尊称，木屐日后也漂洋过海，为日本人所用。痛心欲绝的重耳改绵山为“介山”，建祠堂，定烧山日为寒食节，晓谕全国，禁忌烟火。第二年，重耳率百官素服登山，祭奠介子，只见枯柳生枝，翠绿摇曳，遂御赐“清明柳”，这一天也被定为清明节。寒食、清明节由此起源，传承数千年，成为中华文化的一部分。

2000多年前的那场大火，也是燃起在这样的一个季节，那遮天蔽日的烈焰是否灼伤了晋文公的心？一地焦黑的鸦羽，熏焚出的是魏晋名士不屈的傲骨。可是，出仕就那么难么，为什么会有介子被焚的悲剧？出仕与隐逸不过是两种道路的选择：汲汲于功名利禄的追逐，向往庙堂之上的显达，渴望在经邦济世的舞台施展抱负；或不屑于俗权礼法的攀附，倾心江湖之远的自由，放纵在山林泉竹的幽境，享受闲适清逸人生，即使都不去选择，也不用死谏啊。在二者的权衡与较量中，介子是否有过痛苦，难道为了母亲，孝顺的介子内心也没有过挣扎、没有过犹豫么，就像当初的割股，怎么就那么轻易地让自己仅有一次的生命随风化为了灰烬？

这让我想起先贤许由“洗耳”和伯夷、叔齐“耻食周粟”的归隐。帝尧在位时，曾要把君位传给许由，许由逃到了箕山隐居，帝尧想请他出任九州长官，他认为自己听到了最坏的话，就跑到颍水边洗耳，以表心迹，被奉为隐士的鼻祖。伯夷为商末孤竹君长子，孤竹君想传位次子叔齐，叔齐不受。为了成全父弟，伯夷逃走，而叔齐亦逃。至武王克商，天下宗周，伯夷、叔齐采食首阳山，到饿死也不肯出仕。

著名隐士的名单还可以开出许多：七十二贤之首的颜回；归隐富春山耕读垂钓的严光；辞赋家、田园诗人陶潜；南朝道教茅山派代表人物、人称“山中宰相”的陶弘景；纵酒酣歌，啸傲泉石的“竹溪六逸”……当然，将此演绎得最为淋漓酣畅的是“竹林七贤”之一的嵇康。

嵇康，曹操的嫡亲孙女婿，魏晋文化大师级人物，才高貌美，崇尚自然，超越礼法，厌恶官场，隐匿郊外，免费为人打铁，因与司马昭政权不合作，被以莫须有的“不孝同党罪”处死。面对刑场请愿的3000多名太学生，风度翩翩的嵇康抚琴壮行，凛然赴死。《广陵散》被嵇康第一次也是最后一次公开弹奏，曲随人散，自此，仙乐般的绝伦清音永绝于世了！

曾经以为，名节相高的隐士们迂腐之极，不能像山涛、皇甫谧等名士那样守柔曲全，空怀济世之才却不肯心忧百姓、匡治天下。而今，方才明了他们的高远心志和文化气质。追求精神高贵和人性自由的他们，鄙视奢靡浮华、富贵闻达的骄淫，以他们率真的性情和越礼的做派，不会穷约趋俗，必不能自全于风雨乱世，必无法应对四伏的倾轧机心，谈何肆志？何不寄情山水、安贫乐道？难怪介子推宁肯刚烈受死都要守着这片令人快意的山林。

并不认为介子为主割肉是愚忠。骊姬之乱后，重耳是强晋振国的唯一希望，谁又能说介子不是爱国忧民呢？重耳即位后，思贤省身，整内政，强军队，使国力强盛；又平内乱，迎周王，终成春秋一代霸主晋文公。介子自认这是天意，并不在他等的追随和辅佐，所以不能接受君主对他的感念。而介子的真正功勋在于，他成全了一个清明霸主于天下，又成就了一个清明天下于黎民，于他，以区区之身换取一片圣贤的气象，死亦值了。

忽闻一阵长啸，是一位老者登及峰顶，正凭栏远啸，啸音飘逸悠长，从容淡定，如长者灵动的银须。为什么人到了这个年纪才能体味到一切释然的情怀呢？为什么作赋的青春总是深陷尘俗的纷扰而不能自拔呢？

曲残柳叶飞，风寒夜雨住。繁华浮沉，烟云过往，而山独在，水自流，疏枝雾影间，我分明看见介子衣袂飘飘、木屐声声地款款而来，他洁芳淡泊的铮铮风骨已融于了这方天地，融于了这片逸情……

有绵山归来不看山的说法。绵山谷幽刹严，溪曲峰环，水石相依，山林相映，步步有景，景典交融，是谓“山光悦鸟性”，而能被潭影空心的又有几人？芸芸众生，际遇不同，所求各异，试问，仍愿被“一箪食，一瓢饮，在陋巷”的颜回之乐所温暖的心还剩几颗？

>>>
2009年4月于绵山

·美丽而凝重的刘公岛·

对齐鲁大地，一直深怀景仰，不仅因为她最早沐浴了中国传统文化的光芒，更因为她几千年来饱受战火的蹂躏，渴望有机会感受这片苦难热土上仁人志士鲜活心灵的复活。

趁着暑期，来到了威海。威海被黄海紧紧环抱，三面临水，港口形如新月，与旅顺、大连遥遥相守，其海岸旖旎，碧波荡漾，回望岭峦，山色翠微，红顶白房的栉比楼宇依山参差于青树翠蔓，像浓染重涂的油画，若华光多彩的玛瑙，世昌大道蜿蜒在随势起伏的山路，海水湿气混搅着桂花淡香，清新扑面，缅怀追思之情肃然而生。

这里曾是一个小渔村，明洪武年间，针对不断侵扰的倭寇，国家设立海防要地——威海卫。从那时起，涨落的潮汐见证了威海从英勇、屈辱到自强的一辈辈人的苦难与新生，目睹了清末以来，中国现代海军的诞生、覆没与重新崛起，也记录了作为经济强市为平衡生态环境所做的努力，徜徉在威海时尚与环保的完美结合中，让人有想停下来久居的冲动。

海边，人潮如涌，摩肩接踵，人们骑自行车或乘电瓶车，蜂拥赶往威海国际浴场。即便是最炙热的季节，这里依然有凉爽海风轻轻吹过，埋进沙滩听涛，或是纵身浅海嬉戏，都是难得的惬意。可惜不能畅游，身边太多的人，捣乱得人猝不及防呛了水。水进鼻腔，痛苦自不必说，涕泪交融后，觉得这里较之海南的海水“咸涩”许多。

当地人都说，来威海，不能不上刘公岛。乘渡船，不过15分就越过海湾，登上了距市区2.1海里的刘公岛。

小岛面积只有3.5平方公里，却有着“海上仙山”、“世外桃源”的美誉，是古代三大仙山（蓬莱、方丈、瀛洲）之一的“方丈”。岛上，蚀崖峭立，秀木葳蕤，繁花锦簇，色彩凝重却又纤尘不染，郁郁葱葱之间，云雾缭绕，似仙灵之气弥蒙，看不见鸟雀，却有啁啾清响，愈显幽静。

小岛诗情画意，而名刘公岛，听起来有些不称。关于刘公岛有着令人心酸的传说。据载，东汉末年，朝纲败坏，官宦作乱，灵帝受惑，盛年丧生，其长子刘辩继位。奸臣董卓一路杀来，谋取少帝性命，立9岁幼帝刘协，狼子野心，尽人皆知。少帝爱妃唐氏有孕在身，一介女流，拼死也无以抗争，被迫含泣饮鸩。在凶煞的墓地，唐氏于棺椁中醒来，不想，她被御史郑泰冒死搭救，灌迷药入葬。逢凶化吉，她被护送到了小龙山孔子19世孙孔荫的家里隐居。为躲战乱，孔荫携唐氏和全家辗转流落，从中原逃至冀州，再到山东，直至东海之滨，才安下身来。颠沛途中，唐氏生下皇子刘民后仙逝，孔荫夫妇也先后在荣城亡故。魏明帝太和年间，魏辽大战，刘民和百姓一样涂炭于战火，与义妹燕儿失散，悲伤、绝望的他跳海自尽，幸得被巨鲸驮救到此岛，并与燕儿重聚成亲，繁衍生息。两人为百姓采药诊病，举灯引航，一生为善，被百姓尊为刘公刘母，渐渐此岛就被称为刘公岛。

玉雕般的一段传说，交织着国恨家仇，离别颠沛的伤怀、无厌贪欲的丑恶、至情真善的博爱，都是陈述着的苦涩。

8月1日，来到了刘公岛北洋海军提督署遗址（现中日甲午战争博物馆），也就来到了那段令人痛楚，内心曾无数次逃避、不忍触摸、不堪回首的晚清历史面前。

清光绪二十年（公元1894），朝鲜东学党起义，请兵清廷，清廷按中日《天津条约》的条款知照日本，派清兵五营人入朝。日本竟以此为借口，大规模出兵朝鲜，7月25日，日本海军不宣而战（日军擅用偷袭伎俩，比如珍珠港事件），在我丰岛海域突袭北洋海军运兵船，挑起战争。8月1日，中国清政府迫于战事，对日宣战，中日甲午战争爆发，正是一百多年前的今天。

甲午海战之惨烈，世界战争史罕见，尤数民族英雄邓世昌率致远舰245名官兵英勇殉国的壮举。

为护旗舰，致远舰迎敌鏖战，屡受重创，管带邓世昌下令以伤舰全速拼死撞向敌主舰“吉野”，不幸舰体中雷沉没。邓世昌落水后，怒骂倭寇。仆从刘忠递送木梃救主，邓世昌推而不受。鱼雷艇水手请邓大人上扎杆，邓世昌坚辞不就。他的爱犬“太阳”在身边哀鸣不已，衔扯衣袖，咬拽发辫，邓世昌含悲强抱赶不走的爱犬，一同沉于海底，时为1894年9月17日15时30分，这一天，正是邓世昌45周岁生日。

我泱泱大国，何以让烈士蒙此冤戮？日本军国狼子禽兽，觊觎我泱泱疆土，日谋夜算侵吞的贼心不死；慈禧置国家危难于不顾，挪用挥霍海军经费1300万两白银（相当于当时两支北洋主力舰队的投入），使我海军无资更新，无弹可发，无炮可还；李鸿章私携水师，拥兵自重，妥协避战，纵有我众多英勇无畏好男儿，北洋海师亦难逃覆灭的惨痛结局。

甲午海战，北洋海军舰队全军覆没，捐躯将士数以千计，10位高级将领中的8位殉国。左翼总兵、镇远舰管带林泰曾以寡抗敌，撞礁伤舰，服毒自杀；右翼总兵、定远舰管带刘步蟾浴血搏战，弹尽粮绝，候援无望，忧愤炸舰，引鸩而亡。海军提督丁汝昌负伤督战，兵败誓死不降，仰药报国；左翼左营副将、经远舰管带林永升誓死奋战，中弹阵亡，随舰270官兵与碎船同沉波涛……壮志未酬身先死，烈士凛然气长存！败虽败矣，但不屈将士们甘洒热血筑长城，保卫家园，保卫我中华河山的壮烈篇章永远铭刻在华夏儿女的心头，英雄的民族气节如千古不竭之黄海，将世世代代奔腾不息！

走出展馆，件件展品，仍历历在目，灼伤了心，灼痛了眼。那些打捞上来的破损而屹立的战炮，摸上去焦热炙手，仿佛将士的血脉在沸腾。败桅残弹，在静静地讲述着那段不屈而遗恨的战事，由巨大铁锚、粗重铁链和残破船体组成的巨大“警世钟”，默默地矗立

>>>
2010年9月于威海

>>>

2010年9月于蓬莱

在刘公岛水师广场，时刻警示着国人，勿忘国耻。山顶万绿丛中，建于1988年北洋海军成军百年之际的忠魂碑，宏伟壮观，利剑般直指苍天，象征了中华儿女不屈外侮、抵御暴强的坚定信念。睡狮猛醒，岂容历史再重演！

天阴得很沉，忽而细雨如织。倏然明白，这里的海水如此苦涩，这里的天气总是雨雾云绕，那是因为这里有着百年穿越不止的英雄们的咆哮，他们悲怆苍凉的血泪和威武刚强的英魂飘零不去，他们仍眷恋、惦念着祖国的海疆！

弥漫的战火已经熄灭，浓郁的硝烟已经散尽，而战争带来的欺凌与屈辱，哽咽了多少志士仁人！

1952年起，这里成为我军北海舰队重要基地之一，作为军事禁地，直到1985年，才开始对外开放。辽阔的海面上，桅帆点点，鸥鹭竞翔，年轻的水兵正在刻苦训练。

云过雨住，风烟俱静，太阳透出了无边的光亮。一阵汽笛声传来，有战舰在起锚，新一代的雄兵水师正扬帆启航！

长长的已锈迹斑驳的铁码头卸下了曾经忙碌的繁华，它满面沧桑，静默地诉说着战火往昔的怆伤。渐渐驶离了刘公岛，水涌山叠远去，看岛屿如巨鲸遨游，又似战舰雄进。渡轮过处，船头波涛千卷，船尾涟漪成片，波澜似乎瞬间归于了安宁。抬望眼，可见云端仍翻滚，海底暗潮也一浪浪地奔突而来。

>>>
2010年9月于刘公岛

·秦淮河畔曲声哀·

南京大屠杀是一个让人不忍触摸的题材，看张艺谋导演的《金陵十三钗》，更是恨之又痛，因日本鬼子的兽行，也为十三钗的义勇。

影片说的是日军屠城，秦淮河畔一群名妓逃命到教堂，却舍命相救教会女学生的故事。结尾画外音说，最终不知这些秦淮河女人的结局，也不知她们的姓名。其实，她们的结局只有一个，她们是带着用碎玻璃制的刀具去见日本兵的，会死得很惨；她们也有一个共同的名字，都是我们的“姐妹”。

但没有人想与她们为姐妹，时时带着敌意目光的教会女生们甚至因不屑与她们共用盥洗室而打斗。事实上，被逼迫的她们，或家中变故，或被人拐卖，都不是甘愿为娼的。在经了多少痛打，历了多少绝望，才被调教得卓尔不群的她们，要隐了多少屈辱和惨痛，为寻欢的男人笑唱，给黑心的老鸨赚钱，只有长长的秦淮河水，聊解她们的悲苦与长恨……是啊，南京死难30万同胞，她们不过一妓，社会最底层的妇女，而她们以崇高的民族气节和义薄云天的姐妹深情凛然赴死，女哦长歌，荡气回肠！她们笑容甜美，气质高贵，如轻笼秦淮寒水的迷人月光。

由此我想到了秦淮八艳：聪颖灵秀、神姿艳发的董小婉；个性坚强、风骨嶒峻的柳如是；花容倾国、受诰封为“一品夫人”的顾横波；出身于秦淮官宦之家、落笔如行云的卞玉京；娟娟静美而又仗义行侠的冠白门；常挥金以济少年，为知己守一生情爱的马湘兰；小说《桃花扇》女主人公原型、坚贞追求爱情的李香君和令吴三桂“恸哭六军俱缟素，冲冠一怒为红颜”的陈圆圆。

这些才艺姿色名冠金陵的优伶，琴棋书画、诗文歌舞无所不能，个个柔情似水，光彩照人，谁人不垂怜，哪个不艳羡？追逐她们的达官显贵，甚至王孙卿相和才子俊彦何止百千？悲哀在于，她们只是沉迷勾栏的风流名士侑欢觞咏的怀中玩物，偶有颓伤落魄知己，也只是一时的缠绵，盏罢歌歇，又有谁肯倾心相待？她们终究难得真爱，一生凄婉，顾影自怜，只能闲看惆怅流水，坐老落寞红颜，纵有千万种风情，更与何人说？值得称道的是，才情绝伦的她们，虽有着不同的传奇，却都是柔肠侠骨，在明清更替的乱世，在家仇国恨的面前，心存大义，不输须眉，可爱而又可敬。

少时看电影《桃花扇》，还不能懂李香君爱情悲剧的深意。而初读柳如是诗词，就被她的才气和豪情深深打动了。明末名妓柳如是与大文学家、南明复社领袖陈子龙情爱笃深，陈子龙却负爱另娶，后抗清战死。正值妙龄的柳如便嫁给了年过半百的东林领袖、文名卓著的大官僚钱谦益。清军占领北京，崇祯自缢，柳如是支持钱谦益做了南明礼部尚书。不久清军南下，兵临城下，刚烈的如是劝钱一起投水殉国。钱沉思无语，临水一试说："水太冷，不能下。"真是斯文扫地，枉读诗书！

柳如是冰雪般的超脱境界岂是凡夫俗子所能企及的。在钱谦益降清做官独自北上后，柳如是全力资助、慰劳尚在的郑成功、张煌言、瞿式耜、魏耕等抗清义军。钱谦益去世后，为保护钱家产业，一代才女结颈自绝。她的《梦江南》写道："人去也，人去画楼中。不是尾涎人散漫，何须红粉玉玲珑。端有夜来风。"词中以赵飞燕与汉成帝、霍小玉与唐才子李益的幽怨爱情入典，表达了自己对冲破重重世俗婚姻的渴望，但良愿难遂，紫陌红尘的一缕清香，随风而散。

南唐后主梦中望断的流淌着六朝金粉的秦淮河，几度成为江南商业、文化中心，两岸商贾云集，望族聚居，吸引了众多巨儒大家，也滋育了无数名钗佳丽，令人神醉。

曾夜游夫子庙段秦淮河。记得那晚，河畔碧树如烟，霓光溢彩，楼阁鳞次，虹桥参差，店铺琳琅，人声鼎沸，一派繁盛。水流之上，画舫凌波，"浮光跃金，静影沉璧"，好一个"十里珠帘"。一位娉娉袅袅女子，豆蔻芳华，怀揽琵琶，纤指抚按，丝竹起处，依曲酥魂。一片迷蒙而涌动的水光里，一段段苏州评弹飘然入耳，如丝丝的桂花香气，融入桨声灯影，如梦如幻，一时恍若穿越在了明月清风，令人流连。许多年前的朱自清曾写尽这俗尘的繁华，却不忍耳听其间的玄妙，真是替他感到惋惜。倘若时光回转，真能栉秦汉风沐唐宋雨，我愿为小生，束方巾，着青衫，赏云柳，弄轻舟，听弦曲，吟诗赋，也必要执美人手，舞锦衣袖，一醉风流……乌衣巷深，秋娘唱晚，我会与她们有一世不解的情缘么，能不能演绎一段入骨镌心的千古奇恋呢？可肯把浮名换了这风月秦淮的夜夜笙歌？

劫难之后，秦淮河女人们终于可以赢得女学生们的微笑，并被叫一声姐了。透过教堂破碎而斑斓的玻璃，孩子们眼里定格了秦淮河女人瑰奇香艳的绝世风华。主题旋律《秦淮景》曲终。漠漠夜空下，姑娘们莺唇燕舌的余音散落在行船划出的朵朵涟漪里，迷离地闪现着粼粼的白光，泛着淡淡的悲凉与忧伤，像她们的泪眼。

“淮水东边旧时月，夜深还过女墙来。”一水秦淮多少梦，载不动浸透哀愁的汩汩叹息声，而在纷纷扬扬的盛衰之后，不曾褪色的是秦淮河心底永远向前奔涌的不屈与昂扬！

·唐寅园里听秋风·

许是因《唐伯虎点秋香》的故事，一直不喜欢唐寅，然而在庚寅年唐寅园晚秋的风里，我聆听了一个完全有别于各类“戏说”形象的明代杰出画家、文学家和吴文化代表唐寅的如戏人生，静心地感受了一代大师的风霜高洁与悲喜哀乐。

冷落疏篱曲径中，钱囊甘为酒杯空

进入唐寅园，硕大的照壁最为显眼，上面是唐寅、祝允明、文征明与徐祯卿“江南四才子”的大型浮雕，同团60多人，没人猜出这位身材高大、蓄有美髯的老先生竟然是唐寅，大家心目中的唐寅，才高貌俊，风流倜傥，断不会如此老迈。

唐寅，字伯虎，生于明宪宗成化年间苏州吴趋坊里的一个小酒店，据传，他出生这天（1470年的农历二月初四）是庚寅年的寅月寅日，他父亲唐广德便为他取名唐寅。

唐寅聪颖好学，受家藏字画古籍熏陶，痴迷于读书作画，被前来饮酒的文人雅士赞誉为“性绝颖，才气奔放！”在吴门画派创始人沈周指导和力荐下，唐寅又拜当时的著名画家周臣为师，绘画技艺功力突飞猛进。

唐寅少年得志，16岁中了秀才，29岁应天府乡试，轻取头名解元，声名陡起，带来了更盛的画名，与沈周、文征明、仇英合称“吴门四家”，前途一片光明。然而，命运弄人，唐寅30岁时，与江阴举人徐经结伴，踌躇满志地进京赶考，因上层政治斗争而深陷“舞弊门”入狱，屈打成招，后虽平反却被谪斥为浙江小吏，唐寅愤而不就，辞职回乡。

这一劫的打击太重了，加之唐寅历经了父母相继离世，妻子徐氏亡故，已嫁妹妹意外身亡，惟一幼子惨遭夭折等一连串的变故，当看到徐经被革职为民，释放后的主考官程敏政被迫弃官、抑郁而终时，他万念俱灰，索性沉沦于诗酒。

贫困的生活，逼迫他开始了卖画生涯。他将卖画所得在苏州城北桃花坞置了几间草房，隐居其中。唐寅一生爱桃花，房前屋后遍植桃树，自号“桃花庵主”，并作《桃花庵歌》。每逢桃花怒放，迁客骚人盛会桃花坞，在无边的烟花锦云里，衔觞赋诗，赏花书画，尽欢而散，“客来便共饮，去不问，醉便颓寝”。

桃花仙馆，不过三间草堂，六扇黑漆竹丝大门，典型的明代建筑风格，门厅并不高大，也辟了药栏，有疏浚后的池塘，荷叶近枯，鱼儿撒欢，正是唐寅故居桃花庵超然物外、怡情田园的意境。

俯看流泉仰听风，落霞孤鹜渺无踪

绝意仕途的唐寅在朋友的劝说下，打起精神开始了历经10月、踏遍7省的千里壮游。壮美河山，激励了他奋发的情怀。他潜心书画，先后创作了《骑驴思归图》、《山路松声图》、《事茗图》、《秋风纨扇图》等被尊为“神品”的传世名画。

唐寅擅画山水、人物、花鸟，最吸引我的是他的代表作《看泉听风图》。一片薄雾萦绕里，群山崔嵬，险崖诡谲，古木蟠虬，浓荫岑蔚，雅士临泉，悠然适意。太阳落了下来，空明净透，忽然风起，禽去枝惊，抬起头侧耳听去，远鸣清越，和着似笙镛的风声泉韵，潮涌而来，疾缓不一，劲弱参差，音色苍怆，大气浑然。天籁入心，也涤荡在了耳际，在琴指，在杯唇，在静人的禅意之间……山更高，石愈坚，水尤洌，谷遂幽。不远处有村樵驻足屏息，他可是传说中的钟姓子期？水墨清逸，意境深郁，直抒唐寅淡远孤高、知音难觅胸臆。

唐寅盛年的得意之作《落霞孤鹜图》，描绘了峻岭嵯峨，垂柳摇缀，亭凌江波，一人独坐远眺，画作明旷辽阔，意趣空灵。画上题诗：“画栋珠帘烟水中，落霞孤鹜渺无踪。千年想见王南海，曾借龙王一阵风”。和王勃一样少年得志的唐寅，却一样命运多舛，凝视浩渺江水，直面徐来清风，他纵是有一身的才情也无以喷薄，他是否渴望有一叶孤帆驶来渡他到彼岸，越过这暗涛汹涌的无边苍茫?

可惜，在六如堂，我们看到的唐寅画作都是复制品，真迹大多藏于两岸故宫博物院。

唐寅的画作融合南北画派技法，诗书画有机结合，诗情画意相得益彰，推动了传统绘画的发展。所以，唐寅的艺术成就不只在画，他亦工书法，精诗文，只是画名过于卓著的墨彩遮蔽了他自然流畅和意挚情真、更具思想性的诗作。他的字取法赵孟頫，著名的《落花诗贴》广为流传，我不懂字，也附会一把，请回这帖，且送临字的友人。当然，梦墨堂陈列的唐寅诗书，也都不是真品。

十朝风雨苦昏迷，一生颜色付西风

唐寅才华卓越，品行高洁。他关注下层百姓生活，不与世俗同流合污，他用自己的画笔帮困济贫，戏弄权贵。他最为人所乐道的轶事莫过他的爱情佳话。

或许缘于唐寅妻子沈九娘的称谓，她又的确出身官妓，唐寅也曾作“我爱秋香”的藏头诗和《九美图》，而且据载，应该比唐寅年长许多的才女秋香确有其人，并与唐寅老师周臣有过交集。唐寅生活的明代中叶，杭州经济发达，文化繁荣，文人思想高度活跃，中下层士子们迫切需要秉性迥异的唐寅这样的人物来代言他们的意志和理想，替他们挑战旧礼，施展抱负。就这样，明代小说家王同轨的《耳谈》讲述的才子陈元超点秋香的故事就故意嫁接给了唐寅，那么到了明末小说家冯梦龙的笔下，就演绎成了《唐解元一笑姻缘》。于是，唐寅便妻妾成群，意气风发了起来，而历史中真实的唐寅就没这么好的运气了。

唐寅19岁时，娶了当地财主徐廷瑞次女为妻，婚姻美满，五年后，徐氏不幸亡故，续弦妻子（被称为“走眼夫人”）因科场案离他而去。唐寅最沉沦的时候，认识了青楼红颜沈九娘。九娘敬重唐寅，洗砚、调色、铺纸陪伴左右，红袖添香，怎不教唐寅寄情书画。可惜美人嫁了唐郎、生育女儿桃笙不久便积劳成疾而病逝，唐寅感念九娘，一直和女儿相依为命，生活清苦，常得到书法家王宠的接济，王宠的儿子迎娶了他唯一的女儿，了却了唐寅最后的牵挂。

唐寅终生不得志。其实，历经磨难的唐寅应该知道，在骇浪滔天的宦海翻腾中，岂是他这样的艺术家所能稳立的。然而他隐是隐了，心终究还是不安分的，他闲观“垂钓者”，却仍有“羡鱼情”，他特制的“江南第一才子”的印章和他如“多少好花空落尽，不曾遭遇赏花人”、“眼前多少不平事，愿与将军借宝刀”的许多诗句中流露着他胸中的入世经纶，出为世用的大志或是一些缥缈的虚荣还是纠缠着他。当伸向他仕途的橄榄枝突现时，他忘记了曾经饱受的皮肉之疼痛，忘记了曾经遭遇的政治倾轧之肮脏，迫不及待地带着幻想又上路了。

南昌宁王朱宸濠蓄意篡夺皇位，大肆培植势力，重金征聘唐寅。45岁的他，又起雄心，感宁王知遇而为其作《九美图》，献给皇上。但他继而觉察到了宁王的谋反之心，于是装疯逃回桃花坞，宁王虽未杀他，但密派地方官日夜监察，直至五年后兵败被灭。曾为幕僚的唐寅侥幸逃脱了杀身之祸，但也麻烦不断，加之穷困潦倒，备受社会冷落，他又跌到了人生的低谷。

消沉的唐寅，转爱佛家的旷达，自号“六如居士”。“六如”取自《金刚经》：“一切有为法，如梦幻泡影，如露亦如电，应作如是观”，并自制“逃禅仙吏”印章。然而他却无法真正超度自己。一路走来，只有桃花庵是他的心灵归宿，他又纵情于桃林的红云诗酒，性情更加狂放不羁。然而，繁茂之花终是要零为碎泥的，宴酣之乐也并不能驱逐唐寅心底强烈的苦闷。谁能解，落花时节，最是寂寞桃花主。

明嘉靖二年（1523），54岁的唐寅身体日渐衰弱，也是这样的秋日里，唐寅在好友东山的王家见到苏东坡墨迹中有：“百年强半，来日苦无多”的词句，触动伤情，不禁心生悲凉，回家卧床不起，在写下绝笔诗：“生在阳间有散场，死归地府又何妨。阳间地府俱相似，只当飘流在异乡”之后，带着他对人间刻骨铭心的眷恋和愤恨的矛盾心情，在疲曳中走向了他苦难人生的尽头。友人出资将他草葬于其故居桃花坞北，嘉靖二十二年才被移葬至横塘王家村唐家的祖茔，碑文上所刻的王宠手书：“先生胸次海天宽，生爱桃花不爱官。荒土一抔魂魄在，满溪红雨落梦寒”是唐寅一生的写照。

唐寅墓正在修葺，无法瞻仰，但在流碑亭前行拜、为唐寅墓扩建捐款的人络绎不绝。

昔日桃花谢尽，山水琴音不再。一片浓酽里，三秋桂子，十里飘香，晚风微凉，黄菊正艳，唐寅《感菊》“黄花无主为谁客，冷落疏篱曲径中。尽把金钱买脂粉，一生颜色付西风”所表达的空怀报国志、无处展鸿图的抑郁与无奈，仿佛触手可及。天为谁春，花为谁红，一生的寂寥与悲苦几人能懂？唐寅一腔奔腾的壮志豪情也只能悄然掩面而付于这萧瑟的西风了！

孤愤与哀愁的唐寅自设了绕不过的门，始终打不开郁积的心结，而他的艺术灿烂夺目，亘古不朽！

·闽行散记·

武夷山水

踏入福建，从山水到人文，都充溢着人心向往之随性与闲适，让人莫名的欢喜，最为流连的莫属丹岩碧水的武夷山。

武夷山之名缘于开山始祖彭祖的儿子彭武和彭夷，他们带领乡民凿九曲，治水患，育桑麻，布果谷，植岩茶，为百姓所爱戴。自秦汉起，武夷山代代受帝王册封，声名远播。汉武帝遣使祭祀武夷君，唐玄宗封武夷为天下名山，宋绍圣年间因祷雨灵显，封武夷为显道真人，三教羽流禅客相落栖息，儒家学者也争往倡道讲学，是一方神仙都觊觎的灵山福地。

蒲松龄写的武夷君说，常有沉香玉块滑落在万仞武夷山下，太守听闻，私心骚动，急忙督使数百人打造摩天云梯，竟然用了三年时间，就在太守迫不及待地爬上天梯，眼看登巅时，突然有一只大脚横空压顶，并厉语呵斥："不下，将堕矣。"太守大惊，匆忙逃窜，脚刚刚着地，架朽崩坠无迹。故事反映了被欺压百姓借助山神反对官府的心愿，也从一个侧面描写了武夷山的奇险崇崒，高不可攀。

武夷山洵美，却没有留下太多的唱和，据说，高人雅士都忌讳犯盲人摸象的错，不轻易落笔。像如李商隐的《题武夷》："只得流霞酒一杯，空中箫鼓当时回。武夷洞里生毛竹，老尽曾孙更不来。"郭沫若的"桂林山水甲天下，不如武夷一小丘"等等写得都比较笼统，最负盛名的还是朱熹的《九棹歌》："一曲溪边上钓船，幔亭峰影蘸晴川；虹桥一断无消息，万壑千岩锁翠烟……"

武夷山，丹霞飞岩，流水蜿蜒，岭嶂直落，峡谷深切，巷穴诡谲，云窝聚仙，水帘飞泻，别有一线洞天。天游峰陡窄石栈盘旋而上，岌岌斗折，不见终尽，若不是人满阶塞拍照的若市喧哗，或前者呼后者应的啸语阵阵，会疑为混迹天人仙境。待登顶览胜，千峰可望，削壁交错，通天烛台翠擎，群象驰原浑莽，奔牛抵角雄劲，怪状不一而足。更有百木负势，峻茂清荣，参差着缤纷，蔚为大观。曲溪几隐其中，如潭池珠现，宛若颗颗天宫清玉遗落人间。

筏舟顺流，浅湍缥碧，明澈见石，游鱼相戏，沉影摇光。夹岸断崖观堂棋布，悬棺虚舟凌烟；组岩巨石护溪，如鲲鹏展翅，或神龟探水，令人遐思翩翩。突现的千寻绝壁，独高秀拔，若亭亭玉女，峰顶苍郁披拂，古木轩邈，烟鬟雾髻。原是仙女为爱下凡，被王母化石，只能与恋人——入云的大王峰隔溪凝望，情泪流长。真不知王母娘娘执恶棒打散了多少伉俪鸳鸯，也不解何人飞天手织碧冠，可有仙人伐桂其中？

撑筏人是个女子，就不能叫艄公了。她娇小玲珑的身段随撑力起伏，宽沿斗笠半遮黝黑脸庞，透着掩不住的妩媚。拨弄沉筏，她不并十分费力，还说不重，是用巧劲，都是筏自己在走。她用生涩的普通话边讲着沿溪轶事风情，还低声哼唱闽曲，神情悠闲，俨然画中。细听，竟一句也不能明了，可是耆卿长调，或是晦翁棹歌？

十里曲溪，六六弯岩，漱石泠泠，岩谷流响，丹崖錾刻，疏柯斜横，惠风临竹，雾霭迷蒙，仿佛误入世外。若是跌宕人生也有曲曲幽环，重重回峰，且在每个转弯都有旖旎风景静候，该是多么美好，又是多么充满期待啊！一漂90分钟，转瞬即逝，真不舍不得上岸。同行的竟有一位不自觉的入眠者，鼾声可闻，应是景宜适意所致，所谓“陆行则劳，水行则逸”，只是辜负了这奇山异色。

一溪九曲，醉了多少人心，又浣洗了多少蒙尘的惘迷。才子凝泫然晨露，圣贤化绕云清风，都是痴癫。

醉的是柳永。从福建崇安县五夫里白水村吟哦而来的柳三变，得武夷山水地脉之灵秀，天赋禀异，大胆戏狂辞，触龙颜，被不公地隔阻于科举门外。无奈，他屯田蹊径，倔强地喊出了“才子词人自是白衣卿相”，于羁旅行役、茶肆酒家“奉旨填词”。词辞被他光大，在他自度的大量慢词中，词体华丽转身，从小家跻身名门。一经远离再未回乡的他，仍不懈地求取功名，暮年终及第，才只做了小官，政绩虽清正，却宦海总失落。饱受文化圈内非议的他，纵是看遍九衢三市的繁华，也写不尽内心的愁苦与孤独，楚天之阔，无他区区小吏的报国之门，心不甘，无以计。他醉于烟花巷陌，偎红倚翠，为文化“正宗”所不容，所以，作为“北宋巨手”的他，竟然名未入史，生卒不详，无婚记载，死地不明，野史的踪迹也是支离破碎。而歌以传世，文以化人，有井水饮处皆有柳词传唱。他依旧困顿潦倒地混迹勾栏，不知酒醒何处，而他率性地情发肺腑、自然本真深入人心，为词界留下了一片隆宋气象。据说，就是他描绘“三秋桂子，十里荷花”的杭州盛景，使得完颜亮“遂起投鞭渡江、立马吴山之志”，以60万大军挥师南下。越剧《柳永》是没有机会在这里看了，我只想知晓，千年浪子的一代词宗是否穿越词脉温情，已魂归故土？

清醒的是朱熹。朱熹曾在武夷山治学、生活了50余年，武夷山的奇山异水孕育了他客观唯心主义的思想学说，成为朱子理学的源头活水。在朱熹眼里，万物皆有其理，而万理终归一。他“存天理，去人欲”的论要为统治阶级所鄙夷，也为异己学说妄议打击，被置于伪学党禁境地，人格也受到无情拷问，甚至焚了他的典籍，直到身后被追谥文公，祀从孔庙。他奉行简朴，拒绝基本物质以外、破坏真善美的奢靡“人欲”，无论是被打倒还是被神化，他都矢志不渝地坚持忧国为民的朴素思想。他格物致知的认识论，“穷天理、明人伦、讲圣言、通故事”，把道德看作天道的体验，为封建王朝打造了治国之本和士子修身准则，他的《四书章句集注》使圣经贤传灿然复明，成为了历代王朝公务员步入职场的恒定教材，沿袭了至清末共八百余年。真理的力量无穷，像醇酒历久弥香，被康熙帝称为“集大成而绪千百年绝传之学，开愚蒙而立亿万世一定之规”的大思想家、教育家朱熹的学术，影响的岂止万千华人，他的成就又岂止只在理学，只是他世界级哲学大师的光环过于灿烂光鲜，弥盖了他书乐诗文的才气。武夷精舍是朱熹创建的众多学院的一处，当时慕名追随求教者络绎不绝，而今，凭吊者寥寥可数。隐屏叠嶂中，院落肃穆，青木萧然，不再有书声朗朗、辩声论争，毕竟，窗外风雨飘摇，物欲恣意横流。望望铜身朱子，他孑然门外，遗世孤独，而他智者大儒的温文目光，烨然生辉，为云蒸雾蔚的武夷山披上了异彩的丝羽霞衣。

而朱熹又何尝不醉，醉于山水，醉于论著，醉于讲经，醉于与放翁把酒，清谈流觞。放翁曾多次提举武夷山冲佑观，直到80岁高龄无力赴任，他在武夷山生活了8年，深恋武夷山水，也喜欢与朱熹论道，“剡曲东归日醉眠，冰衔屡忝武夷仙”，快活还是掩饰不住心痛，不能安心而去，万事空，独悲不见九州同。放翁遗恨，千古难瞑！

与朱熹同为老友的还有稼轩。1198年，赋闲在家两个10年的稼轩一贫如洗，他以极小的官职从郁闷中踱来，主事武夷山冲佑观。尽管与放翁神交已久，稼轩还是与他擦肩而过。他们皆英雄无用武之地，不能收复失地，无望统一南北，这恨，一遗就是千年。当年金戈铁马，气吞万里如虎的豪情，已化为“扶病脚，洗衰颜”的哀伤。幸好可与朱熹吟山岚，饮诗月：“山中有客帝王师，日日吟诗坐钓矶。费尽烟霞供不足，几时西伯载将归？”万千岩壑也容不下他的悲愤，长流逝水仍消磨不去他的忧愁，他渴望，渴望着有再度出山、抗金杀敌的机缘。然而，爱国志，空闲散，不如归田，且赋词篇。字稼轩，充满了自然与身体原始的意味。

武夷山冲佑观是朝廷特别设置的赋闲机构，俸禄折半，事无具务，也可以领着薪水在家便居，曾有提举140多位。大宋真是一个奇怪的朝代，开国以来，崇文抑武，刀枪入库，马放南山，天子沉迷艺术，宰相执文坛牛耳，即便是战患纷起，也是将拜文人，将军用兵，却受监军掣肘。天天担心别人黄袍加身，却可以容忍靖康屈辱，迁都称臣，甚至崖山败亡。文官们处处享受优待，厚禄之外，还可以置田养优蓄妓，甚至不问政绩，只消赋诗书绘，颐养天年。犯了什么错也不用担心被杀头或连累亲友，就是退休了，朝廷也拿出像样的钱来养老，绝不至于像杜少陵一样的贫困潦倒，住将倾的茅屋，养不活自己的孩子。小朝廷偏安一隅，悠闲自得，自顾自地把艺术玩儿到巅峰，以最弱的军事国力延续了赵宋三百多年的江山，就像绵延、迂回的原生武夷山水，也是一个奇迹。美国学者L.S.斯塔夫里阿诺斯在《全球通史》中也写道中国宋朝是“黄金时代”，看来，去宋朝做官，真是天下最舒服的事，代价只是舍得削落偾张的硬汉血性。明清年间冲佑观多次遭火噬兵燹重创，虽然几经修葺，一直没能复原，只有庭中的一双叶茂古桂，诉说着千年的沧桑。

茶园闲香

一样矗立的还有武夷山天心岩九龙窠绝岩峭壁上的6株大红袍，这是保存至今孕种长成的母树。武夷岩茶，源自周武王时代的贡品，位列中国十大名茶之首，宋元时名最盛，品种近千。茶史说武

>>>
2013年10月于日光岩

夷岩茶中的茶王名枞之首大红袍创制于天心茶僧。传闻洪武十八年（1385），举子丁显上京赶考，途经武夷山腹疼难忍，天心永乐禅寺和尚拿出藏茶为其冲服止痛。丁显高中状元后特地致谢和尚，并用锡罐装茶返京，巧逢皇后病痛久医无效，用了丁显献的茶，皇后竟然渐渐好转，皇上大喜，了解了前情，赐树红袍，遂名大红袍，并派人看管，监制成茶，悉数进京，渐渐广为天下人知。大红袍本是上天赐予武夷山人的灵草，但在明洪武年间一切发生了改变，茶农因此贡品涂炭，苦不堪言，砍树毁园逃离，没有人能阻止。

6颗母树汲岩缝泉滴，融烂石碎砾，经数百年岁月冲刷仍枝繁叶茂，斜晖散布，与岩霞相映，倒是非常称它的名字。它们品系不一，叶形、发芽期各异，年产不足公斤，绝世珍品，早在2007年已停止采摘，市面出售的都是无性繁殖的拼配品种。

步入峡谷深处，茶园逶迤，碧波如涛，过了茶季，不见采茶女，斗茶盛事也已远去，赵佶、范仲淹这些帝相都热衷的茶文化活动，我们是无缘开眼了。

好在住处与林立的茶铺不远，街衢茶香纷错，美女如云，选择实在是个难题。名号与花容是最靓的招牌，拣中意的门脸儿，轻挑珠帘而进，老板娘热情自不必说，没说让买，只说品茶。茶几丈余，不等众人落座，她已操持起来，洁具、赏茶、置茶、洗茶、冲泡，治茶如仪而行，高冲点水，几秒之内，茶汤已入公道杯，尽数斟进面前的细瓷烫花的闻香、品茗杯，关公巡城，韩信点兵，尽显姑娘玉腕柔美和技艺高超。汤清一色，红润澄亮，入口顺滑香高，茶底匀齐鲜活，自然没有天水，也茶事岩韵渐浓。

老板娘姓王，不像南方人身材，高挑微胖，面容姣好，发髻一丝不乱地挽在脑后，银簪细长摇曳，生出几分娇艳，惹得男士争相搭讪。她年纪尚轻，却茶经艺道无不娴熟，从大红袍起，她把正山小种、金骏眉、普洱、碧螺春、花茶种种叙来泡遍，每种茶的产地、时间、特点和级别，一一道来，依序添盏，不厌其烦。其中有她自家园子早春采集的芽尖，她还说起夫家是包拯第32代传人。檀香缭绕里，翻看她家厚厚的族谱，透过杯盏的幽幽茗雾，品咂他们如茶般苦尽甘来的喜乐，好生羡慕。从华灯初上，一次次看不同形状、大小、色泽的茶叶在水中优雅地慢慢绽妍、回放美丽清香，领略茶道、香道的不足为外人所道，浑然不觉时间的流逝，瞬间已是星夜阑珊。茶叶色淡，茶汤微凉，而馨香在还，像那年、那月、那人，远去的记忆。始终没见得她的黑老公。

一一谢茶。大家不约而同地转向柜台购茶，茶色选了又选，品种筛了又筛，会茶账时，因有人相与认了本家，给我们便宜了不少，竟有旅伴拎出了上万元的好茶，去广东会友。

三姑街区，店铺霓虹闪烁，茶竹刻雕琳琅满目，出奇一致的是，家家的茶事还在铺张，他们每天要拿出三分之一的时间享受功夫茶，真正的见功夫。生命竟是如此地恬淡而安逸，人在草木间，心剩一点闲。惬意地游走在淡浓隐现、茶韵飘忽的晚风里，仿佛自己也是一枚嫩叶，从枞茶故园的悠远里徜徉而来，于云水深处，入一壶禅心，沏透一雨烟川虚缈，鼎沸之间，旋舞给谁？苦炼之后，又香满了谁的唇齿舌尖？

华安土楼

沉静在层层峦峦茶园中的还有位于华安县仙都镇大地村的客家土楼二宜楼。二宜楼为大乡绅蒋士熊于清乾隆五年（1740）始建，他的儿孙共同坚持，历时30年才完工。二宜楼地处丘岭连亘、蜈蚣吐珠穴的风水宝地，门前又有二水交汇，财禄广源。“二宜”取宜天宜地、宜山宜水、宜家宜室、宜男宜女等意，蒋士熊又排行第二，占尽了适宜之机，寓意家庭和睦，天人合一。

二宜楼占地近万方平米，工程浩大，四层双环，外径70多米，向来以体大、层高、屋多、刻绘丰富精美而著称。楼内结构独特，厅宇众多，层室环扣，廊阁汇通。外窗只在最高层才有，内窗直落宽括。站在高处望去，灰瓦相毗覆倾而下，护栏疏朗合围，户牖之美、之壮观揽收眼帘。比肩各家声语可闻，倘若柳笛飞曲，引蝶舞翩跹，或细雨嘀嗒，溅诗滴脆莲，恐怕自己也要隐进了轩窗的水墨画意之间，执毫香案，研尽芳颜。可惜，端起相机，无论怎么变换角度拍摄，都取不到全景。忽见一联“青山不语花能笑”，透过二百多年时光尘烟，依然传递着主人陶醉于怡人山水的满足，散发着家庭和睦、家园富庶的幸福。楼内多处体现先民智慧的种种设施，令人称奇，最叹服的是其中的重重机关，近3米厚的外墙上枪眼、射击窗密布，有多处曲形传声洞，箭枪不能入，即使进得门来，门隔土压水泄，招招制敌，对付匪患贼寇，绰绰有余，防御体系完备。院内有温度相异的阴阳二井，水源丰富，同时屯3年粮柴，又暗藏外逃甬道，可谓万全，曾抵挡3次匪攻，围墙太厚，水芙蓉木材点不着火，炮攻之下，土楼纹丝不动，族人无恙。

几代之后，族人已经不能容纳，以二宜楼为蓝本，他的孙子在东南150米处建南阳楼，南洋的风格，窗格更加漂亮，还有南阳楼西侧的方形东阳楼，愈见庄严，它们一起构成了华安土楼建筑群，庇佑着家族。

蒋士熊20岁中了举，本来是要去广西柳州做县长的，桂滇三藩正乱，他放弃了仕途，靠经济发家，置得僭越家产，家族盛旺，才人辈出，子嗣4000余众，如今大多旅居海外。楼内现在居住的人家也不受游客干扰，他们自顾自地择茶梗，做小吃，坐在他们的摊铺边饮两杯免费新茶，听老者讲述一段祖上的故事趣闻，听茶妹唱一曲清亮山歌，都是享受，村居就是这么尽兴，自然。

楼外蓝天如洗，白云鹤鹤，漫岭青绿，阡陌纵横，黄楼静默，村舍掩映。修竹发新枝，清溪绕桥石，人们上山艺茶，下田种稻，淡泊简朴，却悠然于烟氤濛洄的牧歌田园。

蒋家先祖为避兵祸，举族几次迁徙，越黄河，过长江，辗转南下，寻得这块宝地，加上客居心理，做封闭圆楼壁垒，也在情理之中。但在隔绝的土墙里面，族人并不自闭，他们崇尚儒学，开明重教，追求平等和谐，在他们的内心深处，守护心灵的并不是家兵枪弹，而是给人以慰藉的中华传统文化。

鹭岛情思

厦门历史博物馆像一座桥通向远古，沿着时光的索道，我们寻找文化的根，探究、走近着古越文明。带领我们参观的朋友时时打断解说员，索性亲自讲起来，滔滔不竭，谈霏玉屑啊，提起自家的英雄、贤达，谁不激动和自豪呢?

文物的沉重是因为她承载了历史，留存了根脉，传承了文化。展品陈列给我们的是闽人的勤劳奋争、痛击外强、艰苦抗战、侨胞爱国的历史，他们有着聪明、悍勇、坚韧的特性和江海一样的气概，敢于漂泊、闯荡，他们的足迹遍布了世界五大洲。他们大都是商业奇才，从孙中山革命、蒋介石抗日，到毛泽东时代的国家建设，闽侨始终是意志坚强的力量，为国出钱尽力。

闽人更加倚重文化，从来读书一流，不仅福建历代出过众多的状元，而且厦门人的爱学习读书也给我留下了深刻印象。市民们拥有众多且便利的图书馆，如厦门图书馆私人投资运营，面积庞大，服务先进，并且延伸到社区，借还书籍全部自助，电子管理，24小时无障碍，满足了不同阶层读者的需求。最喜欢一处有热带阔叶植物、花草、流水、游鱼和轻音乐的空间，空气清新湿润，泡在里面，闲澹自得，相信爱读书的人不舍得出来，倘若读书终老，是个好去处。这个图书馆作为行业先进的典范，几年间引起了全国多个城市决策者的关注，前来观摩，而建设特色地标，模仿运营模式，却打造不出人满为患的读者氛围和舒适逸致的生活方式。比如鄂尔多斯图书馆设施超前，服务一流，但几乎每间馆室都上着冰冷的大锁，民众读书的意识自觉无法拷贝。

馆长是位女士，她热情地介绍场馆发展更加宏大的设想，令人艳羡。看到这么美的地方，就担心会不会受到强台风或是海啸冲击，她笑着说，没有，从来没有，因为有郑成功在守卫。真是这样吗？她力荐，请我们去金门一看。

金门，固若金汤、雄镇海门之意，处厦门湾，与厦门岛一水之隔，相距18海里，一度时期两岸同设县级政府，实际是由台湾管辖。

轮渡鹭江，碧波荡漾，海风悠扬，沿途山林绵亘，两岸风景楼宇奇观与夜游异样。雾色波光里，金门列岛的轮廓渐渐清晰起来，在有红色浮标的军事分界线处，船停了下来。远远望去，海天空蒙，大担岛上的碉堡、旗帜和广播哨所肃立可辨，想象当年“8·23”炮战的情景，不免唏嘘。历时数年的炮战，毛泽东与蒋介石默契配合，单日打双日停，联手粉碎了美国欲分割宝岛台湾的野心。据说，岛上正在规划，着手开启观光大门，真希望早日成真，揭开列屿的神秘面纱。

对岸口号的红色大字赫然可见，厦门环岛路也有巨幅钢架宣传标语与之遥遥相对。中国这艘巨轮在历史大洋中的乘风破浪，心系统一，有什么不能兄弟再次握手，把酒泯恩仇？朱子理学影响遍及东南亚，而台湾更是在多个大学开设理学课程，理学研究经久不衰。“半亩方塘一鉴开，天光云影共徘徊。问渠那得清如许，为有源头活水来。”九曲同源，华文一宗。同室相煎，心酸几何？据说，75%的台湾人祖籍福建，家乡的山水，家乡的亲人，阻隔了海湾，岂能割断血脉？一去天涯远，相思两岸牵。乡音还在，茶园弥香，为什么骨肉却要天人永隔？谁不想与亲人共天光云影，一醉尽欢言？又还有几人有等待的机会和时间？悲剧，应该属于历史，而前方是未来。蒋介石先生和夫人、儿子至今仍悬棺停灵桃园慈湖，相信他们也在一天天期待，连同蒋家多位守寡女人和后代，都在期待逝者能够尽早入土为安，归于自然。

一阵骚动，大家争看郑成功雕塑。海岩上，郑成功巨大的石雕傲然屹立，英姿勃发。一海两隔，多少心痛！日本军国霸占台湾多年后，全面侵华，二战盟国以武力驱赶日本侵略者，收回他们贪婪攫取的所有土地，其中包括台湾及澎湖群岛。屈辱、鲜血一再提醒我们落后、内乱就要挨打，前事不忘后事之师。我们是多么缅怀英雄郑成功，也多么需要大陆、台湾在家国文化情怀滋育下成长起来的心怀高远的豪杰，共同守卫我们的家园。

郑成功纪念馆在鼓浪屿。仿西式风格的建筑里面讲述了郑成功驱逐荷夷、收复台湾的史略。不远处是郑氏训练水军的遗址。寨门犹存，操台水暖，炮筒余温，英雄大义彪炳的民族精神流芳百世。

鼓浪屿是著名的音乐之乡。说起音乐，在鼓浪屿，不由得想起了儿时唱的那首《鼓浪屿之波》，而岛上正传唱着一曲《最远的你是我最近爱》，旋律优美，弦音嘹亮，歌者怀抱吉他自弹自唱，墙角摆着几把他制作的各种颜色的袖珍吉他，勾逗人跳动的心弦。岛上气候宜人，树种繁多，花锦叶茂，斑驳陆离，随处可见的硕大榕树裸根高高地伏岩沛然而下，依恋地爬满整面墙壁。街头、巷内、院口、树下，从事音乐、字画的艺术家和各色手工艺人比比皆是，他们非常享受专注地做自己的事，绝不向游客兜售商品。甚至一位用铜丝拧花的艺人还嫌我的观赏遮住了他的光线，不希望我看他的表演。特别吸引我的是一个绿玫瑰地摊，摊主用一条条薄薄、长长的竹衣做成一枝枝绽叶吐蕊、含苞凝香、通身青翠的玫瑰，茎上还附着细小的尖刺，形象逼真。小岛有“万国建筑博览”之称，风格各异的建筑与风情万种的商业店铺各领风骚，各种海鲜和特色水果、小吃应有尽有。小岛还是非常浪漫的“钢琴之岛”，有钢琴博物馆，但是由于时间紧张，看钢琴与攀登日光岩只能二选其一，更喜欢登高，只好遗憾地放弃看琴。

日光岩，原名晃岩。据说，1641年，郑成功见晃岩景色更胜日本日光山，便折“晃”字为“日光”。当看见洞府日光岩寺时，宁肯相信岩是因寺而名，因为寺建万历十四年（1586），早于郑成功出生的1624年。而且，郑成功自小随母亲在日本长大，1641年的郑成功17岁，求学、娶妻，尚未建功，还不足以拥有改换地名的影响力。日光岩石刻罗布，峰顶有两块巨石横竖相依，就像兄弟背靠，是这里的最高峰，海拔92.7米。担心来不及，就先“登上日光岩眺望，只见云海苍苍”，根本看不到基隆港，但可以俯瞰鹭江的海岛风光。观景人太多，挤得无法凝思或是留影。

日光岩寺的西侧建有弘一大师纪念园，1936年弘一大师曾在此闭关修行数月。没想到会在这里相遇惊艳的绝世才子，我完全没有做好准备，突兀地邂逅，使我不敢轻易地走近他。记起他在决绝地写给日本妻子的信中说：“愿你能看破”的话，看破的是高僧，凡人要是能看破，就不会如他妻子一样伤心欲绝地携子寻夫，就不会什么都赶着去拼挤。从外面望去，园子极简极静，其静谧与顶峰的如流喧嚣成了鲜明对比。大家在催促，没有谁想要进去的迹象，无缘觐见大师了，错过大师，是不是会酿成日后的遗憾？一步三回头地离他而去，身后竟然飘起了他的那首《送别歌》：“长亭外，古道边，芳草碧连天……”不知道是不是幻觉，或许真的是大师给我的安慰。

返途又经日光岩寺，巨岩山洞中传来佛家的木鱼声声，不由驻足聆听，不懂吟诵的经文，却感受到了平和祥静，心中陈杂的腌臜，霎时被涤荡一空，体轻神爽。突然想起了那晚在南普陀寺见到一位白发苍颜的老妇长跪不起，她手持一块类似瓦片的物件，不停地用尽力气在地上叩击，还口中念念有词，却听不分明。不知她是深深忏悔还是虔诚祷告，是什么事或是什么人让她如此煎熬和不堪？无论怎样，愿慈悲佛光加持，度她的一切苦厄。回头看，山水连天，岩木青嶂，望不到对岸。大道至简，而众生繁芜，有太多的人望不到自己的彼岸。

风铃清脆，栖鸟啁哳，翻飞了枝头的断想。

梵音又渐起，白云，远去。

·永远的长弓·

8年间，先后4次来到坐落在鄂尔多斯伊金霍洛旗的成陵，每次相与的人不同，陵景却依旧，作为聆听者，心一次次地澎湃不已，沧桑的只是容颜，而成陵的主人却永远不会老去，他像深邃的蓝天，像来去的白云，像高高矗立的苏勒德，还有他缔造的辉煌历史，都是永恒。

伊金霍洛意为“圣主的陵墓”。帝王的陵寝拜谒了许多，这里没有秦陵的霸势磅礴，没有东陵的恢宏壮观，更不像历经千年始终未曾开掘的乾陵——在坚不可摧的重重机关里，深藏着稀世珍宝，甚至可能会有李世民的最爱《兰亭序》。成陵，只是一座衣冠冢。而为什么仅是一座衣冠冢，年年日日前来凭吊的人却不曾减？为什么他已经走了近八百年，依然如神灵一样活在人民的心中？他那旷世的文治武功，抑或是他体内偾张的血脉与激情，再或是他留给后人的美丽传说以及神秘的葬地迷雾，都深深地吸引着一代代的朝圣者。面对他的辉煌，我总是有些遮不住的羞愧与惆怅，纠结于他的残酷与掠夺，但相比而言，更痛心于那些失去他的岁月，外族对我们同胞的蹂躏与屠戮，所以，更加需要他给予我勇气，给予我力量，在我挣扎的内心挺起英雄的“苏勒德”！

战马萧萧

他的战马还在奋蹄纵奔么？矗立在景区广场中央的座基之上，历史似乎都凝固在了这一瞬，他左手按剑，右手高擎苏勒德，跃马远眺，雄姿英发。虽是雕像，一股雄霸之气仍然扑面而来！

他雄才大略，骁勇善战，治军严明，运用卓越的军事思想和指挥艺术，完成统一蒙古大业；他选贤任能，设立建制，建立司法，创立文字，把一个强大的政权推进了世界历史进程的前沿；他克服交通困难、地理障碍，拓疆辟土，促进了东西方的民族融合和文化交流，他是让无数英豪只可仰望的一代天骄——成吉思汗。

无论是手握血块出生以后的铁木真，还是作为世界史上最伟大政治家之一的成吉思汗，马都是他的忠实伙伴和亲密战友，他50年的戎马倥偬、起落沉浮皆与马有着不解之缘。马，是他精神的伴侣，一生的朋友。

童年铁木真因骏马遭人嫉，灾祸不断。成吉思汗姓孛儿只斤，名铁木真，出生于蒙古草原民族之间不断争斗中的1162年，他的父亲也速该是尼伦部乞颜人孛儿只斤氏族首领，一位有着赫赫战功的草原勇士，在给9岁的铁木真提亲返回路上，不幸被仇家塔塔儿人毒死。早有觊觎权力之心的另一黄金氏族泰赤乌部、铁木真的叔父们经过密谋，使族人赶走了10岁的铁木真和他的母亲、弟妹。部落抛弃了他们，年幼却坚毅的铁木真带着家人依林水筑营帐，摘蔬果，挖野菜，捉地鼠，捕河鱼。他依然快乐的是，他还有朝夕相伴的骏马任他由缰纵横。

是鹰隼就会展翅翱翔，冰冻的大河迟早会汹涌奔流。渐渐长大的铁木真无鞍鞯跃马骁腾，无虚发弓射双雕。他体格健硕、已经显现智勇的基因被泰赤乌部人看到眼里，嫉在心上，他长大后总有一天会来寻仇，于是，除掉他的网铺天盖地，铁木真和弟弟被追进密林躲身10多天，耐不过饥饿冒险出来，被围兵抓获。他戴着枷锁，四处被游示，第二天就要用以祭天了。当晚，在奴隶锁儿罕失刺一家人的帮助下，他避过重重危险，成功逃脱。这是否是上天的旨意?

成年铁木真依靠铁骑纵横，一步步登上了可汗之位。他势单力薄，与札达兰部落首领札木合结拜，投靠克烈部王汗拜父。他收拢残部，通过联盟，打败蔑儿乞部，抢回被掠走的妻子，剿灭了仇人塔塔儿部。寄札木合篱下的铁木真羽翼渐丰，威胁到了札木合的地位，被迫离开，但许多人追随了他，惹来了著名的惨败——以一对多的“十三翼之战”。大胜的札木合部烧起了70口大锅，残忍地烹了背叛的人，为首的小部落首领的头颅还被砍下，拴掩在马尾，激起了民愤。札木合的残酷反为铁木真赢得了民心，族人纷纷倒戈。铁木真与克烈部王之子桑昆矛盾的加剧，使他更成为众矢之的，战争一场比一场惨烈，铁木真一次一次陷进绝地，但只要不死，他就会跃上战马，杀回战场，风卷残兵。他广结盟友，选贤任能，宽厚待人，巧布疑阵，逐步剿灭了札达兰部联盟，赶尽克烈部，擒杀乃蛮部首领太阳汗，百余大小部落先后败亡。1206年，在斡难河源头的“库里尔台”大会上，铁木真被推举为蒙古帝国成吉思汗——“赖长生天之力而拥有四海的可汗”。

暮年成吉思汗，因马惊坠落跌伤而一病不起。被推举为可汗后，他看到了更加辽阔的远方，他要创建新帝国，拓展新疆土，制定新秩序，书写新历史。他发动了多次对外战争，创造了一个个奇迹。在入侵西夏进程中，他坠马受伤，再未痊愈，留下了身后猜测纷纭的坠马、中箭、中毒、王妃复仇等众多死因说。我更愿意相信他中箭而死，依他的霸气，必是身先士卒，冲锋陷阵。史载他征讨西夏时的一次秋猎中，坠马伤重，发烧“不豫”，落下病根，将领皆议罢战，成吉思汗却死不退兵，不能让西夏人看笑话。累月拔地的疲顿，膝部又中了西夏连发毒箭，加之长子病故、天干燥热、攻城不下的焦灼，多难并发，他只挺了8天，1227年夏历七月十二病逝于六盘山下，临终前制定了联宋灭金的重大战略。蒙人盛行秘葬，奇特而神秘的风俗。曾经，在行军途中路过鄂尔多斯时，他有过马跃鞭落，太过眷恋这方水草的肥美，他让侍从留鞭起冢，记为身后居所。在千里班师运送他返回至此地时，灵柩深陷，几番周折都不能前进，非人畜之力可为，便尊他的遗愿就地下葬。

他一生都在拼杀，旌旗摇荡，以他66岁的战场高龄，想好好地歇歇了，这里繁花似锦、鸟飞鹿逐，胜似天堂。在大汗瘗埋之处的方圆数十里，使万马踩踏，遍植树木，他的亲兵又守卫20多年至草木成林无痕。马蹄声远，带走了他永远的秘密，他的战马捍卫了他无人企及的荣誉，他的真正的棺椁墓穴遗址至今仍是世界考古学界的不解之谜。

漫步铁马金帐，仿佛走进了岁月深处，我望见成吉思汗迎着朝阳，策马扬鞭，从他的草原风驰而来。他的身后，万马奔腾，弯刀争锋，成群牛羊沐浴着明风清雨，阵雁啼鸣，马头琴声悠扬，他勒马侧望，战袍飞舞，高擎的苏勒德在七彩的霓虹下闪着金色的光芒……

长弓在握

成陵无碑无茔，却并不缺乏凝重的诉说与无限的寄托。白的墙壁、红的门窗、蓝的飞檐、黄的穹顶，簇成的3个蒙古包式的宫殿，与相连的东西廊厅一起，静静地枕茵而眠，形如展翅雄鹰，翱翔蓝天。正殿中央是成吉思汗高大的汉白玉坐像，引颈仰望，他的背后是幅员宽广无垠的版图，东临太平洋，西至俄罗斯平原，北起西伯利亚北极圈，南抵波斯湾，其辽阔在人类古代史上绝无仅有，这最为庞大的帝国，多么令人神往，又是多么令人汗颜和不安。

栩栩如生的壁画波澜壮阔地讲述着他的成长和功绩，那是怎样一个盛大而前所未有的时代啊。1211—1225的10多年间，上天赐给成吉思汗千年来草原最湿润、最温和的气候，水草丰美，牛羊膘肥，他征服天下有了丰富的物质储备。他还拥有世上最精锐的骑兵、最精良的弓弩、最锋利的刀剑和最坚硬的胄甲，他纵马剑指，他要让青草覆盖的地方都成为子民牧马的原野。

1212年，成吉思汗终结了漠北草原的混战，挥师南下，铁骑横扫黄河以北，围攻一年金朝京城，攻陷中都。吞辽掠金，六伐西夏，他的霸业没有止步，他把目光转向了更远的西方，1219年起开始了浩浩荡荡的第一次西征。他的战争不仅耗时长，而且交错进行，竟然从没有停歇，即使在弥留之际，也以战事为重，秘不发丧。他的强劲的长弓，锋芒所向，无往而不胜……

正殿的拜祭活动，20多位牧民盘腿席地而坐，双手置于膝盖，掌心朝上接赐万福。他们虔诚地唱着朝圣的歌，是在祈福么？他真的能降福于后人么？成吉思汗，披甲佩剑，目光渗透着坚毅和神圣。我相信他更愿意带领子民去征战，只有自己强盛了，才能直抵幸福的彼岸。他一定希望每个人都像他一样去奋勇向前，戮戮同心，为了部族的昌盛，为了生活的富庶。

寝宫例行的祭祀，由“达尔扈特人”奉祭，他们是成陵永久的守护者，来自大汗嫡系近卫军最忠诚、最勇猛的500户部将及其后代，世袭罔替，代代相传，已传近800年至第38代。他们不为官、不纳税，各朝领取俸禄，专侍神圣使命，只要有需要，他们都会挺身而出，以此为家族最高荣耀。

此刻的大汗，安详地凝望着这个世界。香案轻熏，柏枝默燃，长明灯山灿烂，马头板击，祝颂声起，祀礼缛繁。火不思的弦音悠然，是否会惊醒他雄风里沉睡的遗憾？他忍辱中是否有过孤独，他战争失去骨肉是否也会心痛，他立马遥望远方的双眸是否瞑目？梦未断，他的子嗣传遍野狼烟，结千里沙帐，把他的九尾白旄纛挥舞到了多瑙河滨畔，维也纳城边……他青衫殷红的浸染，踩进马蹄声点，化千年青剑锋尖，凝为我的泪乱……百感噙尽眼端。

西殿白室中供奉的那把象征权力和力量、穿越了无数时光的弓弩，是在等我吗？为什么会让我突然地血脉奔涌，像翻滚的母亲河。身为满族和蒙古族后裔的我，恨不能生在那个战马欢腾、镝钺交鸣的年代建树功勋，而今只有稽首膜拜，向着心中的英雄！大汗啊，多想拾起你当年跌落的马鞭，策马驰骋，再拉响这把属于你、属于我们民族的长弓，向着天宇，向着我无穷的疆域！

受不了导游面无表情、腔调僵硬的背诵，一代战神的伟业竟被他们描述得毫无生气，或许他们烦累，或许一切语言和文字面对他和他的帝国都会变得苍白无力。

驿道通达

一代天骄，岂止“只识弯弓射大雕”？成吉思汗说，你的心胸有多宽广，你的战马就能驰骋有多远。他不仅长弓射雕，还用利箭开拓出了一条神奇的商道，把远东与近东文明置于一个民族的统治之下，带来的是毁坏后重建的和平与丝绸之路的空前繁盛。

蒙古牧民逐水草而居，他们没有城镇，没有商旅，物资匮乏，贸易极为重要。所以，与中原统治者抑商不同，成吉思汗非常重视通商，他发布法令，商人享有特权，并多次派出商队与西域贸易。蒙古民族不拒绝世界上任何好的东西，当然，这也不是蒙古大国单方面的需要，谁来做生意，谁就会财源滚滚。

但是一支帝国派出的450人的商队横遭花剌子模军队悉数杀害，

他们抢掠了全部财物，并杀掉了成吉思汗要求赔偿的遣使。这个强盗居然如此无理，平白跳出来干扰蒙古人的致富，敢在大汗的钱袋子里乱掏，还杀人越货，不打不足以平愤。成吉思汗亲征，揭开了西征的序幕，战争历时7年，剿灭了这个新兴的中亚强国。

西征恰恰是沿着丝绸之路进行的，一路的商镇、财富莫能幸免，尽入囊中。国土日阔，为方便战争的通讯、赋税的运输，蒙古统治者按每天的日程沿途设置设施完备的驿站系统，并拿出税收的半数配备足够的物资和军队，来维护驿站的运转与安全。帝国还颁发有护照和信用卡功能的“牌符”，持有人可以在全境平安出入。在一本14世纪出版的《通商指南》中，佛罗伦萨商人裴戈洛蒂强调：“通往中国的道路无论是白天还是在夜晚都是非常安全的。”蒙古军队控制了从中国到西亚、从印度到地中海的重要商道，扫除了人为设置的一个个障碍，特别是消灭了盘踞二百年之久的恐怖组织“山中老人”，受到中亚人民的欢迎。

巨大财富通过国际化的商业路线的驿道，伴随着驼铃声声，源源不断地运送到成吉思汗蒙古高原本部，随之而来的还有各国大批工匠，颓萎了几百年的丝绸之路因蒙古大帝国的一统而又迎来了勃勃生机。中国影响世界的除早先的丝绸、瓷器、茶叶外，纸币、中医，尤其是火药，就是这个时期经伊斯兰世界传入欧洲的。不仅是贸易，畅通的丝绸之路推动东西方之间宗教、思想、政治、军事、文化等方面的交流步入了从未有过的高度，东方艺术被追捧，中国式的东方文化不仅在波斯、阿拉伯世界，甚至在欧洲都成为时尚的风向标，直到君士坦丁堡的陷落和大航海时代的到来。

胸怀如海

成吉思，在蒙语中有“大海”的意思。拥有世界上最为广袤土地的他，胸怀也像海洋一样的博大和宽宥，他海纳百川，包容各种信仰和文化，虽不识字，却极为尊崇文化，重视汲取各国先进技术，特别是对各国人才的重视和擢用。他的宽容还体现在他的人情世故。他对安达情深意长，札木合作乱兵败，他放札木合生路，札木合再被生擒，他们纵酒酣畅忆往昔，他许札木合一人之下，万人之上，可惜札木合请死不受，他敬重、成全了草原的另一位英雄。他对原配皇后孛儿帖爱如初见，虽为帮他及家人逃亡有被劫受辱的经历，他却始终给予孛儿帖别的女人无从企及的最高地位，只有她的儿子可以继嗣王权，载入史册。他对恩人恩赐有加，非常信任捣马乳奴隶锁儿罕失剌父子，让他们担任要职，享受厚待，为护他一起在羊绒堆里避难的锁儿罕失剌的女儿被迎娶册妃。他对部将臣民礼遇重奖，用人打破等级和民族界限，甚至是伤过他的人，一律论功行赏。他为国家、为人民可以征战，可以赴死，剑马呼啸，倾尽了如霜年华，还以寄附驼绒的不灭灵魂佑护蒙人世世的风调雨顺，歌舞琴筝，如他所说“宁可身心痛，国家不可危”，“宁肯舍此五尺之躯，决不能让国家分裂”！

他有着浓重的民主、团队意识，一切重大决定由“库里尔台”大会决策，从不无谓牺牲一个士卒，遗弃一个伤员和烈士，他是没有杀过一个将领和功臣的帝王，也从没有一个将帅背叛他，连丘处机这样刚狷的道教真人都以古稀之龄千里迢迢地聚在他的帐下，接受他的封任，他征服的是百姓的心，胸怀梦想之人的心。他孝敬母亲，善待亲属，倡导勤俭，体恤族人，他会为女人动心，他会因悲恸落泪……寒冷的漠北夜空，硕大的蒙古包里的浓情蜜意散发着裹了奶香的温暖，我看见的是亲切淳朴的可汗，他以跨越时空的勇武与浪漫，打造着草原的幸福家园。

有谁经历过他那样的九死一生，有谁创建了他那样的绝世伟业？他的驿道直通古今，贯穿了国际间贸易带来的强大文化共容，最早地实现了全球化。他有未竟事业的遗憾，更留下了他灵魂深处承载的富强梦想。我想"达尔扈特人"守护的不仅是成陵，更应该是成吉思汗的灵魂和精神。他与生俱来的苦难磨练，给予了他内心无比强大的自信，他的自强包容、重义守信、务实进取、勇敢创新的品格甚至在今天仍是我们，尤其是年轻人励志的榜样。

当然，蒙军的残酷也令后人诟病，成吉思汗甚至被描述成了"失去控制的怒狮"、"专乘风雪突袭的恶狼"、"护巢的凶豺"、"横冲直撞的秃鹫"等等。但明人写元史，写史的儒生在元朝地位又极低，很难说完全反映了真实历史。且哪个开疆拓土的将军能免于杀戮？诸国归一，会免去更多流血纷争，开后世国家的统一，功在千秋。汉武帝大事武功，对匈奴用兵44年，无后来者，"一将功成万骨枯"。揆情度理，历史人物的评判应放到具体历史环境之中。

成吉思汗铸就的英雄史诗被全球泛读，除"十三翼之战"主动撤退外，他一生60多次战斗不败，且以迅雷不及掩耳之势征服世界，将人类军事天赋出神入化地演绎到极致，自是有其因由的。他

>>>
2014年10月和母亲于成陵

的军队建制、分配制度、铁的纪律、诡谲的战略战术等等都成为许多国邦、兵家、学者研习的经典。应该说，成吉思汗的雄武精神和意志被世代铭记不是没有道理的。

一位关中朋友曾讲到，村里村外，男人们要是知道他们的女人、娃娃受了欺负，他们都会像狼一样地扑上去，哪怕是头破血流，要注意，他所指的不是自己的女人和娃娃。他自称秦人，秦人以雄霸天下，即便是尸骨遍野，也死死地守住了黄河。而金陵，六朝古都，极尽繁华之地，中华民国首府，在面对日寇屠刀时竟然没有组织起有效的抵抗。占领南京的日军一共是多少？只有8个师团和2个支队，一个师团差不多是4个团的兵力，1个支队，拿枪的不足千人，加上配合作战的2个重炮旅团和飞行团，就这些窃了我华夏文明的人，也可以称为兽，竟然能够屠杀30万南京军民，城毁了，人没了，那么亡国的文明，意义又何在呢？鸦片战争以来到1919年，所有的帝国主义列强都欺辱过我们的国家和同胞，血的教训一再告诉我们，贫弱就要挨打，一个没有血性的民族是没有发展和未来的！

朋友说：我愿早生700年，立马秦关汉城，与你的先祖刀弓相向，哪怕是热血洒在滚烫的历史长河中。我相信这是他的真心话，我喜欢这种忠诚和侠义的豪迈。

出了大殿，无精打采的导游不再走了，她是想早点赶回去好接待下一波的游客。临走，她抬手指着不远处的祭坛说，在第二层按顺时针方向转一圈，可保一生平安幸福。幸福真的会像她轻缓的声调那样，戛然而至么？转是转了，就像转敖包，添碎石，心存良愿，但堕茵落溷已成定局，人一生的幸福，不可能就此轻易获得，更多的要靠自己不懈地去打拼去创造。这个浮躁的社会，处处设置环环的附会穿凿，蛊惑了太多的人心，敷衍了太多的生命。

祭坛的牙旗在湛湛蓝空下翻飞，如英雄战马的嘶鸣。浩瀚草原，雄风猎猎，成吉思汗长弓在手，挥鞭纵缰，所向披靡……仰望苍穹，大河奔淌，草原清香，百鸟歌唱，在我们一刻也未停被人觊觎而安宁的家园，在我们酒足饭饱之后，还有没有人能张满那把古老而尘封的长弓？

悠远的长调幽幽地飘来，辨不清来自何方，或许它属于蒙古民族的血液，属于每一寸草原。在落日向晚的人生涓流之滨，我情愿在心中守一座青碑，刻他不老的容颜，苔藓不蔓，日日光鲜，映芳华满园。

>>>
2009年11月于少林寺

第四辑

>>>

黑白之间

·感恩，以跳动的心·

再见徐本禹是在他的博客，知道他怀着自己的信念又踏上了非洲支教的征程，我相信他会走得更加坚实。

最初见他，是在央视节目里。他是2004年度《感动中国》十大新闻人物之一，曾牵动着成千上万人的心，网上写有他事迹的帖子在当时的点击率达百万以上。

他是一个出身贫寒、品学兼优的山东小伙儿，华中农业大学经济专业本科毕业生，他毅然决然地放弃了如愿以偿考取的公费研究生，怀着感恩的心，先后来到贵州山区大方县猫场镇狗吊岩村为民小学和大方县大水乡大石村大石小学义务支教，并以此为桥梁，为当地百姓造福，得到孩子和家长的无限爱戴。

那是贵州省西北部一个物质文化生活极度贫乏、信息极度封闭、几乎与世隔绝的地方。他远离世间纷争，在一片纯洁之中，顶着无处不在的孤寂、衣食无着的困境和不被世人理解的内心痛苦，融入了有着巨大文化背景差异、有着触手可及的心理隔膜和语言障碍的乌蒙山区，把爱心播撒到每一个孩子的心田。

由于他的奋争，这里的小学生全部受到捐赠；许多高校的志愿者来到大水乡支教、进行社会调查；西部贫困地区儿童上学难问题得到广泛关注；通过华中农业大学华农贵州支教基金账号，海内外捐赠的物款源源不断地汇到孩子们的身旁；总计36万元的教学楼拔地而起；华中农大积极在大水乡投资项目……他以自己所学，为大水乡的教育事业和当地的经济发展做出了不懈地努力。

有句名言说：拯救一个人就是拯救全世界，而徐本禹改变的远不止几百个孩子的命运。

那么，他为了什么？面对各种声音，他说，他上大学的时候，别人曾经帮助过家境贫寒的他，别人帮助了他，他也要帮助别人。当然，他不是圣人，在他回母校作报告时，他说的第一句话是：“我很孤独，很寂寞，内心十分痛苦，有几次深夜醒来，泪水打湿了枕头，我快要坚持不住了……”

还记得那年，在北京两会期间《同一首歌》“相约在春天”的录制现场，他带着他的孩子们站在了那里，全场为之动容，为之落泪，为小徐老师的崇高和羸弱，为孩子们惶恐的目光、无措的神色，为那位女孩儿有着与13岁不相称的身高，为他们用来聚精会神听课的岩洞或用塑料编织布搭起的教室和碎砖支起的课桌，还有孩子们“到北京住平房”的梦想……两首歌都唱过去了，还有人在擦泪。是的，他感动了现场和电视机前的每一位观众，因为他曾感动了中国！

人们不禁要问，他还能坚持多久？从他那紧绷的双唇和挥动的手臂中，可以看到他要坚持下去的信心。更重要的是，他使中华大地爱潮涌动，在他的身后，身患白血病却倾情支教的爱心女孩李华芬；一生守候教育的金明香；13岁走上讲台，身患重病仍苦苦留恋孩子的代课教师杨忠；靠蹬三轮车帮助贫困学生、支持教育事业的古稀老人白芳礼；还有把爱心和微笑永恒留给孩子，无怨无悔地走向死神的歌手丛飞……还有更多的人在带给着我们更多的感动。

南湖居士说，“我们都是小人物，我们做不了太多，但可以尽自己所能；我们无法改变世界，却可以改变自己。”

是啊，不可能每一个人都像徐本禹一样去做志愿者，到大山深处或是津巴布韦去支教，而身边有许多可以做的事，对父母、家人，对师长、朋友，对相识者、陌路人，对事业、社会……怀着悲悯和感恩，以一颗跳动地的心来感恩，传播的都是爱和希望！

很喜欢那首诗：每一个孩子都是堕入凡间的天使/ 为什么天堂在左，他们却在右/ 有人说微弱的烛光怎么能把深巷照亮/ 有人什么也不说，牵起孩子的手走向前方。

徐本禹是那个牵起孩子手的人，还有许多那样的人。

·让心感动·

抽屉里压着一对银镯，没有包装。对于几乎不戴首饰的我，它从没有佩在我的手腕，甚至都没有细看过，它来自一个陌生的女人。

那是一个冬日，大院里不知来了什么人，不一会儿围观者站了一圈，许多人喜欢看热闹，尤其是别人的各种“演出”。老妈回来说，有个女人丈夫病重住院了，要卖掉手上的银镯子。心里想着，这能凑多少医疗费？就忍不住也出去看。

原来是一对母女，母亲一边拉着女儿的小手儿，一边向人们展示着手中的镯子：“我娘家的陪嫁，一直都戴着，十几年了。”女人头发零乱，她的外套有些单薄，衣兜的一角被折着别在里边，一定是脱了线，还没来得及缝。她目光呆滞，没有一丝的光亮，她的女儿不过五、六岁，穿件不太合体的黄色小大衣，越显得瘦弱，若墙角干枯的菊花，她长长的睫毛上挂着寒露似的晶莹泪珠，毛糙的发辫大概也有几天没梳了，看了让人心疼。围观的人们只是看着，并无人问津，我不由地伸手拿过镯子，左右端详了一下，它是纤扁的，外箍雕琢着细致的花纹，内侧刻有细小的“纹银”二字。对于银器，我毫不在行，也是瞎看，就像我从不喝酒，有时却端起酒瓶，仔细地看上面的每一个与我无关的字。女人一直无语，却掩饰不了她内心的焦虑，倒是依着她腿的女孩儿乖乖地也不闹，眼巴巴地望着我，这神情让我怦然心动。于是，在众目睽睽之下，我掏钱买了这对镯子，女人千恩万谢之后，领着女儿走了，小女孩不时地回头张望，那样子像是舍不得她家的宝贝，我想追上去让她留个地址，以后找机会还给她们。但大家立即围拢过来，七嘴八舌地议论说十有八九是假的，劝我赶紧去银行进行鉴定，却没有一个人关注那对母女离去的背影。他们不知道，我从没想过要去鉴定，因为并不需要，我所珍藏的是这母女对亲人的一片爱心，看到它，我就会想起那双母女的眼神。

见过一个视频，在一个小饭馆，一个男子进来向老板讨热水，可接了水他并不走，而是坐了下来，一边喝水，一边左右张望。当一个女孩吃完付账离开以后，他悄悄坐了过去，吃着女孩剩下的几盘菜。发现他行为的人，有的撇嘴，有的摇头，纷纷投来了不屑的目光。然而，他吃完也没立刻溜出去，而是走向了结账台边的募捐箱，投进去了50元，没有一丝地犹豫。相信这个男人感动了看到她行动的每一个人，他也让一些人感到了羞愧。

曾几何时，我们对路旁行乞者无动于衷，对慈善机构的爱心呼唤置若罔闻，在我们有能力帮助别人时，不愿援手，有时也不是因为我们缺乏善意，而是缺乏信任，缺乏感动。

有次采访贫困户，那家的4个孩子学习成绩都不错，虽然家境困难，可他们都怀着一个大学梦，这年，有两个孩子分别考上了大学和省重点中学，高额的学费成为家人心中的痛。我们采制的专题报道播出后，感动了许多人，他们家的困难也先后得到了政府和社会各界好心人的帮助，孩子们如愿地踏进了学校的大门。

后来我听到了关于“他们家并不贫穷，只是在攫取救济”的一些说法。而我知道自己没有做错，无论是精力还是金钱，我们都不后悔自己真诚的付出。估计说这些话的人没有见过他们的艰难，所以，他们的心没有被震颤，怎么会有感动。

感动就像涓溪，时时流淌，才有一路叮咚的欢欣，若是一潭波澜不起的死水，即便俨然玉碧，也是全无生机，盛在里面的只会是些贪腐食腥的毒虫和蚊蝇。

我愿意被感动，也愿意世间被感动的人越来越多。哪怕是徒劳的奔波，哪怕是微薄的力量，可是只要我们的努力能够对他们有一点点的帮助，我们就能得到心灵的慰藉，我看到了摄像师加田和卫世以及栏目组制播人员从内心沉重到额眉舒展的变化，我们享受到了因帮助别人而带来的喜悦，我们心安而梦稳。

冰霜般冷漠的人，与其空怀质疑，不如学习信任，学会善良，拥一泓感动的心潮，让愉悦时时翻涌而来。

·坚韧的背后·

那一年双节前随麻主席去慰问一矿工遗属，她的境况比想象的更要艰难。

她租住榆林南门口一个窄巷里的平房，极小的空间弥漫着浓烈的豆面味道。两张床占去了房间的大部分位置，很是显眼。临窗一张小床，堆着被褥，旁边是简易的桌凳、木箱、一摞碎煤块，墙壁上挂着秤盘、秤杆、藤编簸箕和家用什物，房屋中间是冰凉的煤炉，静静地架着铁皮烟囱，没有光亮，三九严寒的温度，真切地冷到了我的心里，而她浅蓝色卫生帽下的额头竟密密地沁着细细的汗珠。

她正擀着杂面，手上、身上沾满面粉，一整张面片满满地铺在靠着墙角的大床上，仍摊不开，边缘大把大把地褶皱着，但匀称而没有折痕。我有些惊愕，平生从没见过如此硕大的面片。

她丈夫得了职业病，住院治疗很久，还是去世了，留下了10多万元的巨额债务和四个上学的孩子，其中两个上大学，正是花销大的时候。她也患有静脉曲张疾病，但每天仍不得不拖着病体辛勤劳作，上午擀好杂面，切成尽量长的面条，出去卖掉，下午再去一个广场做清洁工，好在她的杂面卖得不错，有着固定的客源。

她一边轻拍着白大褂和及膝的围裙，一边不停地说着感激的话。她几次失声，流着泪，在她微笑的脸上。她说政府给了她不尽的关怀，许多人都帮过她，要不是这样，她就没有继续下去的信心和勇气了，她只有用心地擀面、卖力地工作，回报大家。我明白“束蕴请火”的意义，而真正点亮生活火光的，是她自己。

她说，再有10多分钟杂面就擀好了，要给每人带一把，她还为我们准备了一包包的用来做杂面的食材——豌豆面粉，被我们一一婉拒。

回来的路上，心里跟车一样地堵，头脑中一直抹不去那冰冷的火炉，还有她的泪水和笑容。不免想，有的人可以在京城拥有41套、近万平方米的住房，有的人尽管全心工作，却只能租赁逼仄不堪的蜗居，还生不起火，用不起电，每天承受着不堪的磨煎。这世上，有很多人很幸福，也有很多人，很难熬。

家居小区的门口，近日常有一个头戴红色围巾的妇女不厌其烦地问路过的行人“要杂面不？”长杂面条因其润滑的口感和长寿的寓意常被人们选进逢节、尤其是庆生的菜篮子，不是什么特别的日子，往往应者无几。这里是北门，通透的大漠疾风强劲穿胸，有时有要被刮倒的感觉，在这个冬日，因念及那位矿工遗属的晨起与日落，便不由地走到她身边。她蹲在那里，扬起因受冻而通红的脸，对我笑了一下，掀起小纸箱里的笼布，为我挑拣了底部较潮润的一束，装进食品袋，站起身递给我，她小声念叨：才擀的，她的唇色淡而干裂。我忙接过来说，好，我知道的。这黄澄澄的面条，轻薄无比却有着绵长的柔韧，它的柔韧来自千百次的揣揉摁擀，犹如历经无数生活重压锻炼后，人的无坚可摧。

想起了榆林因树而名的榆。榆择瘠薄而立塞北，战风沙严寒，抗干旱盐碱，以顽强的生命绿漂染无垠的大漠和重镇边城。都说榆木疙瘩无动于衷，榆溪深解它守望蓝天，寂枕云霞，挺拔向上的质韧坚心。

敬重一切不懈地跋涉在生活苦难泥泞中的人，他们在路上，怀着不弃的梦想，努力地向着有阳光的地方。

·生命的荣誉·

——观影片《大偷袭》有感

1941年日本偷袭珍珠港，美国舰队遭受重创。10小时后，日军攻击菲律宾。突袭使各1万人和6万人的美国与菲律宾盟军退守到巴丹半岛。没有援军，守军们只能望洋兴叹。时任总统的罗斯福和他的高级将领们正把主力放在欧洲战场，无暇顾及太平洋彼岸的菲律宾群岛。苦撑了4个月后，在弹尽粮断的绝境中，仍在困守的士兵们接到上级命令向日军投降，美军品尝了历史上最惨痛败仗的滋味。

日军难以收容7万名战俘，强迫战俘开始了“巴丹死亡行军”，一旦有人体力不支脱队，格杀勿论。大行军中，先后有15000多人命丧日军战刀下。大难不死的战俘被关进位于欧唐诺的卡巴那图和巴拉望两座战俘营。

投降的决定是为了避免更多的伤亡，然而对于不屑国际公约法则、狠如蛇蝎的日军而言，将领们的决定是多么的愚蠢。在这里，战俘被日本兵肆意凌虐，一人越规，会有10人付出生命；在这里，数千人因不堪疾病、饥饿及日军折磨而死。在3年多人格丧尽、生不如死的煎熬中，他们不知道死神何时会突然光顾，每个人都以为自己会客死他乡。

1944年，战局出现转机，美军节节胜利。日军做出了“绝不容许战俘逃脱”，“将战俘斩尽杀绝，不留蛛丝马迹”的决定。

在巴拉望战俘营，所有战俘被日军统统赶进防空洞，洞里早已人满为患，他们还在不停地往里面赶人。之后，日军在洞口点燃了汽油桶。一些浑身是火的战俘费尽九牛二虎之力，拼命爬了出来，等待他们的是被机枪扫射，或者是活生生地被禽兽之火烧为灰烬……

在卡巴那图战俘营，还有500多名幸存者，他们将在美军占领这一地区前被全部处决。营救迫在眉睫，麦克阿瑟上将下达了要不惜一切代价营救这批战俘的命令。

1945年1月，年轻的亨利上校受指派带领突击队，前往菲律宾营救被困的最后的战俘。之前，这原本一个是奉命照料牲口的部队，他们中的成员多半是来自乡间的农村子弟，毫无作战经验，亨利把他们训练成了精锐部队，并一起踏上了凶险的救援之路。

巴拉望战俘营戒备森严，周围平坦开阔，无任何掩蔽，有200日军守卫，装备精良，有重武器和坦克，救援任务极其艰巨。

普林斯上尉负责制定袭击计划，并指挥了这场以少胜多的战斗。仗打得异常艰苦，在当地游击队的配合下，他们出其不意地全歼日寇，救出了所有战俘，他们出色地完成了绝地营救任务！

这是由真人真事改编的影片《大偷袭》的故事梗概。影片让人看到了日寇的凶虐，战争的残酷，更让人感受了人性的光芒。

影片中有很多感人的场面。战俘们欲摧弥坚的意志，追求自由的执著，争相赴死的大义，以及当地地下组织对战俘前赴后继的舍命相救都令人震撼，特别是年轻的普林斯上尉掩护战友撤离时的情景。在解救的最后关头，普林斯上尉怀抱着身染伤寒、病重不起的战俘营最高指挥官吉布少校走在队尾突然受阻，他安置好少校后，拿起武器义无反顾地独自返回硝烟深处阻击……上尉目光坚毅，神态从容，他的无畏来自把每一个士兵和战俘的安危都置于了自己的生命之上。他严格地履行着自己的诺言——战斗结束后，最后一个撤出。

其实，许多人可以选择不去，去就意味着会牺牲，但是，医生、有经验的士兵们强烈请缨，要求加入营救小组。战斗惨烈，他们有过犹豫，有过畏惧，但每一个战士宣誓，可以为任何一位战俘献出自己的生命，他们真的那样做了。身边的战友一个个倒下去，他们来不及擦干血迹，坚决地顶上去，他们没有退缩，有的是男子汉的担当，军人的英勇。

有些生命被残忍无情地剥夺，而有些生命被无私深情地给予。当生命在别人的手中，或是别人的生命在自己的手中，都是气节与大义的生死考验。解救同胞生命的重大意义远远高于消灭几个日寇的战略价值，当生命与国家的荣誉联系在一起的时候，他们捍卫的不仅是生命，更是民族的尊严！

无论战时与否，都需要这种视死如归的献身的勇气。

·手炉的温暖·

毕明哲与王理是湖南省临湘市某中学的同班同学，王理患肌肉萎缩症，无法正常行走。从初中一年级开始，毕明哲每天背王理上学、回家，节假日还带王理去野外玩耍、运动，这一背就是6年，风雨无阻。6年来，毕明哲牺牲大量时间、放弃各种爱好，不离不弃地抚慰着王理那颗敏感而焦灼的心。他也曾私下抱怨过，在母亲怀里哭过，母亲也明白孩子的委屈，心疼儿子的伤痛，但她鼓励儿子：选择了就应该坚持下去。

2010年6月8日，毕明哲答完高考的最后一门科目，在瓢泼大雨中，飞快地来到王理的考点，背王理回家。趴在明哲的背上，王理很温暖，尽管雨很大，他的鞋子却不会沾湿。但是一路上，两人都默默不语，暴雨击伞的声音显得格外刺耳，激起了他们心中的隐痛，不知道今后还能不能再在一起！虽然他们都希望能被同一所大学录取。

北京卫视曾播过一档非常温暖的节目：一个在京打工的农民小伙儿回宿舍时，发现室内有贼，没来得及多想，就上前和歹人拼了起来，打斗间，小伙子脑部严重受伤，行凶者逃逸。小伙子被送到了医院后，医生说，即使能脱离生命危险，他也会成为植物人。

和他相依为命的老父从家乡赶来，眼睁睁看着儿子处于昏迷中却无能为力。老人经济拮据，想不出更好的办法。日子一天天过去，医疗费累积成了天文数字，儿子还是没有醒过来，作为父亲，老人唯一能做的就是守着儿子，跟儿子说说话，给儿子翻翻身。

大家向老人支招：向老板求助、申请“见义勇为”基金。老人骑着单车，一次次地踏进严寒中，而每次带回来的只有身后的冷风。

当初，老板把小伙子送到医院给了2000元钱就再没出现过，他认为，民工在下班时间负伤，公司不负有责任，他已经尽了人道；他的条件也不符合见义勇为基金申请的标准。老人真的没辙了。

渐渐地，小伙子的事传开了，人们敬重这位奋不顾身、勇斗歹徒的英雄，也一点一滴地感受着父爱的沉重与无奈，都自发地、默默地帮衬他们。一位老医生坚持下班后为小伙子按摩，病友为他们带来日用品，还有人把自己的手炉送给了老人……

小伙子静静地躺在病床上，这一睡就是数月。尽管医院减免了一些医疗费，一日三餐都有病友相助，但终不是长久之计。就在老人要想带着儿子回家的时候，突然有一天，小伙的手指抽搐了一下，眼角淌出了泪滴，一直流到了鬓角。作为老父，他千里迢迢地赶来时，昏迷的儿子已经躺在医院了，没有跟他进行过任何交流，他一个人扛着孤独、恐惧和焦虑，无助地捱着日日又夜夜，直到这一刻，老父亲仿佛看到了一线希望，他突然抱住儿子失声痛哭，儿啊，咱哪儿也不去，就在医院治病……

老人再也不愿放弃了，每天仍坚持着、奔波着，他说，他不能对不起周围支持他们的人，他相信儿子一定能醒过来！

无论是毕哲明和王理，还是这对农民父子与周围的好心人，都非亲非故，本都是毫不相干的，但当灾难或是病痛从天而降时，人们伸出了自己援助的手，没人想过要使自己崇高，他们被爱本能的凝聚在了一起。

在王理的生命里，他永远会记得那把给他遮雨的红伞，那暖色所赋予的支撑与呵护，将带着他飞奔向人生的每一个驿站，温情不止在那个冰凉的雨天，将充盈他的一生；而老人紧握的手炉，焐热的也不只是他儿子无知觉的身体，也温暖着如山的父子深情和整个社会的良心。

·我们丢失了什么·

10月17日晚，湖南卫视报道了《车祸现场钱财村民哄抢》新闻，在京珠高速公路上一辆从湖北驶向湖南的油罐车发生侧翻，车上装有二氯乙烷，司机身亡，副驾驶重伤，他们为公司回收的货款12.6万元散落在地，被当地围观村民哄抢一空，在稍后赶来的护路工人罗正新等人的指责和追赶下，村民们才夺路而逃，忙乱中有8000多元钱洒了一地，尔后，在当地警方多方调查和劝说下，一人交出4万元，大部分款项没了下落。

在肇事现场，亡者已亡，伤者还在流血，有许多事可以做，而围观村民竟置人命而无睹，置剧毒化学药品泄漏而不顾，蜂拥抢钱，无一人报警，无一人施救，行径令人发指。

这让我想起前不久看过的一个片子，是一对农民夫妇去北京给患有重症的孩子治病，为了省下汇费，怀揣2万多块钱踏上了路，不想列车上使用卫生间时，钱不慎掉入车外，救命钱意外丢失，列车不能停靠，无法下车找钱，孩子病情危急，这对夫妇几近崩溃。列车长根据时间推算出列车大概行进的地点，请当地警方协助查寻。当地警方查找一夜未果，当天快亮的时候，大家最担心的不是找不到钱，而是担心钱会被附近的村民捡走，因为当地村民有早起习惯。本以为节目制作人为了制造紧张气氛而小题大做，现在看来，大家的担忧并不是空穴来风。

曾听父母讲，他们那个火热的年代，白天在地里拼着命地干活，晚上趁别人睡熟了，还悄悄溜到地里，接着干，赶在黎明前才偷偷地钻回被窝，天亮后再出来跟大伙一起劳动，有时，把谷物、菜水悄悄放在五保户门口，生怕被别人看见。人们怀念那个大公无私、团结互助的时代，是有充分理由的。

无独有偶，今年《读者》第20期杂志刊登了一篇《善良那根弦》的文章，讲了一个善良改变村风的故事。格依玛是印度北部的贫穷小村，村外有一条路况极差的简易公路，村民困苦，生活无以为继，便以破坏道路、哄抢货车物资为生，治安状况极其恶劣。后来，一车有毒的工业淀粉被抢劫一空，司机小伙子唯恐误伤人命，拼力追回，但没有人愿意交出物资，小伙子跪求，并买了鸡做实验，村民们惊骇不已，才纷纷羞愧地还回货物，他们深深被小伙子的胸襟和善良所打动，从此不再做伤天害理的事了。文章的结局有些令人难以置信，但作者呼唤正义的愿望显而易见。

前段时间，媒体报道“见义勇为的河南姑娘血洒江城街头”却无人出手相助，看了不免让人心寒。到汉江旅游的河南姑娘冯娜路见小偷行窃，见义勇为，惨遭歹徒报复，光天化日之下，面对大庭广众，歹徒肆意伤害姑娘，事主和路人却无动于衷，致使冯娜双手遭受毁灭性刀伤，多处肌腱受损断裂。可以想象，血泊中滴血的不仅是英雄的手，还有她的心。

后来注意到，常有哄抢的报道，类似事件层出不穷。那么，如果是我们在肇事现场会怎样做？说实话，我可以保证自己不去围观，更不会去抢钱掠物，但谁能肯定我们一定会伸出援救的手呢？是的，我们有太多的担忧，去扶跌倒的人都需要偌大的勇气，“集体”的冷漠令人悲哀，我们的良知在一点点地被自私蚕食殆尽。

古人云：仁慈隐恻，造次弗离。节义廉退，颠沛匪亏。是说，一个人的仁义慈爱，对人的恻隐之心在最仓促、最危急的情况下也不能抛离；一个人的气节、正义、廉洁、谦让在最穷困的时候也不可缺亏。常想，在我们这样一个自古崇尚仁义礼智信、有着优良道德传统的国家，为什么如今的人们变得如此地漠视生命、贪财爱物，甚至不知荣耻？我们的淳朴民风哪里去了？面对我们五千年的文明，扪心自问，我们丢失了什么？

被哄抢的财物要找回已属不易，即使实在找不回来也只能放弃。可要想把国人丢失的礼义廉耻找回来，虽然也不是一朝一夕的事，却是万万不能放弃的——这是一个国家的根本和希望所在。在重视全民教育的同时，国家要尽快下决心立法，重奖见义勇为模范，严厉打击哄抢等不道德行径，让欺诈者入刑，增加违法成本，用重典规范社会行为，让善良、正义和责任感成为时代风尚，培养新时期文明公民，这样，国民素质才与经济的不断发展相称，我们民族才会充满希望。

·纤弱撑出的美丽·

早春时节，养了近20年的文竹开花了。花朵极细小，6枚狭长的白色花瓣，簇拥着更加细碎的黄蕊，亭亭玉立于羽绒状的娇嫩细茎上，像踮着脚尖儿舞蹈的芭蕾舞女。它没有香气，却素静清雅，楚楚动人。没有注意到，这简洁的花，突然间就漫过了枝叶，芊芊绵绵，点点烂漫，它自然不挣扎，恬静不渲染，从容不炫耀，纤嫩、弱小得几乎会被人忽略它的存在，我一时惊诧于它纤弱中努力撑出的洁白和美丽。

2007年度“中国骄傲”获奖人物中的几个平凡的英雄，多像我的文竹，他们默默而自信地盛开生命，他们的纯洁与光彩，让人眼亮，让人心暖。

好邻居徐义胜。宁波市打工的阜阳人徐义胜在邻居家的火灾中，来不及穿好衣服，便毫不犹豫地扑进大火笼罩的房屋，冒死迅速把两个被困的孩子救了出来，刚到门口，屋里的燃气罐就爆炸了……当时他只穿着短裤，全身烧伤面积达80%。他的义举感动了宁波市民，大家为他纷纷捐款，并接纳他为宁波市民。他又把治病所余的10多万元全部捐了出去。

舍身拦飞车的王文田、谢凤运。一天的凌晨5点，广东九江大桥意外被运砂船撞断，雾气弥漫，能见度很低，行进在桥上的车辆还在全速进行。危急时刻，王文田、谢凤运两位60多岁的老汉发现危情，并在离断桥处只有5米的地方，冒着生命危险，拼命挥舞着双臂，喊破了喉咙，拦截下一辆辆驶向死亡的车，后来两位老人悄然离开……为了表彰两位老汉英勇抢险救人的壮举，广东省政府奖励了他们2万元钱，但是，仅凭收废品糊口的两位老人，分文未取，他们把这笔钱捐给了河南老家的农村学校……

在洪灾中成功自救、共创奇迹的残少。70多岁的广东雷州瘫痪老人李圣豪和4个不到10岁的女孩子（最小的7岁），被一场特大洪水围困，生命危在旦夕。孩子们模仿飞夺泸定桥中十八勇士过桥的办法，用竹梯和两个棋盘奇迹般地把老人从屋里转移到院里，又把他送上了唯一的高地——葡萄架上！当救援的直升机赶到，刚刚把他们安全转移后，洪水淹没了整个院落……4个孩子都是老人收养的孤儿。李圣豪老人的残疾是在一次抢险救灾中因脊椎受伤而致残的，退休后，老人以病残之躯，靠着微薄的退休金，从70年代起，先后收养了10多位孤儿，老人不仅给了他们家的温暖，还教给他们知识和做人的道理。

他们都处于社会的最底层，那么，是什么使他们拥有战胜危机的非凡勇气和力量，是什么造就了他们直面生死，义不容辞的品格和责任？他们以自己微弱的光亮传递着爱心，温暖着这个世界。

记住了他们生命的精彩和他们笑容的灿烂。美丽，只要有支点，哪怕是脆弱的，也可以绽放。不只是我飘窗的阳台，山崖硷畔，原野溪边，和煦的日光下，大地春暖花开……

·真心还能坚持多久·

很多事不被人相信，是很苦恼的。

比如说，我的眉发质硬色黑，便有不少人说是假的，还有人非常认真地跟我争辩，好像她比我还明白。如今年纪渐长，白发也时不时跑出来打击我的自信，我倒是想时尚一把，也染一染，可皮肤不争气，过敏十分严重，这有点滑稽，就像一个没有阑尾的人非得说人家得了阑尾炎，或者说成人得了百日咳、女人患了前列腺炎。不过自己看看，可不是么，原本引以为傲的粗黑浓密，在染发大潮中是多么地不合时宜，真是越看越假。头发的真假，倒不必太在意，也无须去刻意证明，那么别的呢?

邻居桃家的新自行车不慎被盗，所幸几日后找到了，但持车人拒不认“偷”，为此闹到派出所，在调查中，双方分别提供了自行车的特征，邻居只指出了一些表面大家都看得到的证据，而另一方提供了不为主人所知的情况，如车内胎有两块补丁，颜色、大小、形状说得头头是道，一检查，果真如此，让真正的车主大跌眼镜，无以言对，直后悔当初未在车胎上刻上自己的名号！

这些只是小事，不碍什么的，倘若是大一点涉及原则的事对人的打击就大了。

从小县城颠簸一路去参加全市职称英语考试，由于找不到身份证，情急之下，办理了临时身份证，并在人事部门开具了证明，同时，诸如工作证、记者证、结婚证等等，凡是能够证明身份的证件带了一大摞，多么希望有人看一眼我的东西，但是，没有。到最后，说了一车的好话，还是进不了考场，监考只认正式身份证。而场外，无数的人在打手机、发短信，传递答案，又情知有多少顶替者在场内挥挥洒洒，心中很不是滋味。无意指责那些秉公办事的人，毕竟自己丢了身份证，只是觉得，这世道不知怎么了，许多假的可以恣意横行，而真的却无论如何也没有人肯相信。

无独有偶，因提拔，组织部门提取我的档案，尔后被告知，缺失党组织关系等材料。一直都是人事、组织部门和机关单位管理档案，我怎么能知道那些材料会不翼而飞？可由于时间紧急，也顾不得追究原因。让人头疼的是，拼命地都找遍了和我有关的地方，仍不见一点儿的蛛丝马迹。我只好无奈地确定找不到了，有人出主意让我花钱私自刻章，还有人说补办一份吧，某某人就是补办的。于是病急乱投医，我找了入党介绍人、当初单位的党支部王万雄书记帮我写好证明，盖了印章，满怀信心地来到县直属工委，但负责人说，文书不在，文件没法查，等文书回来再说吧。等不及啊，又把好话说尽，负责人开始亲自在一摞登记表中翻阅，终于找到了可以证明我入过党的相关材料，我大喜过望！但是负责人说，这材料上的时间不能证明你当时是预备党员还是正式党员，你可以去组织部找和你一批入党党员的档案，这样才能证明你入党的确切时间。弄清了我的身份，事情就算有了进展，真是幸运啊！遵照指示，我赶紧再托人找。就在我等消息时，不料这位负责人说，你根本就提不出档案来。她说，提档须组织部长批准，所有拿钥匙的人都在场才能提出来，那不是件容易的事。我说，那你为什么让我去做？她说，实话跟你说吧，我不可能给你补办手续。我说为什么呢？她说，这明摆着的，你入党不是我批准的，我就不能给你办，办了，人家找我岔子，我怎么办？我实在想不通，证明一个党员的身份违反组织规定么？会有什么人为此而找她的岔子？那请告诉我，我该怎么办？她说，找她的前任。那么，请问您的前任是哪一位？她平淡地说，已经埋进土里了。要气抽了，还是强压了怒火，那我还能怎么办？她说，没办法！她仍在喋喋不休地发着某某部门和她抢收党费的牢骚，原来如此！但这关我什么事？10多年了，我一文不少地将党费交给亲爱的组织，难道没有记录么？这位负责人竟说没办法证明我的组织关系！许多人都劝我，没有组织关系，并不影响什么，非党人士，进步得还快呢，别找了，提拔要紧，别耽误了。但我不甘心，我的理想、信念，我为之所做的努力和奋斗，以及我对党的感情，都不要了吗？但我又实在没有办法，谁都知道我是党员，但我就是无法证明，就像某人不能证明他是他妈的儿子，这是什么样的心情?

常以为诚实地做人就好，而我诚实的代价是职称评定因此被耽搁，众多因素的影响，一晃误了5年。多年来，少了多少收入还不说，一拖再拖，直到后来转行调岗，永远失去了晋升的机会。职称是什么，是某一技术资格的认定，获得职称的人才有资格获聘相称的岗位，而我当时作为小县电视台新闻栏目多年唯一编辑，却无法拥有与之相当的职称，其中最主要的原因是我不想造假，即使我百忙中坚持自学英语，却仍进不了考场，如果，如果当初我也找人去顶考或是去拨打遍布大街小巷的办证电话呢……

我暗自疑问：为什么真了，反而于事无补，倒是眼睁睁地看着假的东西可以很快地换取令人垂涎的荣誉、地位、权利，包括经济利益，这些让人眼热的东西不会总使人无动于衷!

我也无意指摘不在少数的找人顶考者，因为不会，公家又要，而且没有多余的时间去学，有的人年纪又大了，从头学起谈何容易，只得被逼得做假，何况做假有钱，做假有位，而且没有风险，为何不做？问题是，年年考，考来的英语过关成绩有什么实际用处？我有简单的英语读说写能力，工作近30年来，没有用到过一次!

许多事真的不能够被证明，好在有一些通过努力还是可以证明的。我的父母年已七旬，援陕工作了40年，退休返京。近些年，他们遭遇了必须反复证实自己还活着的事件，即每年在某季某月某日指定的当天，手举当日报纸，像犯人一样拍照，并回传原单位，以证实自己没有冒领退休金。不知道其他人家的情况，我的父亲还献余热在几省多地的绿化战线上，还可请年轻同事帮助完成这一任务，而母亲一人在家，倘若儿女不在周围，如何来做？也不知道这没人性的措施是出于哪一级政府或部门？我的老父亲气愤地说："告诉他们，就说我死了。"不得不佩服出这点子的人的绝顶聪明——我真心地祝福他，当有一天他自己也需要证实自己还活着的时候，一定会有机会体验其中的滋味。

是的，现实中的一些需要会让一些人迫不得已去证明，甚至造假。司空见惯了假货充斥市场，假合同坑害百姓，假文凭、证件漫天飞舞，假评奖累遭质疑吐嘈，假记者、假官员都敢大方地招摇过市，很难看透身边真实的东西还有多少。相似的事件层出不穷，只要足够大胆，足够脸厚，似乎什么也敢做假，什么也能做假！

甚至简单地在想，在这虚假无孔不入、缺少诚信的社会里，更需要我们坚持真心，或许我们每天都被人骗，但只要我们不去骗人，世间便少一个骗子；假若我们都不去骗人，世间不就诚信遍布了么？这么想，自己都觉得天真幼稚。

还好，最后关头，我的党组织关系在我充分发动群众的作用下，终于找到了，不过没有白丢，毕竟认识了一些吃闲饭、不作为的渎职嘴脸，我知道这样的劣性充斥在大家工作生活的方方面面。我不想逃避，也不想沉默，但是，我的真心还能坚持多久？

·洗袜子的幸福·

常为演讲比赛做评委，可以训练有素地淡然赛外，然而在一个“感恩母亲”主题演讲的裁判中，竟情不能已。赞扬母亲是永恒的主题，本来就做好了聆听感人故事的准备，还是被一位女孩儿从初赛到决赛一直奔泻着的难抑深情所打动，她的母亲为了孩子们，直面艰难，担当奉献，忍常人之难忍，为常人不敢为，造成的身心伤痛无法弥补。她数度哽咽，泪流满面，难以为继，我一再强忍，还是涕泪交融，稀里哗啦地抽着纸巾，整个赛场也被她的情绪所感染，一片唏嘘。从专业角度讲，她的演讲不是最好，但她声发乎情，感恩知报，体现了演讲的实际意义，所以在几十位选手的激烈角逐中，她脱颖而出，获得一等奖。

身边还有一些关于“母亲”的感动。单位司机小白说，咱办公室刘主任，凡事都替父母想得很细致，是最孝顺的儿子，也是我学习的楷模。问起刘主任，他却愧疚地说，为老人做得远远不够，想不到的地方太多，有时想到了，却做不到。我知道自己是在怎样艰苦的环境里长大的，无论怎么做，永远也报答不了父母的恩情。

虎年正月十六，小城秧歌汇演。天出奇的冷，但演出的操场上仍然人山人海。在熙熙攘攘的人流中，曹县长牵着老母亲，缓缓地往前走。我不禁问他“车呢？”他说：母亲喜欢看秧歌，年纪大了，认不得人，也找不到家，不坐车就是为了陪母亲高高兴兴地看好秧歌。看到老人家蹒跚的步履，专注的神情，我知道，儿子的手对于母亲来说是多么的有力。

一次接待活动后，县人大白主任急着往家赶，时间已经很晚，第二天还要上班，而他的孩子在外求学，妻子陪读，本可以住单位，但他说，再晚也要回家给母亲请安，“出必告，返必面”，80多岁的老母亲等着他呢，不回家，老人家不睡。为此，他尽量不出差，并尽可能地推掉应酬。他说，工作要做，朋友要交，老人更要孝顺。

弟弟有位家资过亿的朋友，早年家境贫寒，在困难的日子里，含辛茹苦的母亲给了他们兄妹无比的温暖和快乐。如今，母亲年迈多病，丧失了记忆。工作之余，他拿起纸笔，为母亲写了一首叫做《神奇的记忆》的歌，并花钱请人谱曲、教唱、制作MTV。词中写道“妈妈老了只剩下一点点记忆/和我住在一起还问你哪里来到哪里去/饿不饿渴不渴总挂在嘴上/妈妈再糊涂也记着我的生日。”在母亲生日的那天，他为母亲动情地演唱，几乎唱哭了现场的每一个人，母亲的眼角也溢满晶莹的泪珠。这首歌也通过网络，飞速地在河北大地传唱开来。

听弟弟说，他这朋友工作再难再累，都不会把倦容带进母亲的眼帘，虽然，母亲已看不懂这些，但他要让母亲觉得他是快乐和幸福的。清晨，他为母亲拢好头，才去上班；晚上，他看着母亲入睡，掖好被角，才肯回房。其实，都是佣人可以做的活，但他说，他小的时候，母亲就是这样伴着他酣然入眠。

可见，为官为商为业所累，都不能成为不陪伴老人的理由，只要愿意，点滴之间，都可盈聚孝顺之甘露，一个“忙”字，终究是抵挡不过爱心的借口。

还有一个关于母亲的故事。一位母亲因儿子的脚特别的臭，慢慢地她养成了每晚给儿子洗袜子的习惯。陪着儿子一路走来，母亲早已习惯了儿子臭脚的味道，没有这样的味道，她就会坐立不安。后来，母亲失忆，忘了一切，但仍记得睡前给儿子洗袜子，没有袜子洗，她就会到处找，到处问。所以再晚，儿子也一定要回家。人间的真情可以穿越一切，母子的心是相通的，所以母亲是幸福的，她有儿子的袜子可以洗，儿子也是幸福的，他有母亲的朝夕可以牵挂。

古语说，百善孝为先，也常听朋友们讲，不孝的人不可用、不可交。王戎死孝，形枯如柴，终无济于事；陈遗备饭，军溃独活，可谓因孝得福。只是有的时候，我们身在福中而不知福。

一天凌晨6点多，母亲突然发来微信，说想吃烤小花卷了——我居住小区小吃部的食品。看到信时，有些诧异，千里之外的燕郊难道没有花卷卖吗？苏轼“何夜无月，何处无竹柏”的名句突然在我的脑海里来回蹦窜。我若有所思，急忙去小吃部买尽所剩的6袋烤花卷儿，打包并以最短的时间寄发。快件在路上的每一天，都牵挂着我们母女，我查看快递更新，汇报给她，她还是有些急，问怎么还没到呢？我解释天寒地冻，快递哥不容易，也很努力的。我就借机聊别的，她的身体，她的舞蹈、歌唱训练和演出，她烹饪的新技艺。她把仅学了3节剪纸课程的成果展示给我，让我大叹母亲的心灵手巧，我鼓励她，好好学，春节不用买窗花了。末了，她怯怯地说，你别笑老妈，就是特别想吃那烤花卷儿，老小孩儿。怎么会笑呢，能让您老如愿，我不知有多开心呢。我告诉她："乖，别急，快到了"。她立马发来点头的动态图片，快乐得像个小姑娘。不知母亲收到的花卷儿是不是真有她想得那么好吃，但还是让我心存温暖和愧疚。

知道我忙，身体又不好，母亲很少主动联系我，不想打扰我。也记起自己孩提时，为了和俩弟弟多争一点父母的爱，不惜故意染病，付出留级、甚至改变人生命运的代价。不知不觉地，有好久没有给父母打电话了，或许，她只是想知道我身体的近况，或是想听听我的声音，炫耀一下她学练艺术的成就，她还在提醒我，让我记得她，关注她，像我曾经渴望她关注我的那样，而每天深埋几案的我，为她做的太少太少了。母亲老了，多想依在她的身边，长久地牵着她的手。回想母亲一幕幕的侧影，我仿佛看到了自己的幼年，以及未来。

《诗经·卫风·伯兮》里唱到："焉得谖草，言树之背？"词意是：到哪里去弄一株萱草呢？我要把它栽在母亲的堂前，好让母亲快乐地忘掉烦恼和忧愁。能让母亲日日笑如灿然的忘忧萱花，是多么美好的事情啊。不用去苛求自己如王祥卧冰求鲤，或是效孟宗哭竹生笋，常有怀橘之心就足够了，因为在母亲的词典里，幸福很简单，每一次偶尔翻到，她都会油然心喜。

·留香萦绕·

看电视剧《楚汉传奇》项伯救张良一节，颇有感触。

刘邦奉楚怀王令西征，一路告捷，被胜利冲昏了头脑，误听人言，派兵驻守函谷关，做起了汉中王的美梦，不想被左司马曹无伤告密，项羽大怒，决定次日发兵攻打刘邦，要打起来，刘邦是全无招架之力的。不过刘邦福大命大，大敌当前，身为项羽季父的项伯为救故友张良，竟私自夜奔敌方阵营，泄露最高军事机密，还与刘邦缔结儿女亲家之约（后来好像也没有娶到，忽悠他而已），阴差阳错地使刘邦的危机在一夜间化解。刘邦疑惑地一再问张良：你们怎么会有如此厚交？被刘邦誉为三杰之首的张良刺秦王失败在下邳隐居时，曾智救犯有杀人罪的项伯，正是这段故交，不仅使张良及其辅佐的刘邦避免了灭顶之灾，后来鸿门一宴项庄舞剑无功，给刘邦加封属地，楚汉议和，劝项羽释放刘太公和其他人质受骗，以及最终楚军兵败垓下等，都和这项伯有关，否则，还不一定有沛公做高祖的帝业呢。

“衔环结草”是两个关于报恩的小故事。“衔环”讲得比较玄乎，姑且说说“结草”。“结草”的典故见于《左传》，说的是公元前 594年的事。这年秋天，秦桓公出兵伐晋，两军晋地交战，晋将魏颗与秦将大力士杜回相遇，两人正杀得难分难解，突然一位老者用草编的绳子套住了杜回，杜回摔倒，被魏颗俘获。先前，晋国的大夫魏武子有位爱妾叫祖姬，没有孩子，魏武子生病时担心祖姬在自己死后没有依靠，就嘱咐儿子魏颗到时选良配把她嫁出去。后来魏武子病重了，又要求祖姬殉葬。魏武子过世后，魏颗就把祖姬嫁人了，他的弟弟责问为什么不遵守父亲的遗愿呢，魏颗说：人重病时，神志昏乱，我依据的是父亲清醒时的吩咐。再说晋师虽然大胜，但是，魏颗很纳闷儿，想不明白那位老人为什么要帮他。当天夜里，老人托梦给魏颗，说我就是祖姬的父亲，是专门来报答你的！

张良仗义救人与魏颗遵嘱嫁妇的时候一定不曾想到，其所为日后会为自己乃至服务集团在生死攸关之时逆转不利形势。做好事当然不图报，但许多时候，做好事真的会帮到自己，正所谓送人玫瑰，手留余香，这样的事，身边也有。

前些天，听榆林市政协常委、某乐器行经理曹好成说了一段奇事。一家大型国企招人，曹经理带着儿子去应聘，经过简单的考核，竟当场被人事主管告知了上班时间，而且在挑选了属地和岗位后，还被宴请，并有 4 条鄂尔多斯香烟等贵重礼物相送。天下如何会有此等美事？看着儿子迷惑的眼神，曹经理自己也一头雾水。事后才了解到，10多年前，这位人事主管还是少年，他目睹了贫困的舅父被曹经理真情救助的一幕。

在座的同事对这位常委倒是比较熟悉，讲起他的事迹，都能说出一二。曹常委是农家子弟、优秀政协委员、被省政府授予“三秦敬老好儿女”称号，他已坚持30余载，做好事无数，他的生意不很大，但用于扶贫，用于资助学校、社会老弱病残和困难学生的善款达数百万元之多，更为可贵的是，他老人之老，幼人之幼，常在孤寡老人家一住就是几天，为他们挑水劈柴理发，和他们说南道北拉话。

曹经理说，他这么做完全是听从内心的召唤，并不是刻意做慈善。大家都说：好人好报。我深以为然，忍不也说了一段神奇。

在苏格兰，有一个叫费莱明的农夫，有一天，他在田里稼穑正酣，忽然听到有小孩儿的哭救声，他知道不远处有泥淖，急忙飞奔过去，从死神手中抢回了孩子。之后，他已经完全忘记了这事，直到一个绅士模样的人找了来，要报答他，他并不接受。这时候，农夫的儿子恰巧回家，绅士便提议带走农夫的儿子，给这孩子最好的教育，一定使他成长为一个令他父亲骄傲的人。农夫答应了。后来，这个孩子成为了大名鼎鼎的费莱明·亚历山大爵士，他因发明盘尼西林（青霉素）而获得诺贝尔奖。这还没完呢，再后来，盘尼西林拯救了绅士患肺炎儿子的生命，这个儿子就是提前结束二战推手重要力量之一的英国前首相丘吉尔。

众人唏嘘不已。

佛家讲六道轮回，善恶有报，且不说来世，即便是今生，农夫的善举，改变了社会太多，解救的苍生无以为计。我们虽然把握不了乾坤或是命运，但是一点善心足以改变我们的内心世界。

·何事长戚戚·

历史上有过许多令人作呕的小人，首当其冲的是春秋楚平王时的太子少傅费无忌。费无忌被平王派到秦国替太子建迎娶秦女孟嬴，见孟嬴美若天人，他就辜负太子，娶孟嬴入了平王后宫，他也留在了平王身边。他担心太子将来即位对他不利，便不断构陷太子，逼得太子逃亡，客死郑国。他又诱杀了太子太傅伍奢及其长子伍尚，伍奢次子伍员（伍子胥）带着太子嫡子胜，险过韶关，一夜愁白了发。伍员奔吴，辅佐阖闾称霸，五次兴兵伐楚，攻陷楚郢，掘平王墓，鞭尸复仇。因私利点燃硝烟战火致使生灵涂炭的费无忌被灭族，强楚从此开始走向了衰落。

秦朝有个赵高，原是赵国人，精通狱法、书法，深得秦始皇赏识，被赐中车府令（负责皇帝车马管理和出行的随驾官员），辅教皇幼子胡亥。公元前210年7月，始皇死于出游途中，赵高秘不发丧，勾结丞相李斯伪诏改立胡亥，杀长子扶苏、十二公子、十公主及大将军蒙恬、右丞相冯去疾等人。胡亥即位，赵高为郎中令（皇帝近臣高官），又杀李斯，独揽朝政，指鹿为马，横征暴敛，滥杀无辜，又杀二世，再立子婴（扶苏的儿子），后为子婴所杀，累及三族。

钟会，魏国重要谋士、将军。钟会与哥哥钟毓自幼才华横溢，英名远播。一次见文帝时，哥哥大汗淋漓而钟会坦然无惧，文帝问时，哥哥说 “战战惶惶，汗出如浆。”钟会说：“战战栗栗，汗不敢出。”文帝大加赞赏。才高并不是他的错，只因仰望嵇康的才华，又攀会不得，耿耿于怀地便起了害心，使集文学家，思想家、音乐家于一身的嵇康华美的生命如昙花突现般枯萎。后来，钟会反叛事败被杀，年仅40岁。

东汉时，执掌朝政的大将军梁商的儿子梁冀，仗其国舅身份，欺压良善，无恶不作。洛阳县令吕放因在拜望梁商时说了梁冀任上敲诈勒索、贪赃枉法的劣迹，被梁冀怀恨暗杀。因怕被父亲怀疑，梁冀就提请吕放的弟弟吕禹继任，又追捕其宗族亲友中可疑者，冤杀百余人。梁商死后，梁冀承袭军职，专权朝野，使顺帝处处受制，仅30多岁就郁郁而终。梁冀弃长立8岁刘缵为质帝，幼帝因称其为“跋扈将军”而遭毒害，他再强立蠡吾侯为桓帝，并嫁妹为后。梁冀横行的20多年间，残害忠良，强霸民财，草菅人命，又拥兵自重，祸乱皇宫，纵亲为虐，恶贯满盈。梁冀最终被桓帝收回兵权降为都乡侯，不久畏罪自杀，家财全部充公，田宅无数分济贫民。

周兴，武则天重用酷吏之一，创多种酷刑，滥杀无辜达数千人。天授二年(691)，周兴被告谋反，武则天令另一酷吏、自己政争中鹰犬来俊臣审问周兴。来俊臣问周兴："囚多不服罪，奈何？"周兴顺口说道："装囚入大瓮，四周烧炭炙之，必服。"于是，来俊臣命人取来大瓮，在四周用炭烧，对周兴说："请君入瓮"，周兴叩头服罪。因在铲除唐氏等政敌中对自己的忠心，武则天轻处周兴流配岭南，途中，周兴被仇家杀死。来俊臣杀人更甚，小案动辄株连千人，得罪了皇室宗亲，武则天一保再保仍在劫难逃，来俊臣被杀后，其尸首肺腑被百姓挖尽。

小人太多，举不胜举，但毋庸置疑的是，他们只有一个共同的结局，那就是不得善终。既然这样，为什么小人们还要前赴后继地疲于为非作歹呢？这让我想起了柳宗元讲的一个寓言故事《蝜蝂传》。蝜蝂是一种极其小的黑色虫子，它遇见东西就要据为己有，背在身上，它的背很涩，背上的东西不容易掉下来，于是，越堆越多的负重就把他累趴下了，人可怜它，帮他取下东西，可是它又继续持取不已。它还喜欢登高，拼尽了全力也不停止，最后坠地而亡。这虫子够傻，贪起来不要命，没有登高的本领，还要拼命往上爬。小人的本性是不是就像这虫子，本事不强，又贪婪成性。

对于"小人"，余秋雨先生曾作过深入的研究，在《历史的暗角》一文中，余先生把小人分为恶奴型、乞丐型、流氓型及文痞型，并归结出小人见不得美好，见不得权力，不怕麻烦，胆小而凶狠等等多种特征，分析深刻透彻，读来令人拍案。

可恨的是，小人们所为的那些见不得人的恶事，小则残害无辜，大则祸国殃民，或嫉妒或愤恨的根由皆因他们膨胀的一己私欲。小人作恶之时，从来也没有想过，他们的卑劣、恶毒也在为他们自己一点点地挖掘着走向灭亡的穴墓，因为他们那点能耐，最终控制不了事件发展的局面，即便侥幸逃过惩处，那一张丑恶的嘴脸也会被牢牢地钉在历史的耻辱柱上，永遭后人的唾弃与鞭笞，就像被铸成铁身跪缚的秦桧夫妇。而他们绞尽脑汁、蝇营狗苟奸诈来的奢腐，只能浮华一时，一个人最该有的内心的安宁与静好，他们永远都无法走近，正所谓“君子坦荡荡，小人长戚戚”。

佛理讲，众生依善恶二业，三世因果，六道轮回。天道、人道、阿修罗道为“三善道”，畜生道、饿鬼道、地狱道为“三恶道”，其中陷饿鬼道的众生皆因生前谄诳恶作所报。此道三类九种，多受饥饿折磨，比如无财鬼中的焰口鬼，口出火焰，得食化灰，终没得吃；针咽鬼腹如山，咽如针，岂不急煞人也。再比如，少财鬼只能得少量的饮食，偶得厕坑粪秽，已是山珍海味了，哎呀，实在恶心。而且，他们随生处而受其形，不得自由，又见水成脓，饥渴不得，常被刀杖驱逼，还享以人间一月为一日计的五百岁寿辰。即便是去了畜生道，胎、卵、湿、化四生中的任一种，必经流血而死。坠入地狱道更是火冰刀剑诸多刑具加身，永不间歇，单是热沸屎河中的利嘴蛆虫，体内穿梭，痛何以堪？读到这里的时候曾窃笑小人们一定不曾听说过这回事，否则，他们是不是会有所顾忌地考虑收敛一点害人的祸心，要不然以他们从头到脚都是心眼的超强精力和无良昧心，岂不是没有机会逃离生生世世的无边苦海了。

有点杞人忧天，自私的奸宄小人们才不去管什么来生，就说现世吧，表面上他们风光玲珑，但是你看他，官大不过梁冀，才高难及钟会，无耻料不可比费无忌，再狠毒也没地方让他学来俊臣和周兴，到头来能怎么样呢？自刨其墓而已。其实，他们也很忙、很累、很烦、很忧、很怕、很恨，天天发着牢骚，也不见得他们会快乐到哪儿，所以，千万别去羡慕小人。

小人之心，邪不可测，小人之行，无所不涉，他们就像旷野的豺狼，说不准哪一程，就悄然尾随了来。那么，一旦遇到了，心中也不必惧怕，怀中揣鬼的是它，点燃火把，照一照，怕光亮的它一定会遁逃而去。不敬礼，不循道，不懂耻，没有人格，泯没仁心的谗佞小人哪敢以真实面孔示人？不过，别屑于和小人有过多的纠缠，谁也没有小人那么多的时间和精力，就让他占着那点便宜，糗在自己泥淖里，战战兢兢、不可终日地臭美好了，久了，自然会应了那句话：多行不义必自毙。

毕竟，绝大多数的人所心仪、所仰望的，都是美好。

>>>
黄岛海边

第五辑

>>>

乡关何处

·童年的过错·

童年有过许多的错，最不能原谅自己的是长久心存对父母深深的责怨，一直以为他们不在乎我们，没有让我们拥有一个快乐美好的童年。

孤独的童年在北京度过。

上世纪60年代，远离故土北京、支援陕北建设的父母在榆林恋爱、结婚，相继有了我们姐弟仨。最初，父母的工作单位不在一个县，我随外祖父母，大弟寄养在陕北当地农村，小弟弟跟着祖父母，一家五口，多年天各一方。

童年的记忆中有外祖母的歌谣和温暖的怀抱，外祖母用来给我梳头蘸水的细瓷小碗儿里的水清亮地闪着细碎的粼光；有外祖父带回的冰棍、小人书和两只手抓都抓不过来的包着各色漂亮彩纸的水果糖；有小姨的吻，小姨被我逗乐的笑声和被我气哭的抽泣……就是没有父母，那是空白。

5岁的时候外祖母去世了，因为没有北京户口，我不能入托。每天，外祖父上班就锁我在7平米昏暗的小屋，寂寞与恐惧充满房屋的每一个角落，时时袭击着我幼小而忐忑的心。没什么玩具，翻腻了破旧的小人书，看烦了灰朦朦的天。天窗太小，看不到飞鸟。飘逸的云朵，去来自由，没有束缚。冰凉的雨水溅进来，打湿我的视野。后墙的窗台上避雨的花猫冲着我“喵喵喵”，不知是可怜我还是可怜它自己，我也没办法，打不开那扇高高的天窗。屋子顶棚上的老鼠会准时“吱吱”地打闹，这个时候就担心放在那上边的外祖母的骨灰盒会不会被打翻。瘆瘆地，好恐慌，好无助，我爬上床，把头埋进床角的被子垛里，在“小静没妈妈，小静没爸爸”自言自语的呢喃中睡去。

外祖父下班回来我才有跟伙伴们玩耍的机会。常听伙伴们讲外面世界的精彩，就求外祖父带我出去玩。可外祖父的工作没有星期天，实在被求不过了，外祖父便把我送进月坛公园的阅览室，嘱咐我别乱跑，下班时他来接我。老在阅览室看书，坐得屁股疼，就跑了出来。好玩的真不少——可是骑木马挤不上，荡秋千没人推，溜滑梯吧，好不容易排队到跟前，没人接，不敢溜，被有父母召唤的孩子一路抢过去，没有人帮我，还被人欺负。伤心和失落的我不能忍受别的小朋友开心的笑，托着两行泪水，5岁的我，孑然一人，凭着记忆，一路踟蹰地回到家，坐在门台等外祖父，竟一直等到天黑。原来，外祖父下班去月坛公园接我，却怎么都找不到，无奈，和管理人员一起报了案，回家等消息，他万万想不到，这么远的路我竟能自己回来。老人家喜之极，又恨得牙痒，朝我脸上就是一巴掌，打得我火冒金星，摔倒在门角。这晚，我没缠外祖父给我讲故事，乖乖地上床，装着睡着了，外祖父用湿毛巾给我敷脸，他的老泪一滴一滴地落在我的脸上，热热的。他从来舍不得打我，这次我并不怨他，在我心灵深处，怨的是父母。从此，外祖父上班，我就又被深锁在了四合院的小屋。

我并不想得到伙伴们那些令人羡慕的玩具和漂亮衣服，只盼望能够偎依在父母身旁，听到父母的声音，这是我每天都在编织的梦。

记忆中，有过一次母亲温暖的怀抱，是母亲回家为外祖母奔丧那年。母亲坐在小凳上，把我搂在怀里，用脸蹭着我的小鼻子，她呼吸的热浪，一股一股缓缓地涌进我的身躯，温暖弥漫在周身。在那一刹那，我残损的心终于被缝补一新，那是多么的甜蜜啊！母亲伏在我耳畔悄悄地说："你知道妈妈给你带什么好吃的了吗？"我知道是大红枣，是我唯一可以向伙伴们显摆炫耀的大红枣，因为外祖父说枫叶红了的时候，陕北的枣也开始红了，妈妈就会带大红枣回来看我。外祖父被我缠得烦的时候还会说，去，门口等你妈去。哼，我才不去呢，骗人。枫叶又没红，红了也不是一定会回来，我知道那是怎么望也望不来的，怎么等也等不到的。但只要他们回来必带着枣，还拿去送亲戚，我亲耳听过亲戚说："老起虫子，还老往来拿这破枣儿。"我恨恨地瞪着她们，可也没有办法改变父母的意愿，因为我和父母并不熟。在母亲怀里，只是觉得她很亲近，并不好意思撒娇，也不敢笑语。我害羞地盯着母亲慈爱的眼睛，不知为什么一下子挣脱了那好想呆的怀抱。我跑回屋子翻着母亲的行李包，找红枣吃，有些花花绿绿的小票子，新新的，纸质很好，非常漂亮，我情不自禁地悄悄拿了几张，藏了起来，不想却惹下了祸。那是一张张5市斤的全国通用粮票，是母亲省吃俭用以两倍的陕西地方粮票换了路上应急的，加上钱，那就是一个人近半个月的口粮。那个年代，没有粮票就没有饭吃，地方粮票只能在本地使用，一张全国通用粮票的价值可想而知。母亲急着找，从我的裤兜里翻了出来，她大发雷霆，满院子追着打我，我唯一甜蜜的怀抱也烟消云散了。

说来，我的境况是我们姐弟仨中最好的。后祖母是祖父续娶的上海人，脾气乖戾，语言又不通，对小弟非常苛刻，大弟的养父母是陕北清涧十里铺村成分最好、生活最穷苦的人家，把大弟养得面黄肌瘦，体质极差。我们学龄陆续来临，一家人才陆续地登上了共同的生命方舟。

我是被母亲骗到陕北的。她说带我去吃一种很甜的红面，其实就是高粱面，这对吃腻了难咽的小米饭、窝头的我来说实在是一种诱惑。我便和外祖父说好过两天就回来，而这一走，竟成永别。

陕西的日子并不好过。父母工作很忙，常常下乡，对我们要求极严，时常把我们锁在家里做作业，还要做许多如烧火、挑水、煮饭、洗碗等家务，并不能像其他孩子无忧无虑地玩耍，我们姐弟仨都贪玩调皮，犯错挨打是常事。邻居们都说我们父母不疼爱孩子，也觉得小伙伴都比我们快乐，有时我们为“父母最亲谁”争得面红耳赤。

屋檐下，一双燕子口衔枯草河泥，往返筑巢，日复一日、不知疲倦。4周后，他们又疲于奔命，寻食吐哺。它们的幸福是我怕看的神话般情爱的展现。

不一样的语言环境，不能懂的地方剧种，甚至从父辈就开始遭遇的排外、嫉妒里，长大漫长而神速，每天的压抑如四周的大山，让人喘不过气来，我骨子里开始一寸寸地沁入孤僻、冷漠和脆弱。更加伪装不一样的自己，出演着一个又一个隐藏自卑与张扬个性的剧目。

渴望逃离，渴望有一个自己的家。终于有了自己孩子的时候，曾发誓要好好地爱家爱孩子。

然而，产假期满，誓言便不攻自破。两人都忙，各有事业，女儿几岁的时候就说出她是多余的累赘，为什么要生她的悲言。作为媒体人，我集采、编、播、制、审与一身，无暇顾及孩子，撇开了家，拖垮了身体，20多年的艰辛，其付出绝非常人所想。爬出荣誉堆，我眯着布满血丝困涩的眼，一次次累倒的我，并不想被人称作女强人，只因了这份应尽的责任。而对女儿的责任呢？对家庭的责任呢？对父母的责任呢？

3岁的女儿爱唱《世上只有妈妈好》，怨自己晚上没能等上妈妈回来，早上没能赶在妈妈走前醒来，几天都看不到妈妈。我无法兑现给女儿的一次次诺言，在她的眼里，我是个骗子的角色。我也不能把握事业与家庭天平的倾斜度，我逐渐体验着父母年轻时的不易。尤其是面对女儿伤心的哭泣，潸然泪下之余，我始知劬劳之恩。而父母的爱从来都如涓流，清澈而无尽，一点点冲刷着我日久蒙尘的心。

回家晚了，在母亲的热炕头，吃一碗母亲做的热腾腾的打卤面；面对突如其来的采访任务，将家和孩子扔给母亲；满负荷地超常规地工作后，我可以安心地瘫在炕上，不问家事，以蓄力应对明天的来临，那每一个都如同打仗的明天。雨夜加班，泥泞中母亲送雨具和外套到工作间；特别难忘的是月子里照顾我们一家人的生活，因为有伤口，孩子夜哭我无法起来安抚，一个炕上的婆婆都鼾睡不醒，一个院住的母亲却起来急急地拍门。多得没处搁的获奖证书，被父亲当做我事业的成功，兴奋的是他，严肃地叮嘱我要戒骄戒躁的也是他。我的鲜花和掌声，正是来自父母悄无声息的爱的支撑。

回想起来，父母的爱其实一直就在身边，只是年少愚昧，不解幸福滋味。两岁的时候，父亲一个人带我路过石家庄时，哭闹自不必说，他为给我解馋，特地买了一大盘红烧肉，整整八大片，父亲舍不得吃，愣是看着我的小嘴吃下了所有的肉，还舔了一脸的汤汁。读初中的时候，我不幸患疾，是流行性急性黄胆肝炎，比较危急，父母一起早晚守在医院，眼睛都熬红了。我想吃蛋炒饭，父亲跟邻居借了两个鸡蛋，炒了满满一大碗香喷喷的白米蛋炒饭，我闻了半天才吃，父亲以为我嫌膻，内疚地对我说，家里只有羊油了，凑合着吃吧。至今清晰地记得父亲歉意的目光。他知道我不爱吃羊油，可他哪里知道我是故意多次找有病的同学玩儿，专门和人家合吃东西，就是想被传染，只为了能够多拥有一点他们的关注和爱怜。身体康复后，母亲特地带我回京检查，才安下心来，童年无知，不仅给经济拮据的父母造成了更大的生活困难，其间还遭到亲戚的躲避，让母亲因我而饱受难堪。

父母每一、二年要往返于铁道线上回京探亲，好不容易有点积蓄都修了铁路，支援了国家建设。母亲体弱多病，常年吃药打针，加上我们上学、全家生活花费，他俩每人37.50元的工资入不敷出，发下来还完账，所剩无几，然后再跟单位借钱，日子总是紧巴巴的，从没有过宽裕，但我们都吃得饱，穿得暖，长得壮。

父母以自己的满腔热忱和无悔信念铸就了今生我们都难以企及的业绩，他们有退休金，生活完全自理，不拖我们的后腿，带大了外孙女、孙女带孙子。在他们攒钱为我们买房，甚至一个个小屋换大屋，旧车换新车之后，只有父母还在不停地租房、搬家，都嘴上说给他们买房，多少年过去了，还是老父自己外面奔波挣回来真正属于他们自己的房产。母亲晕倒受伤，父亲住院手术，我都不在他们身边。相反，哪个孩子有了困难，就去找他们寻求资助……操不完的心，想不完的事，而各忙各的我们，除了一次次地打击，又给过他们多少真正的关心和体贴呢？怨这怨那，愧又有多少呢？

感谢父母，孕育了我们生命，也给予了我们做人的优秀品格，使我们自小就不同于周围的同龄人，我们善良明理，真诚独立；我们果敢思变，无畏坚毅；我们不惧生活深海波涛的汹涌，因为早有父母为我们奋身而启的航行风帆……

檐下的幼燕已在迫不及待地展翅试飞，想飞出父母一往情深的守候目光。该是燕子南迁的季节了。传说，燕子南迁时要飞越辽阔无际的大江，飞到这里，老燕已无力再飞了，要靠雏燕驮过江去。

一直在想，檐下的那双燕子只育得一个孩子，他们如何过得江去？女儿说，驮妈妈一程，再来驮爸爸呀！

>>>

先后离开清涧电视台的原主持人（左起贺娟 刘涛 岳静 贺桃）首次相聚全市诗歌朗诵会舞台

·荧屏故事·

生命中见到的第一台电视机是在姥爷的单位——北京广播事业局。电视很小，黑白的，里面的人能说话，会唱歌跳舞，是当时见到的最神奇的东西。

母亲曾工作的蚕种场，70年代末效益很好，职工福利待遇高，是小县最早买电视机的单位。因母亲老家在北京，又搞出纳工作，所以特地选派母亲去办，母亲回京找关系买好电视后，被安排坐飞机把电视带回来。那个年代坐飞机可是件大事，母亲沾了金贵的电视机的光，不知有多少人羡慕呢，母亲后来还为多家单位买过电视机。

电视机是被夹道迎回来的，尺寸很大，黑白的，熊猫牌，被放在了一个高高的为它特制的电视柜子里，平时上着锁，有专人负责，只有在周末或假日的晚上才打开来看。

后来，离开蚕种场，搬家到父亲的单位林业局，就跑到不远的畜牧站去年看《血疑》，每次看完，眼睛都会哭肿。山口百惠的歌声至今一直记得，她和三浦友和一对金童玉女饰演男女主角的不朽爱恋，在我情窦初开的时候，带给了我对爱情的无限神往。

电视连续剧《霍元甲》热播的时候，万人空巷，孩子们把播出之前的像如“长城电扇，电扇长城”、“西铁城手表，为您报时”、“燕舞，燕舞，一曲歌来一片情”等等广告词倒背如流。那时父亲单位已有了电视，而且有一个时期，我拿着电视柜的钥匙。不论迟早，只要我拿着折叠椅出来，就会有欢呼声，很多人都等着那一刻，其中好多周围村子的农民和他们的孩子，会议室里的人黑压压的一片，但会给我让出最好的位置。不过每遇停电或是信号不好时，就很麻烦，微调不起什么作用的话，要去楼顶扭转天线杆，忙活半天，电视节目只剩个尾巴，能急死人。唉，小小的荧屏真是让人欢喜让人忧啊。

电视机大举进入普通家庭是80年代末的事。我家的电视机是父亲背回来的，机箱上缠裹着一层层的绒毯。父亲神情庄重地摆好电视，仔细调试，并声明不许我们动。那时热播的是《渴望》、《四世同堂》、《红楼梦》等优秀剧目，看电视剧是一天里很重要的一件事，看春晚更甚，其中的每一首歌和每部电视剧或电影的插曲都会红遍大江南北。

与荧屏的缘还在于做了贫困小县第一代电视播音员。最初的节目制作是两台录像机连接对剪，灯光是两根三角木架上固定4根竖起的日光灯管，没有提词器，所有节目主持词录播前都得背下来，一遍不行两遍，两遍不行三遍，一定要把自己最好的状态展现给大家。正是从这小小的荧屏，观众很快认知了我，认可了我，经济的落后，并不影响热情观众对我的喜爱。我也在这方寸之间一天天成长，从台前到幕后，把欢声笑语和资讯信息送到万户千家。如今的演播大厅灯火辉煌，电视节目从制作到播出全部实现了数字化。电视机也早已更新换代，大尺寸的背投、液晶和等离子电视也不算稀奇了，电视信号从模拟到数字，频道由一、两个变为百余个，并入网络，点播回放，但是，再没有谁会对着电视机而痴狂了。

细数年华，几十年匆匆而过，瞑目思量，自己人生最美好的年华正是那些与荧屏共度的时光。有关荧屏的故事还有很多，那些酸甜苦辣的点滴，不仅唤回了往日的欢乐，也见证了国家的社会发展和科技进步。

·远去的快乐桑园·

幼时曾在清涧蚕种场住了些年，那地界，幅员宽广，桑林无边，整天和伙伴们在桑园里撒野，四季都不寂寞，私得的妙趣，酸甜至今。

春天在发芽

小县栽桑养蚕历史悠久，缫丝业兴盛发达，曾是陕西省15个蚕桑基地县之一，建于1958年的清涧蚕种场，在陕北是第一家，场里有远自深圳、成都等地的外来优秀技术人才，致力革新，改良品种，年产蚕种上万张，除了自给外，还供向周边县区，带动了多县蚕桑业的发展。在绵延数公里层层桑林的怀抱中，蚕种场房鳞次栉比，高大杨树四周环立，又有良田纵横，美池相嵌，场家自力更生，养猪羊、种蔬果、办食堂，穑夫耕耘，职工劳作，各司其职，怡然自乐，他们拥有着许多别人羡慕的福利和困难年代里难得的幸福时光。

蚕种场职工子弟众多，上学或放学回家，孩子们相继穿梭、奔跑在蜿蜒的桑林山道，与相闻的鸡犬遥遥呼应。春天来了，桑树芽蘖暴青，枝桠滋茂，远远望去，点点嫩黄、星星新绿，朦胧着勃勃生机，催发着一颗颗骚动不安、日趋叛逆的心芽。

北方的春，风多暖迟，五月时分，绿才层层弥漫桑园，春渐渐成熟，采叶大军开始轮番进驻，蚕事繁盛起来。经过催青的蚕蚁就在这个时候被送到温暖暗湿的小蚕室，品尝剪碎的最新鲜的头茬细嫩桑叶。蚕宝宝们几天一蜕皮，蜕一层，就大一龄，到4龄的宝宝，一改纤弱线蚁身姿，已白白胖胖，就可以移宫大蚕室了。

原以为大蚕室很大，小蚕室很小，不想，大蚕室是大龄蚕的家。蚕宝宝能有机会来到大蚕室，是要经过技术员选种、配种、制种、催青以及小蚕室饲养的重重选拔，着实不易。蚕室足有几百平方米，窗户宽敞，玻璃明亮，阳光充足。在一排排多层竹或木质架上的硕大藤编笸箩里，蚕宝宝们黑的头眼和白的腰身隐现于参差的片片轻盈翠绿之间，体态婀娜，沉稳优雅。它们数足腾挪，或是环抱着叶片边缘，啃噬停不下来，频率不一的咀嚼声过滤了伙伴的叫喊和吵闹，那一刻，倾听它们窸窸窣窣的如歌如诉，心仿佛被什么牵扽，突然就安静下来。在技术员叔叔阿姨身后，帮着查看温度、消毒加湿、添叶清污，不亦乐乎。每次离开，回望水泥地板上留下的一串串大大小小、重重叠叠、沾着白灰的湿脚印，就开始期待着明天早一点来临。

还不过瘾的话，捉几只好成活的四龄蚕回家，自己养在小纸盒里，用从大蚕室学的技术细心照顾它们。养它们在家，竟然更加惦记，吃饭、睡觉都不安稳，一放下书包就迫不及待地给它们添加刚采回的新叶，甚至夜里也忍不住一次次地起来看它们，以至早上不能按时起床，上学迟到。这样捱了两周，发现它们不再吃东西了，胸腹变得极薄透亮，高高地仰起头胸，左摇右摆，又排出一颗颗墨绿的蚕砂。一阵惊喜，知道它们已经到了五龄末期，被喂熟了。赶紧把它们放进准备好的蔟具，它们就迫不及待地开始吐丝营茧了，丝网缭绕了每个角落，有两天两夜的光景，一个个雪白或鹅黄的茧子就呈现在了眼前。忍不住想看看里面的景致，就用小刀在茧的一头削开一个窟窿，里面是黄褐色的蛹，它再次脱皮!倒出来看，它的腹部有个“X”的字样，母的，它快要做妈妈了，摸一摸它的大肚子，软绵绵的，依原样再放回去，它竟一点点地封了洞口，几天后，它用唾液化开另一处，破茧而出，羽化为蛾，它们一一相继出茧。雌蛾尾部有特殊的气味，雄蛾寻觅着翩跹而至，它们辗转悱恻，缠绵交尾……雌蛾用整整一个晚上的时间，在蚕纸上稀稀拉拉产下了不足百个白色卵粒（经技术员选种配种的蚕的产卵率在600—700个/每张）。生下宝宝后，蚕爸爸和妈妈的嘴退化得没法吃东西了，气息恹恹地守着和家人的最后时刻。先是雄蛾力竭，在雌蛾身边慢慢死去，继而雌蛾也缱绻而终，突然对雌蛾引诱雄蛾的“邪恶”而愤然。就这样无奈地、眼睁睁地看着它们一点点悄无声息地离开这个世界，它们一定看到了我难过的泪水，感受到了我无助的目光。

不是说“春蚕到死丝方尽”么，而丝尽了，蚕还要成蛹化蛾，繁育后代，承受更大的磨难。第一次完整地见证生命的成长和完结，有着莫名的悲哀，伤心难抑。父亲喜欢蚕的勤奋努力、坚持不懈。一只蚕的生命不过几十天，却给了我们穿的真丝、吃的蛋白，甚至粪便都被人们做成了清热败火的蚕砂睡枕。他说，它们离去时留下了数不清的众多孩子继续为人们做贡献，它们的生命得到了延续，我们应该高兴。那个春天，春蚕给了我关于生命的最早启蒙。

那时候，听不懂父亲说的他和母亲总有一天都会离我们而去，还要求我们尽可能多地掌握生活技能，我们不以为然，并且日日幻想要研制长生不老药，使父母能和我们永远在一起。然而，在自己和父母聚少离多、忙碌不堪的工作生活中，渐渐感知着父母在一天天地老去，感知着与他们共度的每一寸光阴都显得那么的弥足珍贵。假若，假若真的那一天来临，父母不在了，我会为自己是他们生命的延续而自豪，我会快乐地走向他们等我的那个地方，和他们厮守生生世世，不再离分。

为了让他们的心头充满欣慰，我便不敢让自己的生命颓废。

缤纷盛夏

夏天里，经过春伐的桑树轻松了许多，它们和脚下的小草一起撒欢疯长起来，许多不知名的小鸟栖息枝头，和我们一样不愿午睡，喋喋不休，那就一起捉迷藏好啦，我们甚至爬上树去捣乱它们，让它们不断盘旋，不给它们聊天恋爱、垒窝筑巢的机会。

桑椹红了，桑园的景象更加繁忙。抢收回笼所有的桑叶，仅靠场里的几十名工人是远远不够的，需要大量聘用周围村庄的农民季节工。政府号召“人人栽桑，户户养蚕”、“队队实现百亩桑”，但并未真正落到实处，所以桑叶紧俏，桑园里偷摘桑叶现象严重，必须有专人负责看护。职工家属和孩子们自发上阵，我们就是小小的看护队员，每天放学，书包一扔就扎进桑园，边吃桑椹边巡逻，偶尔逮到“挖社会主义墙角”的人，决不放过，小小年纪，竟恶煞凶神一般。

说起桑椹，酸酸甜甜的，真是好吃。猪场南墙外有两颗高大威武的桑树，果熟得早，个头特别大，味道也更甜，一定是旁边一堆堆猪粪沤喂的缘故。每年，两颗树上早早地就挂着不怕臭不嫌熏的贪嘴孩子，等不到红透，桑椹就被生生地青摘了，吃得忘情，就忘了上学、写作业的时间。在家长和老师三令五申之下，仍难抵桑园的诱惑，只是桑椹没法偷吃，只要吃，手指、唇齿就被染紫晕红，尤其是雪白的衬衫，一沾上就洗不掉，有时衣兜里纸包着的桑椹已被压破挤烂还硬着头皮说谎，难免会挨批挨剋，不过，看看周围的小伙伴，谁的白衬衫没有几朵斑驳的殷红呢。

暑假的早晨，最好的去处是排排窑洞北边的菜园子，不必说翠绿的黄瓜，烂漫的金针，紫艳的茄子，青红相间的青椒，仅番茄就有红黄粉多色、各式品种，个个鲜嫩，让人爱不释手。随便拣个儿大的摘吃，咬一口，酸甜的汁液就流一嘴一手一胳膊，哪像现在的番茄，干瘪得没有丁点的水分，多久都熬煮不烂。

中午晒得要死，男孩子们一个猛子就扎进大大的蓄水池。池子蓄满了灌溉用水，池边有台阶一级级顺延而下到池底，堤上围坐、打闹着的净是光屁股男孩儿，女孩子只好远远地避开，等到男孩们玩够了，心痒的女孩才有去堤边洗脚的份儿。太热了，还有个冰窖可以钻进去，那是存放蚕种的冷库，像巨大冰箱，外面越热，里面就越凉爽，走在里面，马灯光影憧憧，四周黢黑透凉，瘆得发慌，平时听的鬼怪故事，会接二连三地窜出来，有一惊一乍的小伙伴儿故意吓人，听得肉皮发麻，头发竖直。可孩子爱逞能，即使害怕，也没人肯退缩。

晚饭后，手扶拖拉机司机冯叔叔带着我们在食堂旁边的空地开出一垄菜圃，教我们种菜豆，粒粒种子在一双双小手的摆弄中，入土、发芽、开花、结荚，就是玩儿，不想竟绿绿的一畦，虽然稀疏，支架上还能引来叽喳的燕雀，叶茎上也有舞蹈的肥绿毛毛虫，相信它们直到被采摘，都如我们一样的快乐。夏天的傍晚，也会坐在门口的小凳上，边看夕阳一点点藏起脑袋，边等蒋叔叔放羊归来，他总有一些山货带给我们姐弟，野梨、桃李或是用草叶、枝条编织的动物形玩具，甚至有鸟蛋和灰色的小野兔，也有据说可以治疗我们尿床的青涩木瓜。窗台下有个石床，蒋叔叔就坐在那先歇歇脚，喝点儿水，讲些山里发生的可以让我们入梦的趣事。这个时候，不必写作业也不必挨打。小时候调皮，总是挨打，想不起为什么，总之跑也不对，跳也不对，吵闹更不行，只有写作业最安全，但这个时候光线已经暗了下来，又不到点灯的点儿，便是最自由的时刻。

珍藏秋实

陕北的秋，秋风柔情万种，秋雨缱绻从容，秋实富足四溢，秋的芳香浓酽得像开坛的陈年老酒。

每年秋收之后，蚕种场全体职员和家属必定在食堂会餐，品尝自己一年耕耘的收获。老南瓜、大红薯和玉米棒子小山似的堆在10多张大大的圆桌上，香甜诱人。种猪现宰，肉被卤得酱色橘红，就着石磨的新麦面蒸馍最能镇住肚里的小馋虫。一碗滚烫的新米米汤入肚，面红耳赤，人们不由得兴奋了起来，大人们说的高兴了就唱，孩子们闹得起劲了就哭，人声鼎沸，熙熙攘攘。这顿大餐不收饭票，尽饱吃，规定只能吃，不能拿。可是，吃饱喝足后，孩子们无一例外地照旧把玉米粒掰成一溜一溜的，揣进衣兜，中饱私囊。

香，第二天还蕴藉在嘴边。厨师郝爷爷、惠叔叔做的高粱、玉米面蒸黄、发糕喧腾腾、甜滋滋；大烩菜色味俱全，白的菜帮、绿的菜叶、黄的土豆、红的辣油，再漂一、两块的肥肉片子，香辣可口，在平时，两分钱一大盆，足够一家人吃，那感觉，就像相声里说的落难皇上吃到了“珍珠翡翠白玉汤”一样，令人回味。

有一年秋天，来了一个拉练的连队，足有一、二百人，吃住训练都在蚕种场。不懂什么是拉练，听音生义，以为是拉一个什么链子，到处找铁链子或是绳索，总也找不到，就像听老师讲“黑暗的旧社会”，便认为旧社会的人都生活在没有日头的无边黑暗中。

想不起这支部队的番号了，他们待我们姐弟极好，经常提水拎柴搬煤帮助我们。他们住在大蚕室，吃睡都在地上，但伙食标准很高，每一餐都有我们非常艳羡的大肉、青菜和大米饭，早餐也有几个小菜。要是赶上他们开饭，不管我们是不是吃过了，一定会给我们盛上一碗解馋。午休的时候，最爱往他们那里跑，给他们表演武术或是歌舞后，就偎在他们的地铺上，听他们讲军旅故事。父母不让我们多去，怕影响“军事行动”，但我们管不住自己的腿脚，真切地体验着军民的鱼水深情。而且，天天能和最可爱的人——解放军叔叔在一起，看着他们站岗放哨、拭弹擦枪，还能坐他们的大解放汽车去兜风，真是神气死了，不知有多少同学羡慕呢！

两个月后，这支部队开拔了，不知去了哪里，他们身背钢枪，端站在军车上，向送行的职工、家属致礼，挥手惜别。载着战士们，军车一点点远去，直至路的尽头，转了弯，再也看不见了。人群散去了，而我仍独自朝着他们离去的方向凝望，仿佛还能听到车轮碾过厚厚白杨落叶的声音。手心冒着汗，紧握在手中的是一个小战士送给我的一枚崭新的红五星，它在阳光下闪耀着刺眼的光芒，让视线变得朦胧不清，鼻尖开始滴着酸虫。红星让我想起与解放军叔叔们一起有过的每一种神奇与惊喜，它就像种子一样，在我心里深深地埋下了参军报国、杀敌立功的志向！虽因小城没有女兵名额而不能着一身戎装上战场，但一颗不爱红装爱武装的心至今未曾改变。

已不记得他们的名字和模样了，也不知他们身在何方，是否安好，但一直感谢他们给予我生命的红色梦想。

守望冬雪

冬天，桑园里横柯凋零，疏条肃穆，可玩的不多。天好而又无风的时候，我们和泥维修鸡舍兔窝，给它们续好过冬的细软绒草，也会打羽毛球到湿透了衣裳，或是去后山和出来觅食的野兔赛跑。倘若下雪，打雪仗，堆雪人，或是做盏冰灯，偶尔也会照着鲁迅先生在百草园里用过的办法来逮麻雀，但都劳而无获。

最有意思的要数看工人们下河采冰。那时候，河面宽阔，河水很深，冰层坚实。他们脱掉厚重的大氅，挽起袖子，甩开膀子，握着钢钎，抡着大锤，没有丝毫犹豫地向坚冰开战。他们手上的血一层层地凝固又一层层地渗出，胳臂上尽是被冰碴划破的伤口，但他们全然不顾。凿出的冰块大都两三尺见方，一块块地抬上拖拉机，搬进冷库码齐，好在夏天冷藏蚕种。我们就在他们的视野之内溜自己的小冰车，搬运小冰块。

一次，我们从冰河里回来，冷得直奔暖和又有吃食的灶房，围在宽宽的窜着红红火苗的灶口烤手，旁边煨着的好几块白薯干儿和玉米黄儿，大家分食下了肚还觉得意犹未尽，我就在腌菜的大瓮里翻找自己喜欢吃的酸萝卜，架不住伙伴们的争抢，就跑出灶房，自己吃独食。

突然有个声音说“擦一下手。”

不知身后有人，被吓了一跳，是平时一起玩儿的小伙伴儿，他递给我一块白静的手绢。我赶紧接过来，一边擦手，一边猜想他是不是看到了我不雅的吃相。手上被冻裂的密密麻麻的口子被盐水一浸，突然间觉得很疼，他注意到了，立即褪下手上的手套给我，我没有接。

他姓陈，大我一、二岁，英俊的懵懂少年。他的眼睛炯炯有神，像是会说话，说着我不懂他也不懂的话。我凝望着，他也凝望着，冰清而纯真的一望之间，时间、思维仿佛都被凝固了，不知为什么，瞬间我就跑开了，不肯要那双手套。不久，男孩随父母远离了清涧，回了故乡四川。那几天，父亲送我去县文化馆学拉小提琴，小提琴“吱吱”作响，吵得人心烦意乱，我便趁父亲不在时溜走了，父亲认为我不喜欢也就不强求，没再送我去过。那个冬季，天总是不停地落雪，无边的雪塬上，桑园一片玉洁。尽管心底曾是那么地渴望，却再也没有见过男孩的身影。40年了，记忆中男孩的容貌早已尽失，而男孩的眼神依然清澈。

还常常想起那位老师，他是个外地人，操着我听不懂的南方口音，人极好，随和又有耐心，可惜被我无端地错过了向他学习的缘分，我竟宁肯去隔壁的照相馆，看摄影师傅一笔笔地给相片上的口唇描红。人生中，有多少的遗憾和追悔莫及，像时光、像真爱、像机缘，在还不懂得把握的时候已经悄然离失了。

再去看我的桑园时，已芳叶难寻，落英无迹了。不幸的桑林似乎在一夜之间消失殆尽，取而代之的是林立的私产。决策者拥有至高的权力，说砍掉桑园，桑园就真的不见了；说种植烤烟，烤烟就绵延千里，哪怕枯萎或是病死。奇怪的是，烤烟也不知所踪，在小县支撑产业红枣年年霉烂无收而丝绸价格一路攀升的际遇下，依靠斗志、奉献、牺牲建立起的一些信念在土崩瓦解，残垣破败得像那个干涸见底的蓄水池，野草蔓悴，蛙音不再，散发着隳然荒芜的气息，而那些团结向上，亲善友爱的精神，一定还活跃在人们的记忆深处，他们一心革命，不谋己私，未置田宅，却无怨无悔。

如梦桑园，今已不在，而当年的快乐，永远留在了我的心中。

·昨夜元夕·

前些天，在广场玩儿的女儿做了漂亮雪孩儿，巴掌大，宝贝似的举在手里，要拿回家放在窗外，迎接元宵节和她的生日，不想下车时被车门碰碎了，我和孩子一样心疼不已。

我儿时也热衷于堆雪人，每年都盼望着有大雪，更大的雪。还记得有一年元宵节，雪特别的大，我和伙伴们堆的雪人硕大无比。它的头，是我们爬上窑顶，用干净的雪滚到再不能大，几个人抬着，费了九牛二虎之力安装在雪人身上的。雪人浓眉大眼，黑发红唇，举着扫把，背着黄挎包，身上还嵌着煤渣做的衣扣，憨态可掬，但它在已入春的日光里很快就化了，无助地看着它一点点地消融，很伤心很无奈。好在儿时的元宵节，节目繁多，一闹腾起来，就忘了一切。

正月十五比大年夜更热闹，过了这一天，就要开学了，所以常常被我们闹成最后的疯狂。春节期间熬夜多，早上起得很晚，在母亲不断地喊着“太阳晒屁股了”的催促声中，我们姐弟仍赖在被窝里。要是偶尔从窗口瞥见外面银装素裹地换了世界，便迫不及待地奔向了雪场，堆雪人、打雪仗，手脸冻得通红也不亦乐乎，父母被吵得不耐烦了，就喊我们回家吃元宵。

那时，周围的人家不见吃元宵，开始，我们从北京往过带，因路途遥远，元宵有时变质了。后来，父亲就自己做。他先把糯米浸水湿透滤干待潮，在磨上碾碎成粉，晾在笸箩里，再把白糖熬成糖稀，放进细碎的核桃仁、青红丝和炒熟的芝麻、花生米，冷却后，切成小方丁做馅儿，馅儿上沾了水，就在笸箩里摇啊摇，摇啊摇，摇成元宵，下滚水里煮到都漂起来，起锅入碗，谁要是能猜出父亲现编的谜语，会得到奖励，吃更多的元宵。

中午，陆续有秧歌队来表演。各秧歌队大多集结一帮爱好者，自发组织，无报酬，凭兴趣。从初五开始，每天三、五家的秧歌到各单位轮番拜年演出，十五这天达到最盛，后来零星的秧歌队演出演变成了每年的全县秧歌汇演。单位大都派专人接待，条件好的拿出两瓶酒两条烟答谢。围看的人水泄不通，我们挤在人群中，跟着看，瞎起哄。看得痒痒了，也自己组织队伍，编排节目，自娱自乐，几年下来，竟慢慢地形成了气候，常给父亲的单位表演，我是策划、导演兼主持，也是绝对的台柱子，参加小合唱，表演歌舞、武术，还清晰地记得当年自己编导演出《唱支山歌给党听》的样子。来观看的职工挤得满满的，也有周边的村民，他们不时和我们互动，忍不住的就上台也露一手，气氛热烈。

晚饭和年夜饭一样的隆重，也要七碟子八碗，还要赶早。饭后，我们趁天黑前抓紧时间打扑克。我家的扑克牌很特别，是父亲自己画的，像花中四君子，大虾、熊猫等动物都被画得栩栩如生。那是一些废旧的塑料洗相纸，透着淡淡的天蓝色，非常漂亮，能抖出清脆的声响，也撕揉不破，跟了我们许多年。

天色向晚，我们就提了父亲扎做的纸灯或是冰灯去院里点鞭炮、放烟花。俩弟弟调皮，变着花样，把炮仗插进石缝煤堆，塞进药瓶竹管，或是登高吓人，“无恶不作”，直至大弟眼睛受伤。我只把掼炮摔得远远的，从不敢靠近二踢脚等重量级装备。

平常的晚上，大人不让出门，这晚，县上集中燃放大型焰火，还有灯展灯谜，就打着幌子，偷偷去见初恋情人。印象中，这天很少有灯月相依，总是风翻雪覆，但风再大，也挡不住情窦初开的心。而柳没绿，人未约，想见心上的人，没那么容易。脚步不自主地随着人潮流动，真遇“蓦然回首，那人却在灯火阑珊处”的奇迹，也一时心慌不知所措，来不及言语就错过了，只能顺着他手指的方向，费劲地挤出人海。在人稀背光的小巷，迟疑的手终于被他拉起，腿坚定地跟着他欢雀奔跑，要去哪里并不确定。我们溜进熟悉的校园，隐藏于一个教室的外墙角，他脱下外套，环围起我的周身，拒弥漫风沙于世外。他捧着我的脸，不说一句话。我听得见自己心脏的狂跳，紧张得几乎要昏厥，他的唇冰冷而灼热……初吻，心痒而窒息。风忽然停了下来，不时有焰火划亮夜空。我看见，在他的明亮的大眼睛里，焰火次第绽放，炫丽，盛美。然而，玉漏相催，灯火未尽，看不清漫天飞舞的是灰还是雪，转眼已不见了去年人。

一切如昨。再少有那样大的雪，也少有那样真的趣了。日月匆匆，带不走的那些情，因为太短，而倍显凄美和珍贵，就像烟花燃过，余烬满地，璀璨的美只在刹那，而对这刹那的追忆却会把青丝，一点点染成霜白，直到变成记忆中的那些雪孩。

·清明憾事·

清明时节，总听身边的人在说去祭奠某个亲人，见他们去时拎满了纸火茶点，回来时哭红了一双眼，便很羡慕他们，我心中也有想祭奠的人，却没有这样的去处。

曾看见一位妇人，在清明节的河畔燃起纸火，哭得很凄惨，引来人围观，有知情者说，她的儿子去山西煤矿打工，乘坐的渡船倾覆了，没人生还，尸首无回，她每年都在河畔为儿子招魂。

这让我又想起姥爷。

姥爷有5个孩子，大舅在那10年中不明不白地被人谋害致死，二舅因武斗获罪入狱，刑期20年，母亲、三舅和小姨分别远在陕北、新疆和东北支边，姥姥去世得又早，他的悲痛与深寂无人能解，所幸有我曾在他身边陪伴他走过那些孤独而艰难的岁月。

在我7岁要入学的时候，因没有北京户口，又不准借读，只好离开北京，随父母到陕北。我们走的那天，我和母亲坐上了平板车，周围堆放着我们的行李。就要动身了，却不见姥爷，因为家里再没有其他亲人，显得很寥落。

姥爷为什么不来送我们呢？我不甘心地想。我假装口渴，不顾一切地跳下车，回屋看姥爷在做什么。

只见姥爷什么也没做，背朝里，就坐在床边。我生气地奔向八仙桌的茶盘，端起那个盛凉开水的天蓝色搪瓷壶，对着壶嘴儿“咕嘟，咕嘟”一气猛喝。我故意弄出很大的响声，并用眼角偷偷地看姥爷。很奇怪，姥爷仍不看我，却抬起右手，做了一个令我每次回想都心悸的动作——他在默默地擦泪。

现在懂了，姥爷舍不得我走，却又无力回天，他不得不强压自己的情感，无声地噙着泪水。而年幼的我，一下子充满了恐惧，不知如何是好，竟什么都没说，立刻逃离了那里，奔向了并不熟悉的母亲的身旁。这成为我心口永远的痛，因为从此，我再也没有见过抚育我整整7年的姥爷，再也没有机会安慰老人，哪怕是哄他说“我会回来看您的”也好啊！

4年后，姥爷去世了。当时，母亲因我们姐弟仨衣食无着，无法回京奔丧，父亲回去代母亲料理姥爷的后事。

隐约地听大人们讲，姥爷的晚年很悲惨。那时，小姨已经返城回京，并已结婚生子，她和姥爷住在一起。屋太小，外面接出了半间，姥爷就住在这半间，小姨夫视鸽如命，他饲养的几十余只鸽子使环境卫生条件极差，加之小姨夫脾气不好，姥爷也是刚强之人，其间一定有许多摩擦。最为悲哀的是姥爷悄然而逝之时，身边竟没有一个儿子为他收气。姥爷过世后，二舅和父亲也没有在公墓给姥爷置一个牌位，而是将姥爷火化的骨灰在山脚找了个没有人看管的地方随便掩埋了，如今已魂不知处。

很理解那个年代的贫穷，但仍觉得太对不住姥爷。

姥爷是最疼我的，他下班回来为我洗脸、洗脚、做饭、缝衣，陪我翻花绳、捉迷藏，给我讲老掉牙的故事。姥爷手上因我被马蜂蜇了又不让敷药，在偷着给我涂药时而被我咬破的伤痕；姥爷因责打闯祸的我而滴在我脸上懊悔而温热的老泪；姥爷牵我走在小街合欢树下的大手和那弥漫花香的夜晚一一涌上心头……在那些缺少父怜母爱的日子里，这一切曾给了我无比的温暖。

记忆的小巷，往事如沙，随阵阵尘风而起，落叶婆娑，绵绵不绝，像姥爷对我的诉说。小巷的尽头，姥爷终于缓缓，缓缓地，抬脚而去。而他的音容笑貌，滋润我的成长至今。姥爷默默地操劳了一生，他的克己、他的勤奋、他的坚强深深地教化着我，还将伴我一路向前。

又是清明时节了。陕北有吃摊黄、捏燕雀的习俗，但我知道，有华人的地方就有在这一天祭奠亡灵、追忆先祖的传统。而我，只有莫名的心痛。

总想起那个老妇人为儿子在河畔燃起的纸火，想起那笼罩在夕阳里灰絮翻飞的傍晚，还有寒鸦凄惨的呼喊。据说，河水都是相通相连的，她的牵挂与祈愿，儿子总会听到。

我又该去哪里向姥爷细说心中的思念和遗憾呢？就于月下焚一炷心香吧，让那冥想中的清烟缭绕，带着我的哀思和祝福升腾，抵达姥爷居住的遍植黄花白草的遥远天国。

·父母支边纪事·

上世纪60年代，为响应国家号召，16名北京姑娘小伙儿从皇城根儿来到“祖国最需要的地方”——大漠榆林，支援边区建设，我的父母也在其中，满族后裔的他们，在黄土高原的天地之间，一干就是40年。他们传授新技术、传递新思想、传播新文化，忘我工作，无私奉献，退休后才回到已经陌生的故里，而榆林，始终是他们心底永远萦绕不息的歌、奔腾不已的河，榆林的进步让他们牵挂，榆林的发展令他们振奋，因为这片热土曾使他们豪情万丈，是他们战天斗地的难忘地方。

寻找父母的工作生活故迹，作为子女，我深以他们为傲。他们不仅有着辉煌的骄人业绩，也有着广博的人脉。回京已经20年了，他们还常常被周围的人们记起、挂念、问询和夸赞，我还时常受惠于他们当年累积的荫泽。在我疲惫孤独的时候，乡愁深重的时刻，我更愿意理解为自己是父母在陕北培育的一树质坚叶茂的国槐，每天站在高高的陕北，向京城方向眺望，依季开洁白的花穗，结碧翠的珠荚，秉持他们坚守的信念，并一同镌刻他们在这块土地上挥洒火热激情的岁月记忆……

红心向党

父亲岳德荟，是林业工程师，与林木打了一辈子的交道。1963年，父亲就职北京西山试验林场，1965年离京援陕，来到最贫困的陕北清涧，从事林业研究推广工作。他历任清涧县林业站站长、绿化办主任、林业局副局长、政协科教文委主任，把一生最美好的青春年华献给了大西北的林业建设。母亲也来自北京同一林场，后来改行做财会工作，退休在清涧县林木种苗站助理会计师岗位。从工作积极分子到退到幕后，以支持父亲工作为主，她都兢兢业业、一丝不苟。母亲唯一的遗憾就是尽管再努力，都不能通过复杂社会关系层层外调的政审，始终没能入党，但她的一生都在践行着党员的标准，是最积极、最拥护共产党的党外人士……

那是1964年底，国家林业部门在延安召开西北5省水土保持工作会议，成立黄河治理委员会，确定在西北黄河流域选100个县建立林业站，组成治黄大军，“治理黄河，保持水土，改造生态环境”。时任林业部长的惠中权（清涧人）力荐北京西山林场技术工人担当赴陕重任。西山林场是一个以造林和森林经营、管理为主的生态公益型国有林场，建于1952年，隶属北京市林业局，下属7个分场，拥有职工7000余人。经过西山林场6个造林队的选拔抽调，74名技术员脱颖而出，父母有幸名列其中。奔赴大西北，去革命圣地战斗的激情充盈在年轻的林业工作者心中！

1965年1月8日清晨，浩浩荡荡的支边大军带着首都人民的深情厚谊，整装开拔，时任北京市农林局长的李莉同志特地前往人山人海的北京火车站送行。呼啸的凛冽里，亲人惜别，汽笛催发，车轮无情地碾过鼎沸的呼喊，驰进寒风。整个车厢，呜咽悄然而起……随着列车的滚滚飞奔，悲情渐渐被积极响应国家支援边区建设号召的满腔热忱所融化，大孩子们“要把荒山变成花果山，要给祖国披上绿衣裳”的豪迈誓言和《毛主席的战士最听党的话》《打靶回来》《祖国处处赛江南》等嘹亮歌声此起彼伏地响彻在途经的祖国大地的上空。20多个小时后的第二天上午，他们来到了陕西西安，下榻解放饭店。陕西接待方面负责人主持召开会议，省调干处主任代表省政府作了讲话，热情洋溢地欢迎大家，工作人员宣读安排方案，风华正茂的姑娘、小伙儿们被分派到宝鸡、咸阳、渭南、延安和榆林5个地区。西安休整两天后，大家珍重道别，互相鼓励，前往各地。曾并肩的战友这一别，有的人彻底失去了联系，有的人永远地埋进了厚重的三秦大地。我的父母恰巧同属榆林，赴榆的又恰巧8男8女，他们中有3对走到一起，组建了家庭。他们先到铜川，然后乘坐两天半的长途汽车至榆林。山道崎岖颠簸，许多人晕车呕吐，但他们仍一路欢歌，一路憧憬。他们在延安和绥德各住一晚，第三天中午1点多终于到达了地处毛乌素沙漠南缘的驼城榆林——这个北风呼啸、狂沙乱作，让他们连日来无限神往却又贫瘠得超乎想象的地方。其中只有女大学生王静涛（曾受党和国家领导人接见）留在了地区，其余都被分配到米脂、绥德、清涧及榆林县，他们像种子一样播撒到了广袤的榆林大地，扎根在了黄土高原的最深处。刚刚相识的父母分别赶赴清涧、绥德，迫不及待地投身到了植树造林、治理荒山的伟大事业中。

艰苦奋斗

在广阔的天地，19岁的父亲，朝气蓬勃，意气风发，每天和农民同吃同住同劳动，经常夜战，有时，晚上也开会或学习。早晚8点的两餐，大多是米粒少得可怜的稀饭和咸菜，偶尔会有用烂枣和枣核儿磨碎、翻炒，再兑入米汤冲拌的面糊，干涩得难以下咽。稀饭管饱喝，但消化得太快，一天到晚饿得发慌。还在长身体的父亲不仅营养不良，休息也不足，每天只能睡几个小时……但是，父亲和周围的农民朋友们打得火热，教他们写字、唱歌、绘画、摔跤、游泳、说普通话，还给他们说、写故事；农民教他干地里的活、唱山汉的酸曲、喝自家人酿的米酒，其他还好，就是这陕北话，他总也学不好。他被农民朴素的情感所包围、所激励，所以有着冲天的干劲。条件异常的艰苦，但被人称为北京娃的父亲，从未退缩，没说过苦，还写下了“我训黄河，奔赴到陕西，投身革命雄心立，中华红心儿女，黄龙恶卷泥沙，怎识身旁群雄，今日植树遍野，明日叫你变清”的豪言壮语。也想家，他聊写“霜染翠，叶已稀。大雁南去，晓夜着寒衣，场上打谷众人嘻，唢呐喧天，谁家引新媳。谷堆边独寻觅，稻香青龙（父亲幼时居住北京海淀区颐和园附近的青龙桥出产颇具盛名的京西水稻），不闻高原旅，佳年两相忆。不出穷山，安解愁人意”的词句来慰乡愁。也迷茫，他避开纷繁的武斗，带着雨衣进山，把雨衣铺在大树坑里，躲起来读书。

母亲一直羸弱多病，阴亏肾虚，血压超低，肠胃疾病久医不愈，都是她年轻时拼命工作落下的病根儿。

母亲兄弟姐妹5人，除了已经工作的大舅，其他3个已经先去了东北、新疆等地支边、下放，按政策，她是要留下来照顾年迈双亲的，但她多番请示不成就倔强地偷出户口本，背着家人注销了北京户口，还做了咬破手指挥写血书的壮举，终于打动了场部负责人，她梦想成真了，而她的二老，尤其是她患病的母亲却无所依了。

初到绥德县农村的母亲不会握锹，拉不紧夯绳，拍不齐埂垄，不知眼里悄悄地淌了多少泪珠，手脚磨破了多少血泡。母亲争强好胜，怕完不成任务延误大家的进度，就不午休赶时间，天黑了，还挑着马灯继续大干，从没有拖过组队的后腿。母亲和父亲结婚后，工作调动到了清涧，相继有了我和两个弟弟，都寄养、雇奶在外，不在她身边，直到读书年龄。她仍拼命地劳动，身体变得多病而敏感，给她的工作生活带来很大的困扰。来陕北没多久，母亲的阑尾发炎被切除；母亲肠胃不好，吃不得杂粮，又没细粮吃，常常胃酸、痉挛得呕吐，严重时疼痛难忍，满炕打滚儿；母亲肾虚导致全身肿胀，风湿病魔使指关节变形；体弱的缘故，母亲背柴，从山崖摔滚到沟底，拉煤途中，手推车侧翻，压伤了她的头部；因营养不良性贫血，母亲从窑顶跌下，砸断窑掩石后坠落在堆满干枯酸枣枝的废石阶上，通身扎遍长长的尖刺，血痕密布……从此，落下了脑震荡后遗症，但毕竟挽回了生命。为了赶会议，母亲曾从义合步行60多华里山路赶往县林业站，一跨进大门，整个人就累瘫了，坐在门槛儿上，一步也走不动了。有一次，劳累过度的母亲晕倒在杨家洼生产队的打坝工地，被当地老乡送到满堂川公社卫生所救治了两天，仍高烧不退，昏迷不醒，又被转到县医院治疗。恰此时，母亲单位接到了北京电报，我的外婆病危，怕母亲遭受打击加重病情，他们就通知了正在下乡的父亲，父亲搭不到便车，步行了70多里路来到母亲的身边，婉转地劝通母亲回京治疗。他们拦了一辆去石家庄的卡车，辗转多天，待回家时，见到的已是外婆的骨灰了。母亲深抱被外婆养大的我，恸哭不已，那时我太小，并不懂得打在我脸上冰冷的泪水含着多少无法弥补的遗憾与悲痛。但有一点非常地奇怪、令人费解，母亲古稀之年，身体硬朗，吃饭香、睡眠好，很少生病，骨密度比我们都要高得多，她说得益于年轻时的生产劳动，是第二故乡清涧给了她幸福的晚年。

怅惘忧思

最初的新鲜劲儿和血泡钻心的疼痛过去之后，远离家乡、举目无亲的离愁一天天袭来，不仅如此，最痛苦的是他们深陷了对信仰的日渐迷茫和为国担忧的困惑之中，自己景仰的人一批批被打倒，有所了解的身边的人被批斗，路线被否决，专业工作被懈怠，不可思议的事接连发生。

>>>
1965年1月14日父（二排左二）母（三排右一）等北京西山林场支边青年于榆林地区治沙局

>>>
（左）女儿和她的宝贝

（右）2014年底第二次蹲守西安校对《百年榆林影像》期间与多年未见的父亲偶遇

运动轰轰烈烈，而父亲只想做好本职工作。他远离政治，不参加任何派别，可被强行划入造反派。父亲从不骂人打人，但他还是觉得自己在社教中做了错事。所谓“社教”，即社会主义教育，一个个社教工作组进驻每一个生产队，宣传、贯彻党和国家的政治路线、政策方针，批判当权派，实质就是队干部靠边站，工作组指导工作生产。在第二期社教中，父亲所在的社教小组来到了榆林县杏墕生产大队，负责人刘组长向组员宣布了上面下达深挖贪污2000斤粮食和2000元钱的指标，并要求一定要完成任务！工作组先入户访贫问苦，组织最穷的人（大都是好逸恶劳者）成立贫协，召开社员大会揭批队干，贫协的人出于各种原因和目的，针对队干恶毒捏造，肆意揭发，工作组很容易就整理出了想要的队干犯罪材料。提审中，队干拒不承认，工作组就不间断地轮番审讯，几天下来，队干困乏得支撑不住了，就说自己偷了粮食，趁大家打场休息时偷的。当时的政策是“一捆三绑”，有人偷，得有地方丢，且数额须相投，工作组没有办法一一落实，为此一筹莫展。父亲心知队干是被冤枉的，有意为他解脱，也不忍心看着他继续被折磨，就出主意再召开社员大会，会上相互对质，真有问题，就会有结果。不成想，会上的情况完全与父亲的意料相左，经授意的一些人说打场休息回来发现丢了粮食，就是感觉丢了，但粮食还没过秤，说不上丢了多少，甚嚣尘上，许多人都附和地跟着摁了手印。一切问题迎刃而解，工作组结案，完成了任务。至今，父亲都觉得是自己帮了倒忙，害了那位队干，深为不安。

1963年初中毕业于北京第67中的父亲因继母虐待，不能继续学业，但父亲天资聪慧，不断自学，而读书越多，父亲就越苦恼焦灼。1970年的一天，百无聊赖的父亲为打发闲时，拿竹子做了一把滋水枪，见室友也是最谈得来的朋友王崇喜（关中支边人员）从外面回来，就把门关住，用水枪朝他滋去，王崇喜便找来脸盆盛水隔窗往里泼，还未脱孩子气的他们隔着窗打了一回水仗，直到父亲室内的水用完，才结束战斗。窗户纸全湿了，他们又一起糊窗户，聊天。他俩都认为社会动乱不堪，对未来的生活充满了疑惑，但他们没有地方去询问、去探讨，憋得难受了，他俩就忍不住悄悄地说一些心里话。这样的话，只能和最信任的人去谈，一旦泄露，马上会被打成现行反革命。他们生活在政治的旋涡中，想逃都逃不开……

好在父母彼此拥有着对方。父母相识于由京赴陕的路上，次年又在榆林社教培训时意外重逢，同在异乡为异客的情感，很容易让他们惺惺相惜，环境艰难，离乡苦闷，但他们沉浸在甜蜜的爱情里，忘记了工作的繁重和生活的困顿。

绿树常青

初到高原，父亲的眼里是望不尽的穷山恶水，成片林少得可怜，让“秃岭变青山”就成为了父亲最朴素的梦想。父亲常年忙碌在基层一线的野外，跋山涉水，经寒历暑，和荒山斗，和风沙斗，和严冬斗，调研推广林业技术，指导发展林业生产，数十年不曾放弃他心中的绿色。回顾奋战在清涧山川的日日夜夜，让父亲引以为豪的除了漫山的碧绿，还有他促成的对清涧林业产业发展有影响的事件。

1967年，清涧大搞全民植树造林，并在全区率先办起了社办、联队办林场，父亲参与了43个林场的筹建工作，亲手起草了《林场管理办法》。林场成为了集体林业生产的典范，使全县林地面积迅速发展到54万亩，为地域林业的产业化发展奠定了坚实基础。

“文革”后期，农民私有树木被损毁没收殆尽，村民反映强烈，严重影响了群众生活和社会稳定，父亲多次向上反映，痛陈弊端，并提出整改措施方案，得到县上相关领导的肯定和支持，很快，他起草的《关于清查赔偿社员房前屋后零星林木的决定》以“清涧县革委会2号文件”形式下发全县，文件要求各公社全面彻查“文革”以来无偿砍伐、没收社员的私有树木，并全部返还，树木已不在的，从集体地块中选择相应的林木予以赔偿。政策的出台，维护了农民的利益，极大地调动了群众植树造林的积极性，为日后林地的承包创造了条件。

1975年起，父亲用两年多时间，先后两次在双庙河公社惠家园大队长期蹲点调研，写出了《以粮为纲，全面发展》的调查报告，在大力发展农业，不惜砍伐大片林地、摧毁水利设施等错误做法的大环境下，旗帜鲜明地鼓吹水利、林业、畜牧并重的重要性，大胆提出全面发展思路，极具前瞻性和正确性（改革后国家出台的退耕还林政策可佐证），《榆林报》以多半版的篇幅全文刊出，在社会上引起了强烈反响，得到县上领导的高度重视。

清涧是中国红枣之乡，红枣品质久负盛名，但枣农生产靠天吃饭，且红枣生长周期长、季节性强，虫害严重，每年霉腐虫蛀的红枣无以计数，效益极低，因此，加强枣林管理，提高红枣价值，转变经济结构，增加枣农收入，迫在眉睫。经过多地考察，父亲就红枣深加工的规模化、产业化发展向县政府提出了自己独到的见解，得到领导的认可。时任清涧县副县长的高治民同志曾多次找我的父亲谈话，建议他领办红枣加工企业，县上将倾斜政策，给予大力扶持，出于工作方面的原因，又不懂经济，加之自己是外地人的现状，考虑再三，父亲选择了继续留在林业岗位，该企业遂决定由团县委负责承办（清涧巨鹰枣业企业前身）。父亲虽然与这一机遇和挑战失之交臂，但他的思路直接催生了清涧红枣深加工产业初级发展模式的形成。

身为清涧县第二、三、四届政协委员的父亲通过协商、提案等渠道，积极反映社情民意，为清涧林业的发展做出了贡献。经过调研和考察，1987年5月，父亲在县政协二届一次会议上提交了《关于山楂引种和刺槐间伐改造的建议》，被政府采纳。不久，父亲精心组织的引种技术实验获得成功，并在全县推广，为清涧林业产业结构调整起到了积极作用。80年代初，农村生产体制变革，林权变更，管理粗放，境内林木被毁严重。作为业务主管副局长的父亲心急如焚，先后多次到县政府专题汇报。1988年3月，在县政协二届二次会议上，父亲撰写了“关于严查毁林事件”的提案，根据该提案建议，县政府立即将5月份定为“全县查处毁林案件突击月”，当年共查处相关案件173件，有力地遏制了乱砍滥伐歪风，有效地保护了林木资源。红枣是清涧的铁杆庄稼，70年代发端于黄河、无定河流域枣区的枣疯病渐成蔓延之势，枣林面积大幅减少，枣农收入直线下降，父亲以极大的热情奔走相告，大声疾呼，并向县政协三届委员会提交了有关“防治枣疯病”的提案，提出防治建议和措施，引起了县委政府的高度重视，在随后的县三级干部会上，父亲被安排作了专题发言。虽然根治枣疯病仍是摆在红枣科研工作者面前的一道难关，但由于县上及时组织了林业科技人员赶赴枣区，引导枣农进行整治，控制了病害继续蔓延趋势，挽救了大部分枣林，巩固了红枣林木面积，使红枣产值损失降到了最低。

父亲扎实的工作作风和权威的专业技术为他赢得了领导的信任和群众的支持。1989年3月，父亲被破格任命为林业工程师，享受知识分子待遇，并从文书岗位被擢用为正科级职务的林业站站长。在长期的工作实践中，父亲因贡献突出，先后获得“榆林市绿化杯先进个人”、“绿化陕西大地贡献奖”等数十次省市县的表彰奖励；1987年，父亲执笔的《清涧县林业区划报告》获陕西省农业科技优秀成果三等奖；1991年和1992年，父亲两次被国家林业部授予“绿色长城奖”和“三北防护林体系工程建设先进工作者”称号。

目睹了父亲荣誉背后太多的艰辛与坚韧，无眠与憔悴，包括他遭受的政治排挤与打压，心疼他承受的沉重，也理解他拼搏的不易，好在父亲能够释然一切。父亲博览群书，善于思考，擅长文体，天文地理、历史文学无所不知，且记忆极强。那时的父亲经常出入县文化馆，和专业艺术人士（大都是外地人）探讨文艺创作和社会问题。他曾在陕西总工会组织的职工读书成才活动中荣获三等奖。工作之余，父亲结合国家大政方针、时代背景和发生在榆林的事件创作了大量的故事、小剧、相声等文艺作品，并在县区文艺期刊发表，参加地区文艺调演，多次获奖。在70年代的旧刊物《清涧文艺》上，我翻到了父亲创作的革命故事《春英》和信天游《毛主席，盲艺人永远跟着您》，我对他提及此事时，他感慨地说，都是工作之余大家在一起搞创作，因为喜欢，就不觉得累，积极性很高。他说非常惋惜的是，他曾经以一个生产队两位队干发展农业和发展经济的对立路线争锋为主题而创作的快板儿《两个队长》，由于思想性过于尖锐，未能发表，待到以经济建设为中心的改革开放扑面而来时，这个作品早已失去了意义。

常常钦佩于父辈对党和国家的忠诚不是停留于“早请示、晚汇报、跳忠字舞”等等形式上，他们信仰坚定，斗志昂扬，他们在艰苦里历练，在磨难中成长，在党和榆林父老的温暖中感恩，无论是对理想的献身，对事业的执著，还是对生活的明达，他们都是值得称颂的。父母不到20岁离开故乡北京，来到最贫困的地方榆林，以澎湃的激情真正和农民融和，共建山川，传技术，教文体（母亲也经常教唱歌、跳舞，并参加文艺演出），他们带来的不仅是自己的智慧和汗水，还有大背景下极具感染力和渗透力的魅力独特的异域文化。在那个偏执的年代，他们构筑了只属于自己的空间，一蓑风雨，两心相伴，无争亦无惧，所以，在许多年后的“说清楚会”上，很少有人能像父母那样，可以坦然，可以无愧。很多一起来的战友陆续离开了林业，离开了陕北，我的父母选择了坚持，为了这片贫穷而多情的土地，为了最初的梦想，他们赤胆忠心，矢志不渝，他们把火红而无悔的青春和鲜活而圣洁的灵魂献给了党和人民，献给了榆林大地。

退休后，父亲返京受聘于上市的北京东方园林生态股份有限公司，一干又是近20年。他以古稀之年仍穿梭于京津、秦鲁、冀蒙等省市的绿化项目，和小年轻一样熬夜加班，和甲方一起严格检查一草一木。奥运中心区工程中的连续超负荷工作，累得他腰间盘突出症加重，不得不住院做了手术，休养后，他又站在了新的工地……很多人不理解衣食无忧的他这么大岁数了还天南海北地奔波什么，其实，他大半辈子都在干这个行当，有经验，也喜欢，就图再为社会做点奉献，他说信仰与年龄无关。70岁生日前夕，他写了新诗：“浩气长舒牵彩霞，瑶池新制做人家。大爱之士人无老，自与天地共升华。”他自豪于自己是把天上的瑶池带到人间的工作者中的一员，他体验着赏心悦目的绿色给予人们的自然和谐之美，在市民的点赞中，他享受着极大的成就感，他在乎每一个工程，完工了，还流连他的作品，还会回去再看看。说他是国家建设时期惩山治水的英雄，或是奔向小康社会新征程中的城市美容师都不为过，他以儒家文化、家国情怀为支撑的坚定信念和敬业精神从未改变，他在继续着缘自陕北的绿色之梦，而且，他还说服他的外孙女以放弃高出一百多的高考分数，选学河北农大的风景园林专业，来接他的班，去秉承他未竟的事业。

时光飞逝，岁月不老，青山绿水，爱恋长存。如今，都已鬓皤如霜的父母，他们手植的树木已然参天，播种的绿荫日渐深浓，他们是否还想起那些枝枝叶叶的林木草丛之间，曾经闪现的他们的矫健身影，是否还记得，风雨中依稀飘过的那些年轻的歌声……

·母爱是心中升腾炊烟·

依在背阳的窗口可以看见母亲居住过的窑洞，那是我们住了很多年的家。想了母亲，便不由自主地走向窗台，向那个方向远眺，静望那些炊烟舞蹈的模样。

童年，寂寥而迷茫。由外祖父母照看的我，到了学龄，才来到陕北父母的身边。父母，虽然是朝思暮想，却总是疏而生畏，而对母亲，似乎天然有着一种格外的依恋。

家里姐弟三个，年龄相差无几，都在长身体，抢吃抢喝，而岁月艰苦，食物有限，吃饭就显得尤为重要。我爱吃菜，又挑佐料，常是炒熟菜，先给我盛出来，再放我不吃的葱姜蒜，一盛就是一小半，这让我每天都惦记着属于我的那一碗。放学后，最迫不及待的就是回家吃饭。一出高高的北城门，远远地就朝家的方向张望，看到有升腾的炊烟，就知道有母亲在家做饭，心便会踏实下来，脚却撒了欢，一路飞奔下长长的稍门坡。母亲的灶台是最整洁、秀气的，台炉飘出的味道也最令人迷恋。母亲做菜，地道的北京风味，与周邻的陕北饮食大相径庭。吃饭时间，上上下下大院里的人们端着饭碗聚在一起，在矮矮的院墙上，倾盖的树荫下，或蹲或站，讨论关心的时政，有时顾不得回家再盛饭，把空碗背在身后，陷入激烈的辩争，牛气的，自有家人送来。孩子们边追逐，边忙着你一筷子我一调羹地品尝别人碗里的饭菜，我从来不像他们那样，没有谁的家菜能比过我碗里的味道，这一点，我很骄傲。但父母很忙，经常下乡，有时晚上也不回家，这是最惨的时候，很急人，看着别人端着碗大快朵颐，自己还要想辙动手，咽咽涎水，鼻根一酸，眼泪也会不由自主地溢出来。被饥饿折磨过的人，才能体验到看见自家炊烟袅袅的幸福感。

吃惯了母亲做的饭菜，便舍弃不掉了这种独特的味道，以至于嫁人了，还是常常往母亲窑里跑，天天想蹭饭。1996年春，父母回京定居，又像20多年前生我而不能养我一样，无法带我同行，不同的是，遗我在北京换成了独留我在陕北。送父母走时，我哭成了泪人，一贯多愁善感，送不得人。自从1975年来到陕北，我再也没有离开过母亲，她回京也都是带着我，俩弟弟为这没少吃醋。那些天，一想起父母要离开我回京，泪就不停地流，不错，我的天要塌了。父母真的要离开陕北、离开我了，他们乘坐的红色小奥拓轿车里尽可能多地塞满他们仓促间收拾了又一再筛选的东西。4岁的女儿是母亲一手带大的，在我怀里，她没有半点悲情地对我说，“你妈不要你了，你还哭什么？”她的话更让我心碎，我不停地哭，仿佛要流尽今生的泪。丝毫不夸张，我的眼睛整整肿了两个月。春天的别意很伤人。

又是近20年一晃而过，期间，我被工作拴得很死，有可能几年都见不到父母，反而是他们回清涧来看我更多一些。特别是2014年，我工作调动，在榆林有了属于自己的居所后，母亲不顾年迈，专程赴榆，每天变着花样，为我做了近一个月的人间美味。母亲从小被家人宠大，原先并不会做菜，而且性格暴躁，因为父亲更忙，她便付出了更多的辛苦，渐渐轻车熟路，升任了家里的主厨，她的脾气也不知不觉地偃旗息鼓，像她年轻时过腰的粗黑发辫，不见了就再没有扎起来。

有母亲下厨，我便不会再贪念踊跐，推掉了所有饭局，只是下班仍旧很晚，心急火燎地往回赶，想尽早走进母亲窗口守候的视线。她掐着时间为我煮面、炒菜，还不让我进厨房，知道我累。那段时间正忙于文史工作近3000张老照片的分类整理、洗印张贴等繁杂事务，在那些早出晚归、酷暑炙烤的日子里，身背笔记本电脑、手提便携扫描仪，一下乡就是好几个月，一张一张地登门征集录入，一张一张地注图考证归档。《百年榆林影像》后记也开始动笔了，期间还穿插着各种政务和业务，会议、接待、调研等活动的筹备协调，各种公文材料的起草修正和文史资料的征编校对，还有我最头疼的稿费统计发放……每天的工作安排都写满了A4纸，如办公楼上空的满天繁星。长期繁重工作造成的身心疲惫显而易见，我尽管掩饰，还是瞒不过老妈——心疼我的也只有她了。时值颈椎病发作严重期，神经压迫得剧痛，胳膊抬不起来，腰椎疼痛也再次袭来，整夜无眠，却没时间诊疗。下班回家，就赶紧把自己挂坠在两把椅子中间止疼，一边看老妈在厨房里为我忙活，一边听她说，挣钱不是最重要的，我说不是，那点工资，干与不干都有。她又说当官也没用，我笑说当官就不用这么苦和累了。她情绪不对了，我才站起身告诉她，不是为当官，真的不是。都仲秋了，房里渗着阴湿的凉气，爱出汗的母亲还穿个小背心。她的手擀面细而匀，酱炸得香而鲜，筋道的面条吃一碗，疼痛和烦恼散掉了好多。我说，妈，天天想吃您擀的面，她掉头走开，不理我，母亲终究是无法天天为我擀面条的。走前，母亲又赶做出馄饨、包子、饺子、肉饼等等做起来耗时却是我爱吃的有馅食品存进冰箱，蓄满了牵挂与爱意。

和母亲并肩在机场大厅，我发现，曾经比我高的母亲竟然矮了我一些。听着她的絮语，边为她整理显露出来的白发，之前，她几次念叨着要染，一直忙得没顾上陪她去，愧意油生，不由紧握了她的手。母亲的手比我的热乎，走起路来也比我有劲儿，便说是她常跳舞锻炼的缘故，她说就是。想起了母亲常得意地发给我她的演出组图，忍不住夸她，她也说自己好棒，还说要坚持强身健体，好多陪你们几年。

飙泪不想让母亲看见，就催她快走。母亲进了安检口，不时地回过头来看我，做着让我回去的手势。视线尽头，母亲愈加的瘦小，她绿墨相间的外套松宽得晃晃荡荡，像她蔫软的肌肤。母亲转过了拐角，挺着微驼的背，拖着装满我五味思绪杂陈的皮箱。舍不得的绝不止是天厨妙味，她还带走了我的根。

每见炊烟随风而舞，莼鲈之思便会肆意萦纡。如今，砌不成灶

>>>
花海

台，不见了风箱，炊烟也钻进了烟机，但那些去而又往，被母亲的爱腼合的生活鲜美仍烹饪在心。从春到夏，母亲的青丝日渐泛满白花，即便是秋冬，也倔强地芬芳着我们的来路。岁月不老，母亲的心就不老。

又见炊烟，升腾在梦里，游离着栖迟的滋味，伴我的还有天外的月光，如同母亲的回眸。母亲等我在回乡的路，她美丽的发，依然夜色如瀑。

·烟尘往事·

武装之外

1965年1月，最寒冷的季节，父母响应毛主席支援边区建设的号召，怀揣理想和热忱从北京来到了塞北榆林。他们蓬勃如朝阳，干劲儿冲云天，和农民一样，日出顶着日头山里劳作，日落念着语录在公社开会学习。大多是稀饭、咸菜的早晚8点的两餐，要经过太阳从东绕到西的难耐等待，而肚子空空，丝毫难减他们理想信念的坚定和斗志豪情的飞扬。工地上红旗飘飘，人头攒动，他们扎着裤管，喊着号子，在田间山头挥汗如雨，有时肠腹痉挛不止，响动越来越大，他们腾不出手来按住它，就大声唱歌掩饰尴尬。母亲曾一天长途跋涉几十里山路，还累得晕倒在劳动工地。父亲也曾在沙漠里迷失方向，被困了整整三天三夜。手和脚上的水泡化脓、结痂，再痂破血流，疼痛钻心，锨锄难握，而最难过的关还要数思乡，离愁日渐沉重，心里的苦闷、困惑无处诉说。

英俊聪慧的父亲与美丽开朗的母亲相识于由京赴陕的路上，次年在榆林社教培训时恰巧重逢，意外的惊喜，短暂的相处，难舍的分别，是母亲大胆示爱，和父亲开始了鱼雁传情，在陕北黄土高原的溪堤柳岸、窑洞硷畔，都留了他们甜蜜的身影，直到结婚以后，母亲从绥德林业站调到了清涧，才结束了异地情恋。环境艰难，但爱情淡化了心绪的愁苦和工作的重压，以为一切都会好起来，不料新的政治运动轰轰烈烈扑面而来，颇有思想的父亲被强行划入“造反派”，相反，兼做播音工作的母亲被扣上了“保皇派”爪牙的帽子，“造反派”叫嚣要割了她的喉管，仓促之间，父亲带了母亲从“大联合司令部”大院翻墙而出，避开围追堵截，离开陕北，一路逃亡，历经艰险。在延安，他们遇到了岗卡的盘查，面对一个个荷枪实弹、黑洞洞的枪口，母亲惊慌失措，好在父亲提前编好了说辞，勉强混过关去。不想，“造反派”追到了太原火车站，躲在大树背阴里的母亲紧握着脱了帽的钢笔，做着最坏的打算，虚惊之后，他们返回了故乡，却不敢踏进家门，藏匿在郊外青龙桥父亲养母的家，这一住就是1年零8个月，直到有人告密遭拘，一周后，他们双双被遣返陕西，无奈地割舍了这段时间出生的我。

父亲13岁离家出走，他的养母收留了他。他养母的丈夫生前为京剧四大派系创始人之一的程砚秋先生跑龙套多年，获赠了程先生海淀区青龙桥处的宅第，她就守着这来来去去的10多间房子孀居数十年，带大了9个孩子（不算我父亲）和10多个孙子孙女及重孙。生我的时候，她大多的房产已被政府没收，我们一家3口和他们一大家子拥挤却快乐着。

这里位于北京最西端，紧挨着京密运河，与皇家园林颐和园毗邻，宜居且远离政治中心。父亲幼时常从泄水口潜进园子或是跳进门前的肖家河打鱼摸虾，肖家河曾流经专供皇家山区用水的玉泉山泉，主要功用是调节颐和园用水和灌溉周围久负盛名的京西稻田，1966年改建为京密运河。运河里，生长着大量的多品种鱼虾，母亲正需要营养，父亲几乎每天都去运河撒网垂钓，常常满载而归。有一次，因一条大鱼，父亲和他二哥险些被湍流卷进闸门。那条鱼太大了，撞破了网，父亲一路追游，抱住鱼肚，漂至闸口，危情在即，父亲只能一只手的手指死死抠住墙墩石缝，胸膛被鱼尾搧打得淤血一片……这条鱼被打上来的时候，整条街的孩子都跟在父亲的身后欢呼雀跃。几十斤的大鱼被放在大洗衣盆里，头尾高高地翘在外边，身子翻腾地挣扎，引来更多围观的人，父亲和八叔、九叔把大鱼分送给了前前后后的街坊们。那些日子，鱼很多，开始炸着煎着吃，没油了，就蒸着煮着吃，大碗大碗的鲫鱼汤养足了母亲的奶水，使我在母亲心境安逸的抚育下，被养得白白胖胖又结结实实。

许多年后，当80多岁高龄的干奶奶再讲我父亲当年打鱼的惊险时，仍唏嘘不已。父亲一边有滋有味地尝着他亲手烹调的鱼汤，一边说，生活就是条河，看似平静，其实暗流涌动，险象环生，一定要冷静地把握好方向，不能随波逐流，人生中有些东西，就像怀里的那条鱼，只要死死抓住不放，就不会失去。

心地善良与超然豁达给予了父母非凡的远见，在人人喊打、人人自危，身边人几乎都被洗脑、“武装”之外，他们坚守着自然朴素的信仰，安于经营自己难得的怡人自乐的一片小天地。坦然，正是父亲的一生所求。

血色黄昏

一直怕血，别人的血，缘于一个如血黄昏。

那时我4、5岁，跟姥爷住在北京阜成门南顺城街大喜胡同51和53号，四合院有东南两个门，院子挺大，6、7户人家，中间的开阔地带砌了大大的鱼池，浮游着大眼睛的金鱼和绿油油的水草。一个共用的自来水龙头，吸引着伙伴们玩儿水、滋水枪。后院门外老槐的硕冠盖过房顶，遮出好一大片荫凉，鸟儿们进进出出，和聒噪的蝉对擂着战鼓，树下的蚁穴被进进出出的繁忙拥堵着，蚍蜉撼树终究是痴心妄想。拐了弯不远处是西养马营电影院，总吵着要姥爷带我去那看样板戏。供应站在街当间儿，要跑好远，买什么都得排老长的队，最烦快吃饭了让我去打醋或是酱油。

一个很平常的黄昏，斜对过儿关上了院门。几个穿白衬衣、绿军裤的人在胡同里持械斗殴，他们着一样的装，长一样年轻帅气的脸，却狠命地撕打对方，好些人满脸是血。突然，一把刀，匕首一样的刀扎进了一个男孩右肩下的脊背，霎时，鲜血顺着刀刃汩汩地往下流，醒目的鲜红，染透了男孩的白衬衣。

一起在院门口跳房子的伙伴儿红莉被边奶奶喊回去洗手吃饭

了，我依着院门颤栗地看着他们，那么多的血。我想回去，腿脚发软，迈不开步，也喊不出声，一下瘫坐在了门槛上。受伤的男孩倒在了血泊中，打他的人陆续散去。他挣扎着，挣扎着站起来，用手够那刀，试了几次，都够不着。他看见了我，并朝这边走来，我惊愕地张大了嘴。他一步步走近我，径直进了院门，赴向了自来水管，他洗脸，洗手，洗衬衣的前襟，血，依然横流……

四合院里的人，照旧做着各自的事。等小姨回家吃饭的姥爷在八仙桌旁自斟自饮着小瓶二锅头，酒精浸红了他的脖颈，嘴里吐着难闻的气味；南屋的刘奶奶安详地给他老伴儿的玉米面饼抹着黄酱；北屋的边奶奶一边撮口吹气，一边往锅里下着两面面条儿，窗台上一溜地摆着面码，红皮水萝卜分外显眼；邢老三正给她的小闺女用粉红色的玻璃丝和细铁丝扎发卡；总眯缝着小眼睛的望天儿把他的酱紫色陀螺抽得疯狂地旋转……

男孩再次经过我身旁时，俯身扶着门框歇了一下，我听得见他沉重的呼吸。他无力地看了我一眼，身上的血水滴到了我泛着斑黄的白球鞋上。他有着和我一样无助的神情。我想帮他，可是因为畏惧，因为太小，帮不了他。在我的仰望里，他踉跄地扶着墙，一点点远去，留下了两行歪歪斜斜的湿脚印。

我不敢说话，也不敢再看他，不知道他会不会死。地上，到处是湿漉漉的血水，我就傻坐在那儿，用小手涂抹弄脏的鞋。为什么没有人来帮他？为什么姥爷还不喊我吃饭？童年无知，张着一双青涩而困惑的眼，看不懂世间。

常以为那是一段梦魇或是幻觉，可是，那天黄昏，透过槐荫，斑驳的残霞和满世界的血色是如此清晰而长久地投影在了我的心墙，始终剥离不去。

来去无常

那些年没有父母在身边，亲近我的人走了又走，使幼小的我过早地备尝着人间的孤独，体味着人生的来去无常。

先是疼我的姥姥撒手人寰。姥姥给我最深的记忆是为我梳头。她每天起来先给我穿衣洗脸，然后就拉我到床沿儿，等她蹑着小脚儿坐上床，盘起腿，便开始为我梳头。我的头发极多又硬，不好梳，姥姥怕揪疼我，总是在旁边放一小碗水用来蘸栊子，一边梳，一边还说着歌谣：“小小子儿，坐门墩儿，哭着喊着要媳妇儿。要媳妇儿干吗啊？点灯，说话儿，吹灯，就伴儿，明早上起来给小小子倒尿盆儿。”喜欢姥姥干皱的手滑过我的脸，很温柔。不记得姥姥得了什么病，忽然间就不见了她，好像再也没人给我梳头了。

姥姥的五个儿女都不在身边。母亲用了三天时间从老远的陕北回京奔丧，她一进门，我就爬上床去掀与我齐高的大木箱，找出孝箍，无言地递给母亲。听见小姨和母亲说，这丫头怎么懂得给你拿黑箍？她知道你是她妈么？

都说姥姥走了，可我老是觉得姥姥还在，无论我干什么，好像她都看着我，因为她的骨灰就搁在房子的顶棚。后来的日子，我一直很乖，很少调皮，我答应过姥姥，要听姥爷的话。

然后是大舅。大舅家很远，像是在郊区，他的女儿、玲子姐年纪跟我相仿，他来看姥爷、姥姥，带零食和糖果给我。大舅是个活泼的文艺人才，国标舞跳得好，会说快板，在生产牡丹牌半导体收音机的北京无线电厂搞工会工作，工会和文艺工作，动辄得咎，大舅人直，脾气又犟，得罪了一些人，在单位举行的一次宴会上，竟猝然离世，留下了年轻的妻，带着一双年幼的儿女，寡居至今。

偶尔能陪我的小姨又去东北继续“上山下乡”了，家里只剩下姥爷和我了。姥爷上班，没有休息日，天天锁我在十几平米的小屋。不知东北在哪里，更不知陕北在什么地方。

再后来，姥爷也走了。

幼年时经历生死离分还不能体会刻骨的痛，仿佛他们去了，还会再来。明白了与他们尘缘已尽的哀伤，疼痛的滴漏便开始无止境地渗沁心肺。浮云聚尘，而他们跳跃在昏暗烛光里的音容笑貌，忽隐还现，那是恒久的曾在。

小红皮鞋

小伙伴儿红莉有一双红色皮鞋，镂着菱形的金属纹饰，很漂亮，我也想要。姥爷带我去了很多家商品店找，终于找着试穿时，鞋太小，没有我穿的号，但是我就要，哭闹着不脱。姥爷宠我，就买了下来。皮鞋穿上了，但是夹脚，虽然很疼，嘴上却不说，穿一会，脱下来揉揉脚，玩高兴了就忘了，时间长了，就习惯了。

穿上新皮鞋就想出去显摆。喜欢去虎坊桥的大爷（大伯父）家与堂兄玩儿，堂兄有不止满满一柜子各式各样的摩托、汽车玩具，还有好多好多的小人书，太让人羡慕了。就是大爷很严厉，性倔的堂兄常常挨尅。大妈话语极少，一副厚厚的近视镜片背后的眼神难以捉摸，令人惶恐。在这样的环境里，几个疯玩的孩子会突然相互示意安静下来，走路也蹑手蹑脚的，生怕惹大人生气。大爷家厕所在室内，很惊奇，水一冲，便池就干干净净，每次如厕后都忙着一次次地放水，又非常地不安，因为水流很响，担心水声烦扰到大爷大妈。

当时中央多部委开办农场，称五七干校，要求知识分子分批去劳动锻炼，大爷也在其中。那时并不了解自己所处的是一个高级知识分子家庭，他们内心迷茫，性情烦躁，现实使他们不敢多言。大爷工作得早，自己生活并不富裕，还要照料他的父亲、继母和三个未成年的弟妹，作为长嫂我的大妈，常常接济在外工作的婆家各兄弟姐妹。尤其是我的父亲，年幼又过早地离家，支边、结婚后，生活更加拮据，要钱要粮票都找他的长嫂。30多年后我才知道，大爷是中国印刷界泰斗式的人物，懂英日等多国语言，常出国讲学交流，他是全国为数不多的“毕昇奖”获得者，曾受过国家主席的接见。也见识了大妈的健谈，并能欣赏到曾为音乐教师的大妈不仅钢琴演奏得好，高音也唱得非常棒，大妈说她从小就喜欢唱歌，喜欢表演。但在我的童年里，从没听她弹过琴，更没听她唱过或是哼过一句歌，甚至不记得没有笑容的她曾说过什么话。庭院深深，静如冷月，但那时幼小的我能感觉得到，他们是可以依靠的最近的亲人。

还喜欢去姨姥姥家，她家没小孩儿，时时宠着我。姨姥姥是姥姥的亲妹妹，她身材窈窕，娉婷瑰玮，浑身透着优雅的韵致。爱美的姨姥姥喜欢穿旗袍，还描眉染唇。后来她被当街揪着泼污水，剃阴阳头，她心爱的旗袍也被剪碎了。从此，漂亮的姨姥姥精神失常了。她每天不停地擦洗，洗自己，洗衣物，擦家具。她的家里窗明几净，纤尘不染，她的衣裳床单都被洗得泛了白，破了洞。那不过都是些黑白的布料。

黑白的服饰，像黑白分明而无光的眼神一样压抑地笼罩着四周。黑白的静默里，姨姥姥常常孑孓地倚在窗口瞭望，吐出一个又一个飘忽的烟圈，在她的凝望里，究竟是怎样的一个窗外，充满了希望还是失望，是美好还是污浊?

童年孤独而缺少色彩，甚至是无声的，而那双小皮鞋在记忆里亮丽地闪耀着红光，它在寂寞里踩出的令人分外享受的声响，清晰地穿过姥爷常常领我走过的月坛大街。道路两旁开满了一树树的合欢花朵，一街勃郁的芬芳和毛茸茸的粉红弥漫在那个人性偏激与缺失怜爱的岁月里，那是我常常回味的这世间最温情的暖色，像姥爷牵拽着我前行的大手，给了我走向未知人生最初的力量。

每次看到自己被挤压扭曲的脚趾，就会庆幸，还好，那不是一些思想或观念，我可以大声地说笑或是弹唱，随意地穿喜欢而适合自己的各式鞋子。

非常游戏

住在蚕种场的时候，伙伴儿特别多，有一次，平常的游戏都玩乏了，便猜好坏人，就是推举一人说出某人名字，其他人立马判定“好人”或是“坏人”，判错了被弹脑门儿。我们罗织了好多极易分辨的人名，很多都是从大人嘴里听说的大人物的名字。正玩得起兴，场党支部的胡书记走进来制止我们，他操着浓重的四川口音对我们说，你们的游戏太危险喽，不要耍！他还很快告诉了家长，无一例外，参与的孩子通通地挨了一顿尅。我们姐弟流着泪、捂着屁股，委屈的眼偷看到的，是父亲依然暴怒难息的脸。

那时，“四人帮”已经垮台，但大幅标语仍岿然于许多建筑物的制高点，难怪小孩子简单的游戏也会被上纲上线。其实，孩子们的游戏终是些没心没肺的娱乐，而大人们的游戏却充满了机心，步步险恶。险恶里，文学巨匠老舍沉寂在了太平湖底；险恶里，京剧表演艺术家言慧珠盛着戏装自缢……张国荣主演的电影《霸王别姬》中的许多情节深深刺痛了我。好在，好在话剧《茶馆》数十年经久不衰，国粹《玉堂春》仍不减穿越时光的华贵，《傅雷家书》和“傅译”挣脱土布床单撕碎的窒息绝情传世至今。

那个失控的年代，风强雨劲，一片萧杀。最为心疼的是，那么多的大师，被无端地搅进暴力血腥的游戏机器，不仅殒销了性命，还使无辜的他们屈心抑志，忍尤怀辱。常常想，鲁迅先生英年早逝，真是件幸事，他缔造的高峰终不容颠覆，为华人赢得无限荣耀且深爱祖国的钢琴家傅聪的弟弟傅敏竟然也说，他母亲追随父亲而去走得好，否则所有的罪过和灾难都要归于善良如菩萨一样的她。

俯仰间，昔人已非，而遗踪点点的陈迹往事，恍若飙尘，时而轻抚如止水的心弦，若隐若现，如梦如烟，像静夜山色里的一溪碎月，一叶清风，一雪鸿泥，回首，依然一惊。

2008年秋于清涧县李家塔镇枣林

·后记·

曾经旗帜鲜明的反对自行出书，就像当年不想上大学一样地坚定。主要原因当然是自己作品整体质量欠佳，还有许多作品正在创作或计划创作，仓促印出的话——在这出书泛滥的年代难免垫了桌椅或是便宜了废品收购站，那将是多么悲哀的事情。

又决意出书因由有三：一是尊老父之命。父亲今年70岁了，几次问我：丫头，你写的东西能不能编个册子？我嘴上应了，心里却嘀咕，这事可不好办，不遑暇食啊！好多年过去了，总不能踏实地去做，心里充满了愧疚，但我还得尽力，父意不可违。长年远离父母千里之外，无法尽孝，就让他在想我的时候，能抚摸我的文字，也算是遂了老人家一个心愿。二是告故友亡灵。一位白姓朋友曾多次表示喜欢我文章的真实简练，建议我尽早出书，并会全力支持。当时我说，哪有这个时间，而且，即使出书我也不会背着它们去卖啊。他说：每天挤一点，时间总会有。至于销路，我从出版社去买，送给读书的人，送给学校的孩子们，不行吗？我感动得连连抱拳作揖。他是个极爱学习的人，他妻子说他每天凌晨4、5点钟醒了就一直看书，日日如此，从未间断。我与他的交往其实并不多，更不知道那时他已重病在身。他仍坚守工作岗位，偶遇时他总是不忘提醒我出书的事。遗憾的是，最后一次见他，我也没有应承，不过俩月他就溘然而逝了，这是我始料未及的。他还年轻，却走得那么急……听朋友们说他离世讯息的时候，我无法相信，终于明白，他的不断地催促，是因为他的时间所剩不多了。我埋怨自己为什么不早些应允了他呢！这种遗憾是永远无法弥补的，只希望能携一缕墨香去告慰他的在天之灵了。三是依上位之制。2004年加入陕西省作家协会以来，没有参加过任何学习、培训等活动，常有人不在籍的感觉，那么，想要加入中国作家协会，出书是其硬性考核指标，加之又有榆林市作家协会的推介和资助，终归是要难免其俗了，权当是梳理一下自己的成长历程，也是对自己多年来坚守文学的一种回望吧。

然而，“长恨此身非我有”，每天都有干不完的活，从来如此，一年又一年，真是愧对着大家的期待。好在经过努力，工作之余终于整理出了部分文稿，可以结集展现给读者了。《黑白之间》辑杂谈，纯属凑泊胡诌；《今夕何年》辑所遇，写别人他事；《凭栏听风》辑思悟，记心语独白；《乡关何处》辑乡愁，是一束多年来自己内心的困惑与挣扎。有些作品因成文久远和水平有限，立意或笔法浅显稚嫩，却是我真实的存在与思考，这些曾令我心动的过往，已经渐渐消失在了时光的深处，无从回唤，只能用文字一一记忆和珍藏。所幸的是，一路走来，始终怀着一颗真诚而敬畏的心，对生活如此，对文学亦是如此。

对文学，总有一种爱在心底，或许起于基因，以及后天的机缘。从最初的小诗、微小说、随笔、杂谈到古体诗词都有染指，其中散文给予了我丰厚的力量，使我成长，也使我纯粹。上世纪90年代初，时任《榆林报》社文艺部主任的王志诚先生不知何处发现了我的文字，清涧下乡时特地联系到我，之前从未谋面，却非常肯定地带走了我的散文诗《春天》等多篇文稿，一一刊发，并叮嘱所有散文新作都发给他。我知道，志诚先生对我是寄予厚望的，而我是一个不思上进的人，没想藉文索名成家，就像有人爱打牌，有人爱跳舞，只是一种喜好，情感宣泄的需要。总以为是一己之哀乐，直至随笔《绵山随想》在《神木》首发、《榆林日报》继发后，引起了普遍共鸣，我才真意识到文人的悲喜，牵动着社会。尤其是素昧平生的一位神木中学刘姓教师辗转打电话给我，叙述身处物欲之城——神木的种种苦闷，在一个多小时电话热聊的最后，他说感谢我让他胸中的块垒坍塌，他终于释然。多年过去了，一直感动，是散文使我们在那么一刻心意相通，这是我内心的喜悦，也是散文的喜悦。这一事件深深地触动了我的文学心，沉淀了我的思想，以此为转折，我开始跳出小我，关注社会，思考人生，担当为文的道义与责任，即使在这样一个喧嚣浮躁的世界。文学就像一道篱笆，虽然分开了圈内墙外，但枝头瓣蕊的红绿和佳人的心绪总会渲染匆匆行人，驻足或是远去的步履又回眸一顾，花事已沉醉。秋千荡落，笑声悄然，而我们曾共拥了同一春的风色。

我会继续，“直言我志，直抒我情”，以热忱与静好，真切地展示自己的藩篱里的花谢花开，给人以美的愉悦、自信的鼓舞和心地的磊落。有文学可以终老，真好！

需要说明的是，因录入的大多篇章在各类报刊曾经发表，所以文中所涉人和事，未再与当事人取得沟通，若有介意，请谅解。再有，所罗列的一些社会现象，都是其时所见、真实所想，所论，只就事，不对人，请勿对号入座。

特别感谢著名作家、陕西省作家协会副主席方英文先生拨冗挥毫，惠赐书名；感谢老同学、延安大学教授、红色文艺中心主任惠雁冰博士百忙中倾情作序；感谢青年文艺评论家王德鹏先生和闺蜜、路遥纪念馆馆长刘艳女士的多方帮助；感谢家人，感谢一直关心和支持我的各位朋友！

非常感谢榆林市作家协会龙云、朱合作、惠建宁先生的扶持，也衷心感谢耐着性子阅读这本书的读者们。

2016年5月4日

于榆林